太宰治の文学

その戦略と変容

相馬 明文

能登印刷出版部

この本を　平成二六年七月二四日に
亡くなった　妻の省子に捧げる

『太宰治の文学』正誤表

43頁下段　2行
(誤)谷崎潤一郎との『「話」らしい話のない話』
(正)谷崎潤一郎との『「話」らしい話のない**小説**』

123頁下段13行
(誤)圓子哲郎
(正)圓子哲**雄**

136頁下段13行
(誤)「小説の書けない小説家」
(正)「小説の書け**ぬ**小説家」

136頁下段14行
(誤)小説家が語り手である
(正)小説家が語り手**や主人公**である

213頁上段　7行
(誤)ありがとう存じました
(正)ありがとう存じました。

277頁上段　3行
(誤)「小説の書けない小説家」
(正)「小説の書け**ぬ**小説家」

277頁中段　8行
(誤)圓子哲郎
(正)圓子哲**雄**

277行中段22行
(誤)山内祥史／『太宰治『晩年』成立と出版』
(正)**「山崎富栄」の次項目へ移動**

(能登印刷出版部)

目次

第二部　太宰文学から／太宰文学へ

第三部　研究ノートの余白　——逢いたい人びと

序に代えて

――太宰治の戦略を考える

戦略――。太宰治の、太宰文学の戦略――。

「戦略／戦術より広範な作戦計画。各種の戦闘を総合し、戦争を全局的に運用する方法」(『広辞苑』第五版)。『戦略としての比喩　日常言語・小説にみる「ことば」のしくみ』(利沢行夫　中教出版　昭和六〇年一一月)のような書名の研究書も見ることができる。個別の文学作品の創作あるいは自らの集積としての〝文学〟や〝文学概念〟を考えたときには、濃かれ薄かれ、どの作家や小説家でも〝戦略〟は意識され表現化されるものだろう。

文学用語の「戦略」には次の解説がみられる。

……戦略が文学の構造がもつ意図として解釈されるようになったのは、文学作品を作者や時代の思想表現としてではなく文学として見るフォルマリズム分析批評が、芸術のための芸術という静的もしくは保守的な審美批評に陥らないために、作品を美的存在というよりは、あることを「行なう」言葉の構造であると規定したことに発する。ケネス・バークによれば言語表現とは状況を「量りとり」、それに対し一定の対応「姿勢」を確立し、それを「囲う」ことである。つまり、こうした行動はすべて「戦略」の名のもとに扱うことができ、言語表現はつまり言語の戦略行動そのものとなる。

（『文芸用語の基礎知識』第三版　至文堂）

解説（森常治）は、バーグによれば「戦略と文体」は同じことで、批評や創作は提出した問題に対する「戦略的な解答、または文体化された解答」であると述べていることにも触れる。

ここでの「文体化」とは、たとえば「比喩」一つに関わるようなことを意味しているわけではないと思われる。もっとも比喩どころか直喩や隠喩といった下位項目のひとつでさえ、深遠で壮大な〈学〉であることは当然である。

言語哲学者の佐藤信夫は『レトリック感覚』（講談社昭和五三年九月）の「直喩」の章のプロローグに、太宰の「メリイクリスマス」（昭和二二年一月）の一節を挙げている。「メリイクリスマス」のその部分は本文中にもその前後を含めて取りあげられ、佐藤の分析がある。本文では「鳥の直喩が、むしろ独特の沈黙と静止を表現している場合もある」と前置きした後に引かれる。

私は本屋にはひつて、ある有名なユダヤ人の戯曲集を一冊買ひ、それをふところに入れて、ふと入口のはうを見ると、若い女のひとが、鳥の飛び立つ一瞬前のやうな感じで立つて私を見てゐた。口を小さくあけてゐるが、まだ言葉を発しない。

（傍線相馬　以下同じ）

プロローグに引例として採られている部分は、傍線を引いた箇所になる。他の著名な作家たちの直喩も多数分析の対象になっている中で、太宰の例がプロローグに採用されているのである。

佐藤は、次のように分析する。

「私」がそのとき体験した一回かぎりの独特な情景は、一回かぎりである以上、標準化されたことばの在庫品で的確に言いあらわすことはできなかった。そこで表現者は、その特異な情景にもっとも類似したイメージを探し、この卓抜な直喩を書いた。……というぐあいに、この表現の仕組みを分析することができそうである。

表現主体である作者太宰が、「独特の沈黙と静止」を戦略と意識していたから「沈黙と静止」が表現化されたと受け取るか、戦略云々にかかわらず、彼の才能から生み出されて書きあがった表現が自然に「独特」を生み出したと感得するのかは、最終的には読み手側の自由の裁定ということになってしまう。しかし佐藤の言う「探し」は、この直喩の用例に創り手の「戦略行動」をみていると言ってよいかと思う。佐藤の言うところの「沈黙と静止」のイメージを、太宰は表現内容とともにおそらく念頭に置いていただろうと稿者も推測する。

比喩に限らず、レトリック、言葉の彩《あや》に関して、文学作品の優劣の評価基準に表現内容をより重くみる向きは、レトリックの意義が問題視されず議論にならないことが多い。もちろん、その受け取り方が評価として劣るということではない。

しかし、表現技法とか文学の技術とかは、部分的な言語の操作とか小手先の戦術とかではなく、もう少し大掛かりの構造と理解されてよいのではないか。太宰文学においても、である。

佐藤は、次の「隠喩」の章でも太宰の用例を挙げている。「渡り鳥」（昭和二三年四月）の冒頭である。

> 晩秋の夜、音楽会もすみ、日比谷公会堂から、おびただしい数の鳥が、さまざまな形をして、押し合ひ、もみ合ひしながらぞろぞろ出て来て、やがておのおの家路に向つて、むらむらぱつと飛び立つ。（中略）。／呼びかけられた鳥は中年の、太つた紳士である。青年にかまはず、有楽町のはうに向つてどんどん歩きながら、「あなたは?」

ここに「戦略」をみるのは、直接、隠喩のことではない。「烏」(「鳥」の誤植ではない)という、その表現がこの部分の二か所のみで、以降出てこないということである。書き進めていてこの隠喩をもう用いる必要がなかったから書き終えてしまった、などということも考えられて悪いわけではない。しかし、あと出てこないがゆえに、この隠喩は、仮に隠喩だとわからなくても逆にたいへん目立つ。小説全体にかかわる「戦略」だと考えるゆえんである。

太宰文学の深刻さが注視されてきた享受史の一方で、この作家の表現にあるユーモアやおかしみも感得する読者は少なくない。そのような面に「戦略」をみて、「しくみ」を解析する研究者もいる。

……太宰治の小説における〈笑い〉とは、作家の人格が反映した結果そこはかとなく漂うユーモアといったたぐいのものではなく、きわめて戦略的に導入された方法であった。

(斎藤理生『太宰治の小説の〈笑い〉』双文社出版　平成二五年五月)

実は、太宰治の文学では、いわゆる〈語り〉において、最も戦略面が指摘され得るだろうか。このことには、言うまでもなく文学理論や文芸哲学等のそれ自体の発展と、それらを太宰文学の解読に研究方法として取り込んできた諸研究者の存在があったからである。

別のところでも言ったことであるが、語りについては、奥野健男の「潜在二人称的文体」という着眼と名状に負うところが大きいと考える。奥野太宰論とりわけ作品世界の現実を作家の伝記的事実として重要視した、コミュニズムへの傾倒とそれゆえの下降指向論——は、〈実証的〉伝記研究に相対化されることにはなったが……である。

その伝記研究家は、次のように述べる。

明治の末年に生まれ、大正から昭和へ移行する社会の激動期に青春を迎え、思想・言論の弾圧に始まるファシズムのいわゆる暗い谷間の時代を、公権力に迎合することなく、ひたすら自己の全存在に誠実に生き、敗戦後の絶望と混迷のさなかで四十年の生涯を閉じた太宰は、おそらく日本の近代文学史上、最も困難な時代を生きた作家の一人であったと思う。

……死後三十数年を経てなお私たちに不思議な感動を与えてはいるが、それは決して太宰の個人的な才能にのみ由来するものではない。もしも太宰が昭和の激動期以外の時代に生きた作家であれば、同じ天分に恵まれていたとしても、できあがった作品は現存のものとはかなり性格の異なったものになっていたはずである。文学作品は一作家の密室における創造の所産には違いないが、それは時代思潮との照応関係を抜きにしては成り立ち得ないものである。そういう意味では、太宰もまたまぎれもなく、〈時代の子〉であったといえるのである。

（相馬正一『評伝太宰治　第一部』筑摩書房　昭和五七年五月）

かつて、文学史（論）や作家研究に関する研究書で、「時代の子」というこの用語はよく見聞きした。その作家の生きた時代背景・社会状況に影響され、その作家固有の文学的主題や表現内容が醸成される。見方を変えると、作家は同時代に制約されるということでもある。その同時代を超えることが普遍性という自明的の物言いになるのだろうか。

太宰治とそれ以前の筆名を用いた〈太宰治〉という書き手は、むしろ時代そのものを戦略として活用ないし利用した、それも効果的に、と言えるのではないか。たとえば、全国を席捲した左翼・共産主義思想、労働側の階級闘争、青年層の自殺自死の季節などは、なるほど太宰治個人がどうともできない時代の潮流ではあろう。そのこと自体は、否定するもしないもない。

しかし、同時代に「生きた」としても、何を文学的主題として形象するかは、やはり「個人的な」選択なのではないか。極論ではあるが、太宰治の同時代かつ同世代の作家志望の人間が、その時代思潮・社会事象を共通の基層基底にしながらも、誰もが左翼思想に傾倒してプロレタリア小説を書き、自死志向になってその試みを言語化するわけではない。

〈太宰治〉は、これらの事象・情況を「時代に生きた」というような客体的な受け身の結果としてではなく、積極的に能動的に、文学表現に「言語の戦略行動」として取り入れた、というべきではないのか。無論、他作家の多くについても畢竟同じ言い方ができることにはなろうが。

さらには、いわゆる中期からの「聖書」に関する文学表現も、さまざまな調査研究が行われていることを知ったうえで、稿者はなおも太宰が「戦略」として組み込んだのではないかという、推定と想像にとらわれる。太宰治の文学は、より強い戦略の意識をもった書き手によって創りあげられた、という言い方がふさわしいと思われる。

この本は、その仮説を検証したものではないが、作品研究や小説の表現構造を解析することで、検証可能であることは理解して頂けると思う。

太宰治のとびら

だざい・おさむ

小説家。明治四二年六月一九日～昭和二三年六月一三日（一九〇九年～一九四八年）。本名津島修治。青森県北津軽郡金木村大字金木字朝日山四一四番地（現、五所川原市）に、父源右衛門、母たね（夕子）の第十子第六男として生まれる。津島家は∧源《ヤマゲン》という屋号をもつ屈指の新興地主であった。幼少、叔母きゑ、子守の近村たけに育てられ、母親欠如の心理状態となる。このことは戯曲「冬の花火」（昭和二一年）や「母」（昭和二三年）など「死に行く「母」」（東郷克美「死に行く「母」の系譜」昭和五二年五月）が描かれた作品を生むことと関わりがあろう。尋常小学校、高等小学校を経て、青森中学校に入学し同人誌「蜃気楼」「青んぼ」を編集発行した。この頃の作品に芥川龍之介の影響がみられる。昭和二年四月、官立弘前高等学校文科甲類に入学した。上田重彦《しげひこ》（作家名・石上玄一郎）を知りプロレタリア文学に傾斜していく。七月、芥川が自殺し大きな衝撃を受けた。昭和三年五月、同人誌「細胞文藝」を編集創刊。後年師事する井伏鱒二に原稿依頼を行った。校内左翼の中心であった新聞雑誌部委員となって活動に関係し、「無間奈落」「地主一代」などを著したが、いずれも長兄の文治から圧力を受けて中断したと言われ、生家との不即不離の確執の一端を占める。この頃、芸妓・紅子こと小山初代と知り合った。昭和四年一二月、自殺未遂事件を起こす。弘高時代は生涯と文学を方向づける出来事が続出した時期であった。昭和五年四月、東京帝国大学仏文科に入学後も高校時からのつながりで、非合法であった共産主義《コミュニズム》運動に関わった。その具体的実態は未詳のことも多い。初代との結婚を強行し津島家から分家除籍される。直後、女給・田辺あつみ（本名・田部シメ子）と鎌倉腰越でカルモチン服用心中行。あつみ死亡、太宰は自殺幇助罪起訴猶予となる。この心中は「道化の華」（昭和一〇年）「人間失格」（昭和二三年）等で投身心中として描かれた。昭和七年七月、青森警察署に出頭して左翼思想から離脱した。離脱は〈裏切り〉という文学的主題を与えた。翌八年初めて太宰治の筆名で「列車」を発表したが、一般的にはこの年「魚服記」「思ひ出」を発表して本格的な作家活動が開始されたとする。昭和一二年頃までは前期と呼ばれ、腹膜炎の治療で副作用的にパビナール中毒となるなど不健全な実生活を送った。昭和一二年、初代と

谷川温泉でカルモチン心中、未遂の後で離別。前期には、一人称の語りで自己の生活を作品化するこの作家の表現特性が形成されていった。昭和一三年頃、生活面での転換再生が始まる。昭和一四年一月、石原美知子と結婚して安定と落ち着きに恵まれ、作風にも及んで中期が訪れた。一五年戦争下「女生徒」「富嶽百景」「走れメロス」「右大臣実朝」「津軽」「お伽草紙」など、女性独白体をはじめ多彩な手法で特に長編小説を次々と発表した。戦争末期の不毛の文学史において際立った活躍をした作家に含まれる。後期の戦後になって、昭和一六年頃から知った大田静子の日記をもとに執筆した「斜陽」を発表した。健康を害う身体状況と戦後世相への反逆とが複雑に入り組んでいき、昭和二三年六月、前年の春から親しくしていた山崎富栄と東京玉川上水に入水した。芥川龍之介以来の作家の死とセンセーションを起こす報道がなされ、発表中の自伝的小説「人間失格」が実生活上の太宰と混同され、退廃的な作家として社会に浸透していった。没後五〇年、生誕一〇〇年（二〇〇九年）の記念年が過ぎ、生誕の地に銅像が建立された。二〇一九年、生誕一一〇年。

（『東北近代文学事典』より　相馬執筆）

太宰治の文学　――その戦略と変容

第一部　太宰文学の戦略

表現から読み解く太宰文学

——小説の文法

少しの時間をいただきまして、太宰治の小説の文体と表現について、また太宰治と芥川龍之介のこと、と言いましても人のことではなくて、主に二人の表現のことについてお話しをいたします。

要旨をまとめて置きました。

【要旨】 太宰治は中学三年生の頃から作家を志し、習作・初期作品の時期を迎える。太宰文学は「薄氷の文体」とでもいうべき、屈折した微妙な表現に支えられている。特に〈語り〉は、習作から一人称形式がみられ、『晩年』の実験小説群から激増して採られる。この語りの形成に、中学時から傾倒した芥川龍之介の諸作品が重要な関わりを果たした。それは、よく指摘される初期作品にのみ見られるものではなく、前期以降の小説表現にも具体的に読み解くことが出来る。芥川が文学的にはもちろん、人生的にも太宰に大きな影響を与えた作家であることの現れと考えられる。

太宰治が作家になっていくきっかけとその過程で、泉鏡花や菊池寛、あるいはまた葛西善蔵などの小説をよく読んだらしいのですが、中でも芥川龍之介から最も大きな、重要な影響を受けたと言われます。初期作品についてはいわゆる実証的研究の相馬正一先生が伝記的な面から、そのことを言っていますし、他にもいくつかの作品について、芥川の作品との関連を説く研究者が勿論います。けれども、具体的にここの部分とこの部分が、というような指摘が、ほとんど見つかりません。

そんなにも大きかった影響であれば、初期作品だけではなく、それ以降の小説に具体的な部分を見つけられないかと考えて、この五、六年捜しています。二、三見つけてありますので、是非ご教示をいただきたいと存じます。

どの作家でもそうでしょうが、習作の時期、習う時期があります。私たちの仕事にしても、仕事の一、二年目は、慣れるのにひと苦労すると思います。

さて、レジュメの0のところ、よく取り上げられる「思ひ出」の部分です。今年はあちこちで朗読会が開かれていて、読むのは気が引けるのですが、ちょっと読んでみます。

0　作家への憧れ

・（中学三年生になって）私には十重二十重の仮面がへばりついてゐたので、どれがどんなに悲しいのか、見極めをつけることができなかつたのである。そしてたうとう私は或るわびしいはけ口を見つけたのだ。創作であつた。ここにはたくさんの同類がゐて、みんな私と同じやうに此のわけのわからぬをののきを見つめてゐるやうに思はれたのである。作家にならう、作家にならう、と私はひそかに願望した。

（「思ひ出」昭和八年）

・その頃の私は、大作家になりたくて、大作家になるためには、たとへどのやうなつらい修業でも、またどのやうな大きい犠牲でも、それを忍びおほせなくてはならぬと決心してゐた。

（「断崖の錯覚」冒頭　昭和九年四月）

傍線は私が引いたものです。小説のなかですから、そのまま一〇〇パーセントの気持ち、事実と受け取ることは危険ですが、似た気持ちはあったでしょう。「見極め」がつかない、というのは、他人や自分の心がわからないということでしょうか、「わけのわからぬをののき」は、人間や自分の存在が確乎としたものでないという恐れ、とでも言ったらよいのでしょうか、こういうことの為に少年の太宰治は作家を目ざした、と言えます。次の「断崖の錯覚」を見てください。この作品は黒木俊平（目次には「舜平」）というペンネームで、探偵小説として書かれたものです。今風だと推理小説ですね、もちろん、今の殺人事件とはちょっと違う雰囲気です。「どのようなつらい修業」「大きい犠牲」でもする、という決意がでています。このあと、必要であれば人殺しでもする、といった意味の文章が出てきます。昭和九年は、太宰の本格的な作家活動の二年目、いわゆる前期です。当時の太宰にはこういう覚悟があったわけでしょう。

太宰治を弱い人と見る人がけっこういます。感覚の繊細な人、気配りの人という意味ではそう思いますが、私は、太宰治という人は少なくとも作家としての意志、責任という意味で、強い人のイメージを持ちます。たった一五年間くらいの作家活動で、全集で八冊九冊の小説を書いたのです。弱くては、なかなかこうはいかないと思います。ただ、小説の主人公たちは、一見弱弱しいイメージの人物を描きました。

名を成す作家、小説家は、その作家に特有なものを創り上げます。そうでないと、他の作家と同じになってしまいますから生き残れません。文章にもそのひとの個性といいますか、独自の表現が現れます。それを私たちは、文体とか表現の特性とか言ったりしています。どんなに素晴らしい思想や哲学があったとしても、それをその内容にふさわしい優れた小説の書き方、表現をしなければ、小説として作家として評価はされません。太宰も、太宰にふさわしいすぐれた文体、文章のスタイルをもっています。もちろんたくさんの作品があるのですから、ひとつふたつの作品からではこういう文体である、とはとても言い切れませんが、ある程度の範囲のところを調べると、文体の一定の特徴が見えてきます。一言で言うとすれば、私は［1］にあるように、太宰自身が実際に小説のなかで使っている「薄氷」という語句を借りて、「薄氷の文体」と言っていいます。非常に危なっかしい、あるいは繊細で微妙な、とでも言えるような文体です。

1　太宰文学の文体の特徴・表現特性＝薄氷の文体

・けれども、胸がわくわくして、どうしても書かずにゐられなかつたのだ。このごろは、全く、用心して用心して、薄氷を渡る気持で生活してゐるのである。

（「懶惰の歌留多」昭和一四年四月）

・義妹も、かへつて私たちには遠慮をして、ずゐぶん子供たちの世話もしてくれて、いちども、いやな正面衝突など無かつたが、（略）やつぱり何か、薄氷を踏んで歩いてゐるやうな気遣ひがあつた。

（「薄明」昭和二二年一一月）

・（略）自分は幼い時から、女とばかり遊んで育ったといっても過言ではないと思ってゐますが、それは、また、しかし、実に、薄氷を踏む思ひで、その女のひとたちと付き合って来たのです。

（「人間失格」昭和二三年六月）

次に示してある部分は、太宰の文体の特徴の一面として、研究者なども、よく取り上げる部分です。

［「駈込み訴へ」の冒頭部分］

申し上げます。申し上げます。旦那さま。あの人は、酷い。酷い。はい。厭な奴です。悪い人です。ああ。我慢ならない。生かして置けねえ。／はい。はい。落ちついて申し上げます。あの人を、生かして置いてはなりません。世の中の仇です。はい、何もかも、すつかり、全部、申し上げます。私は、あの人の居所を知つてゐます。すぐに御案内申します。ずたずたに切りさいなんで、殺して下さい。

（昭和一五年二月）

この「駈込み訴へ《ェ》」は、あの「走れメロス」と対になると言われている小説です。「メロス」が、仮に正義の勝利を書いたというのであれば、こちらは泥棒にも三分の理とでもいいますか、犯罪者や悪者にもそれなりの言い分はある、といった内容です。イエス＝キリストを売った一三番目の弟子、イスカリオテのユダが、今まさに役人のところに駆け込んで来てイエスを告訴しています。ユダは息がきれて、落ち着いて声が出せないのでしょう。一語一語に近い感じで「。」が打たれます。普通ですと「、」にするように思われます。いかにも、急いで走りこんできて一気にしゃべってしまおうとしている感じが、よく出ているのではないかと思います。

その「薄氷の文体」をもう少し細かく、四点だけ見ていきたいと思います。

今の「駈込み訴へ」のように、句読点の使い方がちょっと個性的といいますか、工夫がされています。その続きになりますが、短いばかりでありません。①の例は代表作「人間失格」からです。

①句読点（文の長短など）

しかし、はじめは、この男を好人物、まれに見る好人物とばかり思ひ込み、さすが人間恐怖の自分も全く油断をして、東京のよい案内者が出来た、くらゐに思つてゐました。（七七字）自分は、実は、ひとりでは、電車に乗ると車掌がおそろしく、（中略）それで仕方なく、一日一ぱい家の中で、ごろごろしてゐたといふ内情もあつたのでした。

（三六八字）（「人間失格」）

こちらは、今度は長い文が出てきます。「自分は、」から「あったのでした。」の部分は中を省略してありますが、原稿用紙約一枚で「。」ひとつ、つまり一文です。しかも、ここは前の文が七七字で五分の一くらいで、かなりの差です。すべてこんなに差があるところばかりではありませんが、同じくらいの長さの文が「人間失格」ではもっと多く出てきます。けれども、この小説の一文の字数は平均すると五五字くらいなので、いくつか出てくるこの長い文には、アッと気付きます。「人間失格」の大庭葉蔵の物語は、大部分が葉蔵の手記という形をとっています。そうしますと、もともと人に見せるためのものではありませんから、頭というか心で考えていることを整理の付かないまま書いていく、特に自分が満足していないような愚痴っぽいことは、どうかすると堂々巡りになったりします。もっともこれは実際には太宰の小説で、現実に存在する葉蔵という人間の日記ではないので、作者太宰がそう読めるように創っているわけです。要するに、葉蔵の手記であるということを文体や表現で工夫していると言えます。片や、短文で息がせいて、片や、長文で考えにもならないような愚痴のように、注意をしながら太宰は小説を書き込んでいるのです。

次の②です。

②同語の繰り返し、列挙

・簡単なのだ、簡単なのだ、と囁いて、あちこちをうろうろしてゐた自身の姿を想像して私は、湯を掌で掬つてはこぼし掬つてはこぼししながら、さて、さて、と何回も言つた。（「思ひ出」）

・葉蔵は長い睫を伏せた。虚傲。懶惰。阿諛。狡猾。悪徳の巣。疲労。忿怒。殺意。我利我利。脆弱。欺瞞。病毒。ごたごたと彼の胸をゆすぶつた。（「道化の華」）

・いつも夢の中で現れる妻が、／「あなたは、正義といふことをご存じ？」／と、からかふやうな口調では無く、私を信頼し切つてゐるやうな口調で尋ねた。／私は、答へなかつた。／「あなたは、男らしさといふものをご存じ？」／私は、答へなかつた。／「あなたは、清潔といふことをご存じ？」／私は、答へなかつた。／「あなたは、愛といふことをご存じ？」／私は、答へなかつた。

（「フオスフオレッスセンス」昭和二二年七月）

・額は平凡、額の皺も平凡、眉も平凡、眼も平凡、鼻も口も顎も、ああ、この顔には表情が無いばかりか、印象さへ無い。

（「人間失格」）

・戸塚の梅雨。本郷の黄昏。神田の祭礼。柏木の初雪。八丁堀の花火。芝の満月。天沼の蜩。銀座の稲妻。板橋脳病院のコスモス。荻窪の朝霧。武蔵野の夕陽。思ひ出の暗い花が、ぱらぱら躍つて、整理は至難であつた。

（「東京八景」昭和一六年一月）

この作家は、同じ言葉を二回三回と繰り返します。作家によっては、近くの部分ではなるべく同じ語を使わない人の方が多いようです。それが、太宰は逆にそれを好んで使っているかのようです。同じ意味でも別な語を用いると、その場面や描写に奥行きや広がりを創ります。「思ひ出」のそのわずか二行（全集）に、三つも同語があります。「掬つてはこぼし」はちょっと置いてもいいのですが、「簡単なのだ」「さて」の二箇所は一回で言い切れない不安のようなもの、念を押さないと落ち着かない、「用心」している感じがでているでしょうか。「フオスフオレッスセンス」も、二つ目の「私は答へなかつた。」からは別な言葉か言い方にしたいところ、あるいは、この質問もその質問もまとめて「答えない」とか言うところでしょう。他の三つの用例の列挙、すごいというしかありません。他の作家の、こういう表現を見たことが私はほとんどありません。一つ二つ、いや三つでも四つでも、自分の言いたいことが言い切れないのです。「道化の華」の例は、すべてを含んでいるけれど、一、二語ではまったく言い表せない複雑な気持ちが、「ゆすぶつ」てということになるのでしょう。

③否定表現、最初の例は前の列挙にもなっています。

③否定表現

・今夜、死ぬのだ。それまでの数時間を、私は幸福に使ひたかつた。ごつとん、ごつとん、のろますぎる電車にゆられながら、暗鬱でもない、荒涼でもない、孤独の極でもない、智慧の果でもない、狂乱でもない、阿呆感でもない、号泣でもない、悶々でもない、厳粛でもない、恐怖でもない、刑罰でもない、憤怒でもない、諦観でもない、秋涼でもない、平和でもない、後悔でもない、沈思でもない、打算でもない、愛でもない、救いでもない、言葉でもってそんなに派手に誇示できる感情の看板は、ひとつも持ち合わせてゐなかつた。

（「狂言の神」昭和一一年一〇月）

・（内容三十枚。全文省略。）

（「二十世紀旗手」七唱　昭和一二年一月）

・十三日。なし。／（引用註——本文一行アキ。以下同じ）十四日。なし。／十五日。かくまで深き。／十六日。なし。／十七日。なし。十八日。ものかいて扇ひき裂くなごり哉（一行アキ）、ふたみにわかれ。

（「HUMAN LOST」昭和一二年四月）

「ひとつも」ないといっていますが、こんなに並べているのを見た読み手側には、逆にどれもあるというイメージができます。「二十世紀旗手」では、「内容三十枚を書いたのに、ここには載せない」設定です。内容はないのですが、ただ無いと受け取るわけにいきません。読み手は何があったのか考え込んでしまいます。考えないのでは、読んでいることにはなりません。「HUMAN LOST」では「十三日。なし。」わざわざ、「なし」と書き込むのです。「十三日」の次の部分が、空白になっているのとはやはり違います。表現研究では、これをゼロ表現と呼んだりしています。書かないことがそこにある、ないことがあることになる、という何を言ってるのかわからなくなりそうですが、非常に微妙な工夫であるといえます。

さて、④は、逆説・反語です。

④逆説・反語

・人間は死んでから一ばん人間らしくなる。
（「パンドラの匣」）

・とにかくそれは、見事な男であつた。あつぱれな奴であつた。好いところが一つもみぢんも無かつた。
（「親友交歓」）

・僕が早熟を装つて見せたら、人々は僕を、早熟だと噂した。僕が、なまけものの振りをして見せたら、人々は僕を、なまけものだと噂した。僕が小説を書けない振りをしたら、人々は僕を、書けないのだと噂した。（中略）けれども、僕が本当に苦しくて、思はず呻いた時、人々は僕を、苦しい振りを装つてゐると噂した。／どうも、くひちがふ。
（「斜陽」）

・子供より親が大事、と思ひたい。
（「桜桃」）

・曰く、家庭の幸福は諸悪の本《もと》。
（「家庭の幸福」）

どちらも、AをAです、と素直には言いません。「人間は死んでから一ばん人間らしくなる」、考えようによっては普通の言い方かもしれません。でも、生きているのこそ人間という考え方がもっと普通、一般的な言い方ではないでしょうか。しかし一方で、「死んでから人間らしい」というのも、なんだか真実を表しているとも思えてしまう。次の「親友交歓」は、このタイトル自体、小説の内容と逆転する〝反語〟になっています。太宰の生まれ故郷の金木が舞台の作品です。「みごとな男」「あつぱれな」というのは、普通はほめ言葉です。「よいところが全くない」者には使いません。しかし、この部分の言い方にはなんとなく変な言い方ではない常識的なにおい・ニュアンスも感じさせます。他の三つも同じです。「斜陽」の一文一文は、普通の文です。取り上げてある部分を全体として読んでください。「どうも、くひちがふ」の前の文で、「苦しい」がいかに真実めいているか、直治の哀しみがよく表現されています。

太宰の文学の魅力を考える上で、研究者といわれる人たちの多くが、いま一番重要なことだと取り組んでいるのが「語り」という考え方です。その物語、小説の内容を誰が誰に語っているのか、ということです。最終的には、作者が読者にということになるのですが、作家はそこにさまざまな仕掛けをしてきます。太宰の小説は、「一人称語り」というのが非常に多い、ひとりごと的な独白体といってもよいし、誰かに誰かが告白していくので告白体というのも、ほとんど同じものです。「一人称語り」自体は、太宰の発明というわけではありません。太宰以前から見られるもので、明治の国木田独歩という作家が最初とも言われるようです。私小説作家と呼ばれる作家の多く、たとえば葛西善蔵などの小説も、一人称かそれに近い語りをとります。ただ、太宰治の一人称に特有だと思われることがあります。それは「潜在二人称」などと呼ばれていますが、勿論、二人称の語り、というのはほぼ有り得ないことになっていますので仮の言い方です。「潜在二人称」と名付けたのは、奥野健男という太宰文学の恩人といっていい文芸評論家です。初めに全体的に本格的に太宰治とその文学に取り組んだ方です。

2 語り

◎一人称語り、独白体、告白体 ＝ 潜在二人称

・潜在二人称

（太宰の小説は）ひとりの読者、つまり読んでいる自分に直接話しかけてくる。ある時は耳のそばでひそひそと、ある時はうちとけて冗談を言いながら。読者である自分が、隠された二人称として、小説の中に登場させられているのだ。あらかじめ小説の中に、読者である「私」が、作者から見れば「あなた」が、ここで驚き、ここで笑い、ここでかなしみ、ここで感動するものとして参加させられている。（中略）三島由紀夫が「ましてそれを人に押しつけるにいたっては！」と憤慨するのはこの独特の、潜在二人称的な説話体に対してなのだ。

（奥野健男「太宰治再説」昭和四〇年）

例えば「君」とか「あなた」とかで、特定の誰かを呼んでいるのではない言い方が出てきます。読者は、自分のことのような錯覚を受けます。太宰治の全作品の七〇、八〇パーセント以上は「一人称」だと思います。後で、これが「燈籠」という作品で初めて出てくる、「女性一人称」「女性独白体」という、中期以降の太宰が好んだ特徴的な語りに発展しました。初期作品に比べ前期実験小説群に一人称の割合が多くなることを考えると、やはり太宰という作家が小説を作るうえで、考えに考えて採用した結果であって、偶然に無作為に小説ができていないことがわかるのです。

長い前置きになってしまいました。ここからいよいよ芥川龍之介が出てきます。

そこに引いた宮川という方は、芥川文学の研究者として有名な人です。太宰小説の語り、必ずしも一人称というわけではありませんが、芥川からの継承と言い切っています。

宮川覺「太宰治と芥川龍之介」（平成一〇年）

　太宰が、芥川から継承した最大のものの一つに、この〈語り〉があることは、議論の余地はないであろう。

3の初期作品の項を見てください。

3　初期作品の時期

年譜から

・大正一三年一九二四年　一六歳
この年の頃から、芥川龍之介や菊池寛などの小説に親しむようになった。

・大正一五年一九二六年　一八歳
二月八日付で「蜃氣樓」二月号を発行。芥川龍之介の「侏儒の言葉」をもじった「侏儒楽」を辻魔首氏の署名で、……発表年譜から引き写しただけですが、中学生時代から作品に親しんでいて、模倣、つまりはまねをしていたことがわかります。まね、と言いましたが、これは決して悪い意味での評価ではありません。誰でも名人やレベルの高い人の作品の文章の見様見真似から始まって、いつか天性の能力や必死の努力が、彼の才能や名を高めていく、世に現れてくる、これは当然のことでしょう。

そして、事は昭和二年七月にやってきました。芥川の自殺です。

・昭和二年　一九二七年　一九歳
七月二十四日未明の芥川龍之介の自殺に、激しい衝撃を受け、感動に心を震わせた。直後、生家から弘前に還り、下宿の二階に閉じ籠り続けた。同期の上野泰彦によれば、「芥川の自殺を賛嘆・羨望する言葉を昂奮しながら述べ」ていたという。

／……なかでも、近松門左衛門、泉鏡花、芥川龍之介の作品に心酔していた。

このあと太宰は勉強に身が入らず、放蕩の芽が出てくることになります。ただ、芥川のこの衝撃がその放蕩の一〇〇パーセントの原因なのかどうかは、よくわからないといった方がよいかもしれません。

4　芥川龍之介と太宰治

大高勝次郎『太宰治の思い出』
津島と井伏氏との密接な関係は人の知るところであるが、高校時代の津島の口から、一番多く出るのは、芥川竜之介の名であった。芥川の病的な鋭い神経、懐疑、革命の風潮に対する恐れを含んだ関心、自殺癖、等に対して、津島は深い共感を感じていたように思われる。

福田恒存「道化の文学」（「群像」六・七月号　昭和二三年）
いま太宰治論を書くならば、その心がまへは七年前の芥川龍之介論の続篇をものすつもりであればよい、とぼくのうちにあるかれのイメイジが教へてくれる。（略）太宰治は芥川龍之介の生涯と作品系列とを、いはゞ逆に生きてきたのである。

大高勝次郎、この人は旧制の弘前高校、東京帝大と、太宰と一緒だった人ですが、若い太宰の芥川への気持ちがわかります。次の福田恒存は評論家として高名です。〈語り〉自体のことではありませんけれど、早い段階から芥川との共通点に気づいた方です。

ちょっと困ったことがあります。実は、そんなにも親しんだり衝撃を受けたりと言われるのに、太宰本人が芥川について述べているところが、ほとんどありません。いくつか挙げてあるほかに、あと幾つも幾つもある、というのでないことは確かです。しかも、作品に具体的に述べているものは、はじめの「葉」にあることだけです。

太宰の小説（・）随筆（▽）から

・「葉」

彼は十九歳の冬、「哀蚊」といふ短篇を書いた。それは、よい作品であつた。同時に、それは彼の生涯の渾沌を解くだいじな鍵となつた。形式には、「雛」の影響が認められた。けれども心は、彼のものであつた。

cf.「雛」冒頭（芥川の小説）

これは或老女の話である。／（一行アキ）……横浜の或亜米利加人へ雛を売る約束の出来たのは十一月頃のことでございます。紀の国屋と申したわたしの家は親代代諸大名のお金御用を勤めて居りましたし、殊に紫竹とか申した祖父は大通《だいつう》の一人にもなつて居りましたから、雛もわたしのではございますが、中中見事に出来て居りました。……

（大正一二年）

cf.「哀蚊」冒頭

…………をかしな幽霊を見た事がございます。あれは、——私が学校にあがつて間もなくの事でございますから、どうで幻燈のようにとろんと霞んで居るに違ひございませぬ。いゝえ、でも……其の、青蚊帳に移した幻燈のやうな、ぼやけた思ひ出が奇妙にも私には年一年といよいよハッキリして参るやうな気がするのでございます。（傍点　太宰）

・「虚構の春」

　十五、六歳の頃、佐藤春夫先生と、芥川龍之介先生に心酔しました。（略）……ところが、十八歳になると、また『芥川』に逆戻りして、辻潤氏に心酔しました。

・「東京八景」

（小石川の先輩Sさんを訪れて）御在宅であつた。願ひを聞きいれていただき、それから画のお話や、芥川龍之介の文学に就いてのお話などを伺つた。

・「十五年間」

大正では、直哉だの善蔵だの龍之介だの菊池寛だの、短篇小説の技法を知つてゐる人も少くなかつたが、昭和のはじめでは、井伏さんが抜群のやうに思はれたくらゐのもので、最近に到つてまるでもう駄目になつた。

・「もの思ふ葦（その一）」

久保田万太郎か小島政二郎か、誰かの文章の中でたしかに読んだことがあるやうな気がするのだけれども、あるひは、これは私の思ひちがひかも知れない。芥川龍之介が、論戦中によく「つまり？」といふ問を連発して論敵をなやましたものだ、といふ懐古談なのだ。（略）いづくんぞ知らん、芥川はこの「つまり」を摑みたくて血まなこになつて追ひかけ追ひかけ、はては、看護婦、子守娘にさへ易々とできる毒薬自殺をしてしまつた。かつての私もまた、この「つまり」を追及するに急であつた。ふんぎりが欲しかつた。

▽「川端康成へ」

芥川龍之介を少し可哀さうに思つたが、なに、これも「世間」だ。石川氏は立派な生活人だ。その点で彼は深く真正面に努めてゐた。

▽「走ラヌ名馬」

昔、昔、ギリシヤノ詩人タチ、ソレカラ、ボオドレエル、ヴヱルレエヌ、アノ狡イ爺サンゲエテ閣下モ、アア、忘レルモノカ芥川龍之介先生ハ、イノチ迄。

▽「如是我聞」

君について、うんざりしてゐることは、もう一つある。それは芥川の苦悩がまるで解ってゐないことである。

日蔭者の苦悩。／弱さ。／聖書。／生活の恐怖。／敗者の祈り。

　君たちには何も解らず、それの解らぬ自分を、自慢にさへしてゐるやうだ。そんな芸術家があるだらうか。知つてゐるのは世知だけで、思想もなにもチンプンカンプン。開いた口がふさがらぬとはこのことである。

▽『井伏鱒二選集』第一巻後記

久保万、吉井勇、菊池寛、里見、谷崎、芥川、みな新進作家のやうであつた。私はそれこそ一村童に過ぎなかつたのだけれども、兄たちの文学書はこつそり全部読破してゐたし、また兄たちの議論を聞いて、それはちがふ、など口に出しては言はなかつたが腹の中でひそかに思ってゐた事もあつた。

芥川の作品から

・「人として」失敗したと共に「芸術家として」成功したものは盗人兼詩人だつたフランソア・ヴイヨンにまさるものはない。「ハムレット」の悲劇もゲエテによれば、思想家たるべきハムレットが父の仇を打たなければならぬ王子だつた悲劇である。これも或は両面の剋し合つた悲劇と言はれるであらう。僕等の日本は歴史上にもかう云ふ人物を持ち合わせてゐる。征夷大将軍源実朝は政治家としては失敗した。しかし「金槐集」の歌人源実朝は芸術家としては立派に成功してゐる。

（「文芸的な、あまりに文芸的な」
「十一　半ば忘れられた作家たち」）

「雛」は、おひな様の「ひな」です。大家が落ちぶれたため、語り手の「老女」、もちろん少女だった頃の話になります。気に入っていた「お雛様」を手放さなければならなくなった哀しみの回想です。どうですか、太宰の「哀蚊」と似ていませんか。

あと、重要な項目に「如是我聞」のところがありますが、これは、最後に後回しにします。

5、ここが今日のテーマの一番メーンになる部分です。①の「思ひ出」、本当はやじるしを逆にすればいいのですが、太宰の方を中心にみていただきたいということです。

5　太宰の表現と芥川の表現

①「思ひ出」（□印の引用文）

□「父の死骸は大きい寝棺に横たはり橇に乗つて故郷へ帰つて来た。私は大勢のまちの人たちと一緒に隣村近くまで迎へに行つた。やがて森の蔭から幾台となく続いた橇の幌が月光を受けつつ滑つて出て来たのを眺めて私は美しいと思つた。

→

・僕の父はその次の朝に余り苦しまずに死んで行つた。死ぬ前には頭も狂つたと見え「あんなに旗を立てた軍艦が来た。みんな万歳を唱へろ」などと言つた。僕は僕の父の葬式がどんなものだつたか覚えてゐない。唯僕の父の死骸を病院から実家へ運ぶ時、大きい春の月が一つ、僕の父の柩車の上を照らしてゐたことを覚えてゐる。（芥川「点鬼簿」）

□叔母についての追憶はいろいろとあるが、その頃の父母の思ひ出は生憎と一つも持ち合わせない。

□母に対しても私は親しめなかつた。乳母の乳で育つて叔母の懐で大きくなつた私は、小学校の二三年のときまで母を知らなかつたのである。

→

・僕の母は狂人だつた。僕は一度も僕の母に母らしい親しみを感じたことはない。（中略）／かう云ふ僕は僕の母に全然面倒を見て貰つたことはない。（中略）が、生憎その勧誘は一度も効を奏さなかつた。それは僕が養家の父母を、――殊に伯母を愛してゐたからだつた。

（芥川「点鬼簿」）

□（略）そこにゐる教師たちは私をひどく迫害したのである。／私は入学式の日から、或る体操の教師にぶたれた。私が生意気だといふのであつた。

→

・現に彼らの或ものは、――達磨と言ふ渾名のある英語の教師は「生意気である」と言ふ為に度たび信輔に体刑を課した。が、その「生意気である」所以は畢竟信輔の独歩や花袋を読んでゐることに外ならなかつた。（中略）／しかし、教師も悉く彼を迫害した訳ではなかつた。

（芥川「大道寺信輔の半生」）

父の死骸についての描写です。「父の死骸」という語句がどちらにもあります。「月光」と「月」が共通しています。なんとなく似た雰囲気が醸し出されています。二つ目、「叔母」と「伯母」の違いがありますが、わたしにはそっくりの表現に思われてなりません。確かに、この表現は、二人の伝記的事実に近いようです。つまり、二人は事情は異なるのですが、母親に対して似た近い気持ちを持っていたとは思います。けれども、いかに似た境遇・気持ちを持っていたとしても、こんなに似た表現が何もないところから生まれるでしょうか。私の答えは、九九パーセント否です。一パーセントは奇跡があるかもしれない、の一パです。要するに、おそらく芥川作品を読んだであろう太宰の中のどこかに残っていて、太宰の表現に何らかの影響を与えたのだと思います。もちろん、隣にお手本として置いて意図的に作っているわけではないでしょう。模倣といっても、これは、時間が経っていますから、私は再構成とか再現とかと考えています。

次の②「右大臣実朝」は昭和一八年なので、中期後半の作品ということになります。

これも芥川文学のすぐれた研究者である清水先生が、太宰の小説の語りと「地獄変」の関連を特定しています。ただし、この言及は必ずしも「右大臣実朝」一作品との関連で言っているわけではありません。「地獄変」は、良秀という絵師、絵描きの物語で、大殿様から地獄変図を描くよう命じられた良秀が、燃えさかる牛車のなかで悶え苦しむ女性を書きたいと願い出ることになります。それが許された実行の日、その女性は良秀の最愛の娘だったのです。それでも、良秀は筆を取って其の様子を書き写したという作品です。

---

②「右大臣実朝」と「地獄変」

清水康次「芥川龍之介と太宰治」（平成九年）

　太宰は、「地獄変」からも同じもの（引用註——語りの特徴）を学んでいたのではないかと考えられる。

[冒頭文]（□印の引用文が「右大臣実朝」）

□おたづねの鎌倉右大臣さまに就いて、それでは私の見たところ聞いたところ、つとめて虚飾を避けてありのまま、あなたにお知らせ申し上げます。間違ひのないやう、出来るだけ気をつけてお話申し上げるつもりではございますが、それでも万一、年代の記憶ちがひ或ひはお人のお名前など失念いたして居るやうな事があるかも知れませぬが、それは私の人並みはづれて頭の悪いところと軽くお笑ひになつて、どうか、お見のがしくださいまし。

→

・堀川の大殿様のやうな方は、これまでは固より、後の世には恐らく二人とはいらつしやいますまい。噂に聞きますと、あの方の御誕生になる前には、大威徳明王の御姿が御母君の夢枕にお立ちになつたとか申す事でございますが、兎に角生れつきから、並々の人間とは御違ひになつてゐたやうでございます。

（「地獄変」）

□どうしたつて私たちとは天地の違ひがございます。全然、別種のお生れつきなのでございます。わが貧しい凡俗の胸を尺度にして、あのお方のお事をあれこれ推し測ってみたりするのは、とんでもない間違ひのもとでございます。人間はみな同じものだなんて、なんといふ浅はかなひとりよがりの考へ方か、本当に腹が立ちます。

□けれども、そのやうな事こそ凡慮の及ぶところではないので、あのお方の天与の霊感によつて発する御言動すべて一つも間違ひ無しと、あのお方に比すれば盲亀にひとしい私たちは、ただただ深く信仰してゐるより他はございませんでした。

□わづかに、浅墓な凡慮をめぐらしてみるばかりの事でございます。

□どうしてもあのお方は、私たちとはまるで根元から違ふお生れつきだつたのだと信じないわけには参りませぬ。

→

・兎に角御生れつきから、並々の人間とは御違ひになつてゐたやうでございます。でございますから、あの方の為さいました事には、一つとして私どもの意表に出てゐないものはございません。（中略）到底私どもの凡慮には及ばない、思い切った所があるやうでございます。（中略）それは諺に云ふ群盲の象を撫でるやうなものでもございませうか。

（「地獄変」）

□「おのが血族との争ひでございます。」／とおつしやつた、その時、入道さまの皺苦茶の赤いお顔に奇妙な笑ひがちらと浮んだやうに私には思はれたのですが、或ひは、それは、私の気のせゐだつたかも知れませぬ。

→

・大殿様はかう仰有つて、御側の者たちの方を流し眄に御覧になりました。その時何か大殿様と御側の誰彼との間には、意味ありげな微笑が交されたやうにも見うけましたが、これは或は私の気のせゐかも分かりません。（「地獄変」）

冒頭の文章、よく似ていませんか。また、「兎に角御生れつき」から始まる「地獄変」の表現は、大殿様の描写です。これと、しかく（□）のついたその前の四つの「実朝」の表現もよく似ています。次にあげた「気のせゐ」の部分、これも偶然出来上がったと考えるのは、かえって理屈に合わないように思えます。AがAダッシュになったくらいの小さい変化です。

次に「竹青」と芥川「杜子春」を見てみます。

③「竹青」と「杜子春」（□印の引用文が「竹青」）

□むかし湖南の何とやら群邑に、魚容といふ名の貧書生がゐた。どういふわけか、昔から書生は貧といふ事にきまつてゐるやうである。この魚容君など、氏育ち共に賤しくなく、眉目清秀、容姿また閑雅の趣きがあつて、書を好むこと色を好むが如しとは言へないまでも、とにかく幼少の頃より神妙に学に志して、これぞという道にはづれた振舞ひも無かつた人であるが、どういふわけか、福運には恵まれなかつた。早く父母に死別し、親戚の家を転々して育つて、自分の財産といふものも、その間に綺麗さつぱり無くなつてゐて、いまは親戚一同から厄介者の扱ひを受け、（以下略）

→

・或春の日暮です。／唐の都洛陽の西の門の下に、ぼんやり空を仰いでゐる、一人の若者がありました。／若者は名を杜子春といつて、元は金持の息子でしたが、今は財産を費い尽して、その日の暮しにも困る位、憐な身分になつてゐるのです。

（「杜子春」）

□（略）乃公の如き気の弱い貧書生は永遠の敗者として嘲笑せられるだけのものか。女房をぶん殴つて颯爽と家を出たところまではよかつたが、試験に落第して帰つたのでは、どんなに強く女房に罵倒せられるかわからない。ああ、いつそ死にたい。

□お前がゐないので、乃公は今夜この湖に身を投げて死んでしまうつもりだつた。

□二度も続けて落第しちやつたんだ。故郷に帰れば、どんな目に遭ふかわからない。つくづくこの世が、いやになつた。

→

・「日は暮れるし、腹は減るし、その上もうどこへ行つても、泊めてくれる所はなささうだし、——こんな思ひをして生きてゐる位なら、一そ川へでも身を投げて、死んでしまつた方がましかも知れない」。

（「杜子春」）

□神は、こんどはあなたに遠い旅をさせて、さまざまの楽しみを与へ、あなたがその快楽に酔ひ痴れて全く人間の世界を忘却するかどうか、試みたのです。忘却したら、あなたに与へられる刑罰は、恐ろしすぎて口に出して言ふ事さへ出来ないほどのものです。

→

・「もしお前が黙つてゐたら——」と鉄冠子は急に厳かな顔になつて、じつと杜子春を見つめました。／もしお前が黙つてゐたら、おれは即座にお前の命を絶つてしまはうと思つてゐたのだ。（略）

（「杜子春」）

芥川の「杜子春」は中国の話を基にして、童話として書かれたものです。仙人に、口を利くなと言われた杜子春でしたが、馬になった父と母が、地獄の鬼に打たれると、ついに声が出てしまうという話です。「竹青」も中国の不思議な物語を現代風に書き直した、〈翻案〉といっていますが、これも真似を超えて立派な太宰の小説です。こういう成立の事情も似ていますけれど、言いたいことは、結局たとえばそこに挙げたような表現の類似です。やはり、これにも芥川の影響が具体的に出ていると思っています。

次の「庭」は、具体的な表現を挙げていませんけれど、読んだ印象が前の三作のようには似ていません。太宰は、例の「私」の一人称ですが、芥川の「庭」は一人称をとっていないという、視点poinnts of viewの違いが大きい原因かもしれません。ですが、そこに挙げてあるような共通の部分が数えられます。

④太宰「庭」（昭和二一年一月）と芥川「庭」の共通点

ア　兄と弟が登場し、弟（太宰「私」・芥川「次男」）が主題人物であること。

イ　庭が荒れ果て、復元（芥川）あるいは草取り（太宰）で整備をしていること。

ウ　芥川の「次男」も太宰の語り手「私」も、故郷へ帰還していること。

エ　芥川に「井月」太宰に「利休」という風流反俗の人物が、登場あるいは話題となること。

オ　芥川では母親の「三味線の音」「唄の声」が次男の耳に入り、太宰「私」も「新内」節を聞くこと。

タイトルが同じだからというのは別として、やはり、何らかの関わりをみることができるのではないかと、見当をつけています。

さて、挙げてある桂英澄という人は、太宰の弟子のひとりです。もう故人になっていますが、今その本の新しい版が出版されて、太宰のことについての文章がまとめられています。

桂英澄『太宰治と津軽路』（平凡社）

芥川を超えることができないなら、むしろ筆を折り、故郷へ帰って百姓をした方がましだ。そして、太宰自身は、「右大臣実朝」を書いて芥川を超えたと思った、と、そんな風に言っていたのである。

この桂氏の回想の「芥川を超えた」と言った話が本当のことだとすれば、芥川龍之介が太宰の目標であったということで、今回のテーマは終始一貫となって、めでたしとなりそうです。目標の作家の作品が深く心に残って、太宰が意識して再構成したあるいは無意識のうちに表現が紛れ込んだ、と考えても少しも不思議ではないと思っています。

最晩年も二人は、奇妙に似た境涯を持ちました。二人とも死の前、他作家との論争、太宰は論争にもならない一人相撲の様相ですが、似たような情況です。

6 最晩年

芥川　谷崎潤一郎との「「話」らしい話のない話」（＝「小説の筋」）論争　（昭和二年四月～）

太宰　「如是我聞」での志賀直哉への抗議　（昭和二三年三～七月）

こちらは、特別どうのということのない、偶然の結果と思いたいのですが、それにしましても、強い因縁、絆とでもいうべき芥川とのつながりかと思います。後ほど、それぞれの小説を読んで確かめなどしてください。

青森県近代文学館「太宰治生誕１００年特別展」第三回文学講座　平成二一年八月三〇日（日）を文字化した。

［文体・表現分析で主に参照した文献（研究単行書のみ）］
中村　明『日本語レトリックの体系』（岩波書店）
中村　明『日本語の文体』（岩波セミナーブックス47）

中村　明『文体論の展開』（明治書院）
橘　豊『日本語表現論考』（明治書院）
相原林司『文章表現の基礎的研究』（明治書院）
原子　朗『文体論考』（冬樹社）
波多野完治　文章心理学大系　全六巻（大日本図書）
安本美典『文章心理学入門』（誠信書房）
越川正三『文学と文体』（創元社）
魚返善雄『言語と文体』（紀伊国屋書店）
相原和邦『漱石文学の研究―表現を軸として―』（明治書院）
西田直敏『平家物語の文体論的研究』（明治書院）
樺島忠夫・他『新文章工学』（三省堂選書50）
中村三春編『近代のレトリック』（有精堂）
（発行年月を省略）

「嘘」からみえる自意識

――道徳的倫理的側面からの検証

――ああ、もう、僕を信ずるな。僕の言ふことをひとことも信ずるな。

（「道化の華」）

一　表現「嘘」と自意識・対他意識

太宰治には『嘘』（昭和二一年二月）という題名の小説がある。本稿はこの作品について述べるものではないことを、最初にことわっておきたい。

『太宰治事典』[1]所収の「語彙事典」にある項目「嘘」の解説に次のような一節がみられる。

「嘘」は、「私」の対他関係の異和《ママ》を増幅する必須の装置として頻繁に用いられる。「私」にとって「嘘」とは「真実」「本当」と対をなす自意識のことだが、ただし「真実」はいつも実体のない虚の定点としか規定されず、そこからそれに到達できるはずのない「私」の具体的な思惟のことごとくが「嘘」として過敏に自覚されることになる。

（傍線相馬　以下同じ）

作品に当たってみると、代表作「斜陽」（昭和二二年七月～）の、主要人物のひとり直治の〈夕顔日誌〉に「嘘つき」が出ている。

僕が早熟を装つて見せたら、人々は僕を、早熟だと噂した。僕が、なまけものの振りをして見せたら、人々は僕を、なまけものだと噂した。僕が小説を書けない振りをしたら、人々は僕を、書けないのだと噂した。僕が嘘つきの振りをしたら、人々は僕を、嘘つきだと噂した。僕が金持ちの振りをしたら、人々は僕を、金持ちだと噂した。僕が冷淡を装つて見せたら、人々は僕を、冷淡なやつだと噂した。けれども、僕が本當に苦しくて、思はず呻いた時、人々は僕を、苦しい振りを装つていると噂した。／どうも、くひちがふ。

「振り」が実相だと受け取られていくのに、最も受容を望む内心の真実が他者には「虚の定点」としか認められない。引用部分の表現内容そのものが、深くアイロニカルであることは言うまでもない。引用部分のほぼ直前には、「人間は、嘘をつく時には、かならず、まじめな顔をしてゐるものである。この頃の、指導者たちの、あの、まじめさ。ぷ！」という言葉も書かれる。直治自身が「嘘」と心理的に近い「振り」「装」いをさまざまにしている時、「まじめな顔」をみせているとも想像されるわけで、「嘘つき」はひどくパラドキシカルでもある表現といえよう。「嘘つき」自体が作為の所為であるのに、嘘つきの「振り」は作為が二重化していて、考えてみると複雑である。この六年後、直治は姉のかず子に遺書を残して自殺することになる。[2]

これも代表作「人間失格」（昭和二三年六月〜）に、「嘘つき」がみえる。大庭葉蔵は、「非合法」のＰ（＝党）の「用事の依頼」から逃避する。「逃げて、さすがに、いい気持はせず」女給のツネ子と鎌倉の海で投身心中し、ひとり生き残ってしまう。その後、生家との縁があったヒラメの家に止宿させられる。ある日、ヒラメに今後の身の振り方を責められ、外に避難した葉蔵「自分」が、いろいろと思いをめぐらす場面である。

……どうせ、ばれるにきまつてゐるのに、そのとほりに言ふのが、おそろしくて、必ず何かしら飾りをつけるのが、自分の哀しい性癖の一つで、それは世間の人が「嘘つき」と呼んで卑しめてゐる性格に似てゐながら、しかし、自分は自分に利益をもたらさうとしてその飾りつけを行つた事はほとんど無く、……

「飾り」の意味内容が「自分」と「世間の人」とで、まったく相反的な解釈になってしまう、と「自分」は感じている。「飾りつけ」自体にともなう言語上行為上の微妙な作為感までは否定できないものの、「自分」は、周囲の人たちに対する〝善意〟の婉曲的な補足や言い換えをしていると言えそうである。しかし「世間の人」は明らかな悪意の言い訳や誇張また不道徳な保身として認識している。厳密には、「自分」がそう思っている、「過敏に自覚され」ているということになる。

この後で、「交友」堀木に「……女道楽もこのへんでよすんだね。これ以上は、世間が、ゆるさないからな」と糾弾された時、「世間といふのは、君ぢやないか」という反撃の言葉が出かかって、ようやく呑み込む。

けれども、その時以来、自分は、（世間とは個人ぢやないか）といふ、思想めいたものを持つやうになつたのです。／さうして、世間といふものは、個人ではなからうかと思ひはじめてから、自分は、いままでよりは多少、自分の意志で動くことが出来るやうになりました。

「世間」と堀木が同心円のようになって、「自分」に逼迫してくると思う対他意識が読みとれる。「嘘つき」はいわゆる自己喪失、自己解体を象徴する「語句」になっている。そういう意味で、「嘘つき」を含んだ部分は「自分」の実存に関わる重大な形容と言える。

「人間失格」より約七年前に発表された「新ハムレット」（昭和一六年七月）は、「嘘」のオン・パレードといっていいような内容と形式を持つレーゼドラマである。「新ハムレット」は、シェイクスピア「ハムレット」から現王が兄の故先王の王妃と結婚したという筋の大枠を借りながら、原典ほど朗読劇が大きな意味を持たないことなど、いくつかの点で異なる内容の作品である。

まず、登場人物たちの言葉を挙げてみる。

〈ハムレット〉
「嘘をつけ。何か他の事も、その手紙に書いてあつたに違ひない。君だけは、嘘をつかない男だと思つてゐたがねえ。」（親友　ホレーショーに）
「嘘でせう？　なんだか、底に魂胆がありさうですね。」（臣下　ポローニヤスに）
〈ポローニヤス〉
「嘘の天才！　よくもそんな、白々しい口がけるものだ。」（ハムレットに）
「嘘だ！　嘘だ。王様のおつしやる事は、みな嘘だ。……嘘も嘘、大嘘だ。……何もかも嘘だ。（王に）
〈オフイリヤ〉
「あたしは、きのふ迄、嘘ばかりついてゐましたの。……でも、もう嘘をつく必要は無くなりました。」（王妃に）
「あたしは王妃さまだけには嘘をつくまいと思つてゐますし、また、嘘をついても、それにだまされるやうな王妃さまでもございませんから……（王妃に）
「父は小さい冗談のやうな嘘は、しょつちゆう言つて、あたしたちをだましますが、決して大きな、恐ろしい嘘は言ひません。（ハムレットに）
〈王〉
「本当ですか？　わしは、それを嘘だと思つてゐます。（ハムレットに）

〈王妃〉
「けれども私には信じられないのです。あなたが私に、まるつきり嘘をついてゐるとは思ひません。あなたは、嘘の不得手な純真なお子です。（ホレーショに）
「先王がおいでなされた頃の平和は、いま考へると、まるで嘘のやうな気さへ致します。（オフィリヤに）

こうして各人の台詞を挙げてみると、改めて登場人物の多くが「嘘」（をつく）という語句を用いて、他者への疑問を吐露したり他者を非難したりしていることがよくわかる。ただ一人、オフィリヤにはあてはまらないかもしれない。「新ハムレット」の結末は、ハムレットの「信じられない。僕の疑惑は、僕が死ぬまで持ちつづける」という言葉で終わることになる。「互いが互いの声のエコーとしての様相を呈しながら否定の言葉を投げつけ合い、交通の欲望に貫かれながら了解の不可知論へと導かれる」[3]という渥美孝子の言及がみられる。稿者なりに理解すれば、各人物がそれぞれ渦中の他者に対して、「疑惑」を解こうとして解けないままでいながら、そういう自分自身をも認識しているということだろうか。他者への微妙な意識や心理が打ち出されている。もちろんそれは文字どおりに自意識と表裏一体の心理模様であろう。それなら「嘘」（をつく）の多用は、このレーゼドラマにはたいへんふさわしい効果的なキーワードと言える。

他の小説にもあたってみたところ、確かに太宰の多くの小説作品に「嘘」「嘘つき」という語句がみられる。そうして語り手や主要人物たちが、自己や他者の〈嘘〉〈嘘つき〉という行為や内容にかなりこだわっている印象を受ける。ある語句や表現が一定数、出現するということには作家の表現心理、あるいは無意識下にある作家の表現上の属性が想定されるべきである。

二　虚構意識形成と「嘘」

因みに他の事典類もひも解いてみる。『太宰治大事典』(4)にも「嘘」の項が設けられている。

> 太宰は小説の本質は嘘であり、小説家は嘘つきだと思い、だからこそ天性の嘘つきである自分に強い矜持を持ちながらも、同時に嘘に対する罪悪感も抱いていた。……／小説は嘘だと考えていたからこそ、太宰は自分の実生活を作品の題材にしながらも、ありのままを書くのではなく、しばしば嘘を言ったり、事実を隠したり、重要な部分を落として描いたりした。

傍線部分の言説は、このようなこと自体、太宰文学には特異特殊のアプローチが必要とよく言われてきたが、太宰に限らず小説が虚構《フィクション》であるなら作家との関係上、当然の前提と考えられる。

また「太宰治作家論事典」（『太宰治必携』(5)所収）に、「嘘」は独立した項目として立てられてはいないが、「道化」の項で取り上げられている。

> 他者への異和《ママ》・恐怖が生み出した「道化」や「嘘」は、「仁」に反するものではありながら、文学という立脚点を得ることによって「死ぬるとも、巧言令色であらねばならぬ」（「めくら草紙」）という虚構の意志へ肯定的に反転される。

三種類の事典類では、後二者が、「嘘」という表現〈語句〉は、太宰治の文学が成立展開されていくうえでの、物語化・小説手法の〈虚構〉に連なるものと説明されている。つまり、太宰文学の芸術性・物語性を解く重要な文学語彙かつ概念として考えられているようだ。総則的に端的に言ってしまえば、「嘘」は「虚構」に置換される、ということだろう。

事典類の解説以外に、「嘘」そのものについての単独の先行研究は、ほとんど管見に入っていない。ただし、オムニバス的な小説「ロマネスク」（昭和九年一二月）の作品論や「ロマネスク」も含む考察においては、「嘘の三郎」の章（話）立てがあるためか言及はよくみられる。

「ロマネスク」は、第三話目が「嘘の三郎」の物語ということで、『作家用語索引』[6]の調査対象となった作品の範囲では、全体で「嘘」が三四回「嘘つき」一回で最も多い。おそらく太宰全作品中でも最多と予想される。結末近くで「三郎のなまなかの抑制心がかへつて彼自身にはねかへつて来て、……口から出まかせの大嘘を吐いた。私たちは芸術家だ。さういふ嘘を言つてしまつてから、いよいよ嘘に熱が加つて来たのであつた」ということになる。もちろん「嘘の三郎」の主題は「芸術的仮構そのものへの自意識に転じてゆく点」[7]（安藤宏）の方向にあり、「太宰治における「嘘」のあり方について考える上でも参照すべき作品の一つ」[8]（三野恵）との指摘をみる。

そのように「嘘」の先行文献が薄い中、孫才喜の論考「太宰文学における虚構意識─前期と中期の作品を中心に」[9]に、「一　虚構理念としての「嘘」─『ロマネスク』『めくら草紙』論」があり、集中的に「嘘」を問題意識に取り上げている。「ロマネスク」も「めくら草紙」も、いわゆる太宰治の文学活動の前期の作品になる。この「一」は、さらに1、2に分かれ、1で「ロマネスク」の「嘘の三郎」を中心に、2が「めくら草紙」での表現「巧言令色」をみていき、次のように結論している。

> そして今まで見てきたように、「嘘」は芸術的次元まで高度化した虚構理念とされ、「巧言令色」、「あざむけ」はその「嘘」の創作方法として実践的意味合いがもたれていることがわかる。
>
> （一六二頁下段）

孫のここでの考察も、太宰前期における物語化・小説手法の〈虚構〉に連なるものといってよい。

以上、文学語彙「嘘」を対象とする考察[10]が、太宰治の文学手法・虚構理念が形成されていくうえでの着眼であることを述べた。

ここで「斜陽」「人間失格」に、もう一度立ち返ってみる。「斜陽」の直治は、語り手である姉のかず子によれば高等学校入学後に文学に凝り始めたらしく、また引用部分の一節などからも小説を書く／書けないでいる様子がうかがわれる。しかし、「嘘つき」が直治の小説創作と関わっている語句とは考えられない。「人間失格」の葉蔵も画業・漫画に携わる設定であるが、芸術意識に関わっての「嘘つき」とは解されない。つまり、作者太宰の創作手法、虚構意識と無縁に近いことは瞭然であるだろう。孫が前掲論考で検証指摘している意味合いの範疇ではない、と言える。

「人々」「世間の人」は、高度の虚構理念に関連する意味をもたせて「嘘つき」としているのではなく、一般生活上の道徳意識としての基準から、そのように「噂」したり「呼んで」いたりしている（という考えで、両作品の語り手が用いている）のである。

孫才喜自身も同論考で、冒頭に示した短編小説『嘘』を引き、「ここでの嘘は、日常的な嘘の領域を出ていないもので、『ロマネスク』『めくら草紙』などに見られる「嘘」と明らかに異なるものである」ことを述べている。小説『嘘』は、留置場から逃げ、自分の家に潜伏している夫の行方を警察署長から糺された妻が、署長に嘘をつく物語である。敢えて言い換えれば、このような嘘（語句ではなく、うその内容の意）は、太宰文学においての虚構意識・「虚構理念」とは結びついていない、ということである。

本稿は、小説表現「嘘」が孫論文等いうところの、太宰文学における芸術意識の戦略として重要な文学語彙であることを充分認識している。そのうえで、その認識とは若干「異なる」「日常的」着眼、すなわち「嘘」

の一般的意味合いに関わる道徳意識や倫理的な自意識を鍵にして、作中の語り手や主要人物の用いる「嘘」「嘘つき」という語句を、具体的に確認作業してみる。

三 「嘘」の分析

1 道徳的倫理的な自意識・対他意識

「姥捨」（昭和一三年一〇月）

最初の妻である小山初代との水上心中を題材としたといわれる作品。嘉七とかず枝の夫婦は、あることの始末に死ぬことを決意して、夜汽車で水上に向かう。ウイスキーの酔いもあって、嘉七は長い愚痴めいた独白のようなことを語り出した。

> 冗談ぢやないよ。なんで私がいい子なものか。人は、私を、なんと言つてゐるか、嘘つきの、なまけものの、自惚れやの、……おそろしくたくさんの悪い名前をもらつてゐる。……

この「嘘つき」等を、作中の現実で嘉七が実際に他者から発話として受け取ったという解釈はできる。しかし、ここではっきりしていることは、「人」が自分のことを倫理的にそう思っているだろうと、嘉七自身が思い込んでいる自意識である。

「駈込み訴へ」（昭和一五年二月）

語り手ユダが、師イエスへの愛憎一体ともいうべき混沌とした心理を役人に訴えていく一人称の小説。「あの人」は、イエスのことを指している。

> おのれを高うする者は卑《ひく》うせられ、おのれを卑うする者は高うせられると、あの人は約束なさつたが、世の中、そんなに甘くいつてたまるものか。あの人は嘘つきだ。言ふこと言ふこと、一から十まで出鱈目だ。私はてんで信じてゐない。

だまされた。あの人は、嘘つきだ。旦那さま。あの人は、私の女をとつたのだ。いや、ちがつた！　あの女が、私からあの人を奪つたのだ。ああ、それもちがふ。私の言ふことは、みんな出鱈目だ。

引用部分のみでは、「嘘つき」はいかにもイエスへの非難のようである。しかし、ユダの内面からすると、非難というよりは、哀願に近い。ユダは道徳的に心底から「嘘つき」と認識し、イエスに真実を、と求めているわけではない。つまり、ここでの「嘘」は必ずしも「真実」「本当」に対置もしくは並置される「嘘」ではない。後者の引用からは、いかにユダが心理的に動揺ないし混乱をきたしているかよくわかる。「嘘つき」は、イエスへの対他意識でわき起こっている自らの感情を爆発させているだけで、特に倫理的に非難しているわけではない。むしろ、ユダ自身にそのまま自意識として反転して返ってきて、道徳的に心理的に打撃を与えている。

『お伽草紙』（昭和一五年四月）の「舌切雀」登場人物のお爺さんは妻と言い争いになり、世間一般に対しても「世の中の人は皆、嘘つき」で「その自分の嘘に」気づかないでいるので空恐ろしい、と評する場面である。

「あなたは、どうなの？」／お爺さんは格別おどろかず、／「おれか、おれは、さうさな、本当の事を言ふために生れて来た。」／「でも、あなたは何も言ひやしないぢやないの。」／「世の中の人は皆、嘘つきだから、話を交すのがいやになつたのさ。みんな、嘘ばつかりついてゐる。さうしてさらに恐ろしい事は、その自分の嘘にご自身お気付きになつてゐない。」

「……あなたの親御さんも、あれならばなかなかしつかり者だし、せがれと一緒にさせても、

――」／「嘘ばかり。」／「おや、どこが嘘なのです。私が、どんな嘘をつきました。……どこが、どんな工合ひに嘘なのです。それを聞かして下さい。」と顔色を変えてつめ寄る。／「みんな嘘さ。あの頃の、お前の色気つたら無かつたぜ。それだけさ。」

ここでの「世の中の人」は、「人間失格」の「世間」や「斜陽」の「人々」と近似の指示内容であるだろう。「嘘つき」でありながら吐いた「嘘」に気づかない、という認識は、救いのない絶望的な終末論的な内面状況ではないか。もちろん、お爺さんの道徳的な意識が行なった批判ではある。こうなると人間性、実存に関わる価値判断といってもよい。しかもその認識は妻に向けられていく。直接、世間から妻に行きついたのではないけれど、「世間」が「個人」と認識する「人間失格」の大庭葉蔵は、すぐそこにいる。「嘘」は「浦島さん」「カチカチ山」にも見える語句である。

「彼は昔の彼ならず」（昭和九年一〇月）。

語り手「僕」は、家を貸した木下青扇の「嘘」にいろいろと振り回されていると思う。「嘘」をつく主体側の心理ではなく、嘘をつかれる受け身の側の心理意識がみえてくる作品である。

……青年ではなささうにも見えるのであるが、それでも、四十二歳は嘘であらうと思ふ。いや、それくらゐの嘘は、あの男にしては何も珍らしくないのである。はじめ僕の家へ来たときから、もうすでに大嘘を吐いている。

「僕」が、青扇自身が以前に言った「自由天才流書道教授」という職業を取り上げると「あれは嘘ですよ。」となり、これも青扇が話した「女の金で暮してゐた」という話題も「あれは嘘です」と返される始末である。青扇が「私はほんたうは、文学書生」と言ったときは、

「ほんたうは、といふそんな言葉でまたひとつ嘘の上塗りをしてゐる」と「僕」が言い返すくらいである。けれど、「僕」は青扇に相手にされず、結局は家賃をうやむやにされて何ケ月も払ってもらえないのである。「僕」にとって「(大)嘘」は、「心の平静をかきまはされて来た」と、自分を認識する装置となっている。

「恥」（昭和一七年一月）。

戸田という小説家に会いに行った読者の女性が語り手である。語り手は、小説に書かれた内容と実在の小説家の様子との「感じ」の違いに、「ひどい恥」を受けたと告白する。

> 小説家は悪魔だ！　嘘つきだ！　貧乏でもないのに極貧の振りをしてゐる。立派な顔をしてゐるのに、醜貌だなんて言つて同情を集めてゐる。……私は、だまされた。

もちろん、作中の小説家がだました、といえるような事情ではない。虚構を、真実と受け取った読者の悲哀とでもいうしかない。この「嘘つき」には小説家たる作者太宰の表現心理を考えれば、虚構意識が感じられるかもしれない。作品世界に限定しても、作中小説家の「虚構」もこめられている微妙さがあり、しかし、語った女性その人は倫理的な意味として言っているという、「嘘つき」のみに限定すれば、複雑で高度？な表現といえるのではないか。「嘘つき」は、この語り手をも裏返しの自意識となって自覚させ、自らの境遇を過敏に認識させていると言える。

この項の分析の結果として仮説に符合するものは、取りあげた用例中、中期作品に多くみられたことになる。

2　誇張や打消しによる自意識の増幅

過敏な自意識（対他意識）が、表現技法によって、さらに増幅される。

ア、打消し（の強調）

①私は生れてはじめて地べたに立つたときのことを思ひ出す。……尻餅ついた。私は火がついたやうに泣き喚いた。我慢できぬ空腹感。／これらはすべて嘘である。……

（「玩具」昭和一〇年七月）

②私は、昨夜どろぼうに見舞はれた。さうして、それは嘘であります。全部、嘘であります。さう断らなければならぬ私のばかばかしさ。ひとりで、くすくす笑つちやつた。

（「春の盗賊」一五年一月）

③ざまあみろ！　銀三十で、あいつは売られる。私は、ちつとも泣いてやしない。私は、あの人を愛してゐない。はじめから、みぢんも愛してゐなかつた。はい、旦那さま。私は、嘘ばかり申し上げました。私は、金が欲しさにあの人について歩いてゐたのです。

（「駈込み訴へ」）

④この作品（引用註——ドイツの作家「ヘルベルト・オイレンベルグ」の小説「女の決闘」）の描写に於ける、……、作者の厭な眼の説明が残りなく出来ると私は思ひます。／もとよりこれは嘘であります。……

（「女の決闘」昭和一五年一月）

①は「玩具」の、全集で七行の断章になっている部分。五行分の「思ひ出」した語りを「すべて」嘘として、打ち消そうとする。語った内容への照れ、つまりは自意識である。②も①と同様である。話題提示を打ち消してしまう。これも「全部」とある。もちろん、ゼロに帰すということではなく、どろぼうに遭った自身を半ば羞じる心理、これも自意識。言い始めたことや語り終えたことが、否定などにはならないことを知っていて、このように「嘘」で否定的にしてみせる人物が多い。③「駈込み訴へ」の引用は、語りの終わり部分である。ユダは、役人への訴えがほぼ終わった頃、「私は嘘ばかり申し上げました。」と、全て打ち消そうとする。もちろん、表現内容からみる限り、たとえば「あ

の人を殺して私も死ぬ。旦那さま、泣いたりしてお恥づかしう思ひます。はい、もう泣きませぬ」などから、この訴え自体を後悔しているのでは、と推察されることがないわけではない。しかし、それよりは、やはりユダの愁訴はイエスへの敬愛と期待通りにいかなかったギャップを埋めるかのような語りであり、「嘘ばかり」は自失・自棄ででもあるだろう。④「女の決闘」は、引用中に示したオイレンベルグの小説「女の決闘」について、作中作家の語り手がいろいろ自らの分析と推測を長く述べた後の打消しである。もちろん、本来の打消しの意味はない。他者、この場合は読者ということになるが、他者へいかに自説が不首尾のものか、とへりくだっている自意識である。表現の上での「下降指向」[11]（奥野健男）ともいえる。ただし、自身の解釈への自負もこめられているとみられる。

　次項で後掲する「風の便り」の引用部分にも「全部、嘘です」とある。しかし、そこは他者の意図意志の否定と反論であって、①〜③のような自意識はここには薄いといっていいであろう。

イ、誇張（限定）

⑤おわかれ致します。あなたは、嘘ばかりついてゐました。

（「きりぎりす」一五年一一月）

⑥けふの話はまるで、どうもいけない。一つとして教へられるところが無かつた。紅梅白梅が艶を競つたの、夢に夢みる思ひをしたのといい加減な大嘘ばかり並べて……。（「黄村先生言行録」一八年一月）

⑤は冒頭文である。「嘘ばかり」は一〇〇パーセントの限定を意味しているわけではない。「嘘」を強調ないし誇張して、相手他者への気持ち、この場合は非難をこめた表現であるだろう。①「すべて」②「全部」も、同じような表現心理を見る。後で引用する「風の便り」の「嘘だらけ」などもほぼ同様である。⑥の「大嘘ばかり」は、「大」と「ばかり」に挟まれて、誇張の上に限定的強調が重ねられて二重になっている。こ

の小説は、喜劇、滑稽譚とでもいうような物語で、「大嘘ばかり」には、黄村先生のほら話の速記者兼語り手の「私」の、先生に対する柔らかに揶揄するような気持ちが出ている。誇張強調が強すぎて、むしろ字義どおりではないことが、明示されている。同じく前掲してある「彼は昔の彼ならず」の「大嘘」も、青扇の破綻しているような性格設定をよく表していると同時に、それを感じとって悩まされている「僕」の自意識が出るだろうか。「黄村先生言行録」「彼は昔の彼ならず」の、この誇張法の「嘘」表現は表現内容のせいもあるが、〝太宰らしい〟〝太宰文学的な〟ユーモアがでている。

3　芸術的虚構意識の牽引ないし錯覚

参考までに、小説の表現内容から「はじめに」で述べた太宰文学の芸術意識、虚構理念形成に結びつくと錯覚されるのではないか、というものも一、二挙げておくことにする。

「道化の華」（昭和一〇年五月）。

「僕」は、小説の語り手であり、小説内小説の作者（作中作家）でもある。「僕」は小説を書く理由を自問自答する。

> 僕はなぜ小説を書くのだらう。新進作家としての栄光がほしいのか。もしくは金がほしいのか。……。ああ、僕はまだしらじらしい嘘を吐いてゐる。このやうな嘘には、ひとはうつかりひつかかる。嘘のうちでも卑劣な嘘だ。僕はなぜ小説を書くのだらう。

この「嘘」は、芸術や虚構云々と連動している言説ではない。しかし「僕」が自分自身の小説内小説の解説をしている言説ということに牽引されて、芸術意識と連動しているような錯覚を受ける。しかし、あくまで錯覚である。その意味では自意識との関わりがゼロにはならない。

「風の便り」（昭和一六年一一月）

この小説は、私小説作家の木戸一郎と、大作家の井原退蔵の往復書簡の形式をとっている。

けれども、手紙の訴へだけには耳を傾けて下さい。少しも嘘なんか書きませんでした。どこが、どんなに嘘なのでせう。すぐに御返事をください。（引用註――木戸から）

自分は、君の手紙を嘘だらけだと言ひました。それに対して君は、嘘なんか書かない、どこがどんなに嘘なのか、たいへん意気込んで抗議してゐたやうですが、それでは教へます。……。／君は、たしかに嘘ばかり言つてゐます。君は、まづしく痩せた小説ばかりを書いて、さうして、昭和の文壇の片隅に現はれかけては消え、……日本の歴史を研究し直さうかと考へてゐるのださうですが、全部嘘です。（同――井原から）

木戸は、創作上の行きづまりを感じて井原に手紙を出す。その手紙に対し、井原が木戸の小説への批評や芸術観などで応答する。しかし、ここに挙げた「嘘」の用例は、厳密には小説や芸術意識について嘘だ真実だと言っているわけではない。あくまでも、木戸の「手紙」の内容のことである。けれど、これもその表現内容から虚構意識・芸術意識が受け取られるような一種の錯覚はある。

四　中期のアイロニー

さて、太宰治の本格的文学活動は、「思ひ出」（昭和八年四・六・七月）から始まる。この自伝的小説に、次の場面がある。子守の「たけ」が幼少の「私」に「道徳を教え」る。

お寺へ屡々連れて行つて、地獄極楽の御絵掛地を

見せて説明した。……。嘘を吐けば地獄へ行って
このやうに鬼のために舌を抜かれるのだ、と聞かされたときには恐ろしくて泣き出した。

何かと取り上げられる場面である。この後、学校に入学した「私」は「嘘は私もしじゆう吐いてゐた」とあり、小学二年か三年の雛祭り、学校の先生に「嘘を吐いて」早退し、家でも学校は休みだと嘘を吐く。そして、学校で作る綴り方も、すべて「出鱈目」を書く。時が経って、中学三年の春から夏にかけての頃、「十重二十重の仮面」を自覚する「私」は、「作家にならう、作家にならう」と「作家」志望を決意する。

「仮面」は「嘘」と等価ではない。しかし、両者はほぼ同一線上にある。「嘘」の方が延長線上にあるだろうか。その延長線を引けば、この「私」の「仮面」は、結局は創作への意思、芸術意識を引き出したと言える。「嘘の三郎」に近い意味内容をもっているともいえる。

「思ひ出」は、その自伝小説的題材から太宰治の原風景あるいは原質を探られることが多い。たけの教育は、現実の幼少太宰（津島修治）に起こった体験とほぼ一致しているだろう。後年の作家なり人間なりの、太宰自身の道徳意識や倫理的な自意識を形成したに違いない。しかし、「思ひ出」はあくまで、昭和八年に二四、五歳の作家によって発表された小説作品であって、この場面だけから太宰が幼少から「嘘」に対して負の意識をもっていたとか正義感に反転して決めつけたくはない。

「思ひ出」以降の前期では、メタフィクション（的）小説が多くみられることもあり、「嘘」が虚構への意識と結びついていると錯覚されるものが多い。

中期に入っても、「嘘」や「嘘つき」が一回でも出現する作品は多数にのぼる。

もちろん、孫論文らの「虚構理念」の面からも、本稿が企図している道徳倫理にかかわる対他意識自意識からも、分析になじまないものもあることには触れておかねばならない。

小説の手法などが異なっていることを考慮して考察しなければならないだろうが、中期は前期に比べて、倫理的な自意識・道徳観念と関わる、一般的意味あるいは本義での「嘘」表現が多い。

中期は確かに「安定と開花」[12]（奥野健男）「静かな、透明な、暖かい世界」[13]（渡部芳紀）に思える。作品も「愛と明るさの文学」[14]（渡部芳紀）のように見える。太宰自身も、昭和一三年八月一一日付の井伏鱒二宛書簡で、次のような心境を述べている。「リアルな私小説は、とうぶん書きたくなくなりました。フイクシヨンの、あかるい題材をのみ選ぶつもりでございます」。「東京八景」（昭和一六年一月）は「いわゆる前期から中期への「転機」を問題にする時には、今も必ず言及されている」（『太宰治全作品研究事典』）作品との指摘がある。「東京八景」で太宰は「私は、いまは一箇の原稿生活者である。旅に出ても宿帳には、こだはらず、文筆業と書いてゐる。苦しさは在つても、めつたに言はない。以前にまさる苦しさは在つても私は微笑を装つてゐる」と書いている。この前年は、「私は、もう、とうから死んでゐるのに、おまへたちは、気がつかないのだ。たましひだけが、どうにか生きて。」（「鷗」昭和一五年一月）とも書いている。

相馬正一は、かつて「……中期のどの一作を取り上げてみても、手放しで明るいと言えるものは見当たらないはずである。過去の陰惨なドラマを湖底深く沈めたつもりでいても、作者の自画像が登場すれば必ず自虐のかげりとなって主人公を十重二十重に包み込んでしまう」[15]と述べた。これは、伝記研究からの作家像的視点での言及になる。他方、作品の「表出の構造」や表現から太宰文学を解読した小浜逸郎も、次の結論を導き出している。

中期以後になると、一見このような手法（引用注——「対話者との関係自体を作品に塗りこめていくアクロバチックな手法」）はなりをひそめたかにみえる。しかしそれは言うまでもなく、かれが何らか依るべき地上的な拠点を見出しえたことを意味しない。既に表現者としての太宰は、『晩年』の世界を通過する過程において、収拾不能なまでに〈私〉を解体しつくしていたはずである。ただ中期以後は、その解体された〈私〉が、露わには見えにくい屈折した形で作品の中に注入されているにすぎない。[16]

「嘘」「嘘つき」が中期も、少なくない出現例から語り手や登場人物たちの微妙な対他意識自意識が分析されることは、事実である。そして前期同様に出現しながらも、中期においてその意味が変容していく。その中期の「嘘」「嘘つき」に、前期における虚構理念が隠されたと断定することはできないとしても、正一や小浜の言及のように考えてよいピンポイント的示唆にはなり得るのではないか、と思われる。本稿の分析検証も、その若干の役割を果たすと思う。

まとめとして

改めて「嘘」「嘘（をつく）」は、太宰治の小説表現また太宰文学において対他意識、自意識が微妙に複雑に打ち出されている文学語彙といえる。というよりも、作家は文学上の戦略として意図的に小説表現に組み入れ、対人関係で微妙にゆれうごく人物たちを造形していると見るべきであろう。人物や状況のバリエーションやカリカチュア表現も含めて、である。繰り返しになるが、たとえば「思ひ出」の地獄極楽絵図の場面は、実生活上の事実であっただろう。そのことを「嘘（つき）」という語句で小説表現するかしないかは、作家側の戦略にかかっている。事典類の解説で結果がわかっている、という考えもあろう。しかし、具体的には事典類の解説が演繹的に敷衍されるわけではない。

［註］

（1）東郷克美編「別冊國文學№47」學燈社　平成六年五月

（2）箱田・仁平編『嘘とだましの心理学』（有斐閣　平成一八年七月）の「第7章　嘘とだましの人格と病理　Column⑧　諺・慣用句・名言名句に見る嘘とだまし」（大沼夏子）に、「斜陽」の次の部分が引例として挙げられていて、興味深い。「とにかくね、生きているのだからね、インチキやっているに違いないのさ」。

（3）神谷・安藤編『太宰治　全作品研究事典』（勉誠社　平成七年一一月）の「新ハムレット」

（4）志村有弘・渡部芳紀編『太宰治大事典』勉誠出版　平成一七年一月

（5）三好行雄編「別冊國文學№7」學燈社　昭和五五年九月

（6）『作家用語索引　太宰治』教育社　平成元年二月

（7）安藤宏「太宰治における『物語』と『私』」（「國語と國文学」平成二年一〇月）。安藤は「作中人物・モデル事典」の「ロマネスク」の項で、「『思ひ出』の〈嘘〉、『道化の華』の〈道化〉、『逆行』の〈甲斐ない努力の美しさ〉などとの共通点が興味を引く」と述べている（『太宰治事典』學燈社　平成六年五月）。

（8）（3）の「ロマネスク」の項の記述。

（9）『日本研究　第25集』国際日本文化研究センター　平成一四年四月

（10）語句としての「嘘」に考察の力点を置くものではないが、小松史生子「太宰治、〈私〉と〈嘘〉と探偵小説」も挙げておきたい（『国語通信』通巻三六三号　筑摩書房　平成一三年一二月）。「断崖の錯覚」（昭和九年四月）を取り上げ、新進作家を名乗って嘘をついたがゆえに、語り手の「私」の犯罪が登場人物たちに暴かれないことを指摘していて興味深い。

（11）奥野健男『太宰治論』（新潮文庫　昭和五九年六月）によったが、文藝春秋版『太宰治』等も参照した。

（12）（11）に同じ。

（13）「早稲田文学」（昭和四六年一一月）。昭和四三年六月からの「文学世紀」の連載を論旨の整理をしてまとめたもの。

（14）（13）に同じ。

（15）相馬正一「中期安定の意味―「東京八景」を中心に」（『國文學　解釈と教材の研究』學燈社　昭和五一年五月）

（16）小浜逸郎『太宰治の場所』弓立社　昭和五六年一二月

「十二月八日」「待つ」の覚え書き

——開戦からの眼差し

加藤典洋『敗戦後論』(講談社　平成九年八月)に、次のような記述がある。

> 中野(引用註——重治)も、太宰も、戦時下、時局に迎合するという姿勢から遠く、よく軍国主義の体制に抵抗し続けた。(四四頁)

太宰が加藤の言うように、戦争当時の国家・時局に「よく」抵抗したかどうかについては、受け取り方によっては疑義を持つ向きもあることだろう。最終的には、一五年戦争なり大東亜戦争下なりでの太宰治が、作家として当局に抵抗したか迎合したかということが問われる必要があるとして、今ここでは主に開戦時を題材にした「十二月八日」(昭和一七年二月)と、執筆時は不明だが半年近くの後に発表された「待つ」(昭和一七年六月)をみていき、稿者自身の覚えとしたい。

昨今は「アジア・太平洋戦争」という呼称を目にすることが多くなったが、この稿では昭和六年九月の満州事変から始まり、敗戦で終わった一連の対中国状況を「一五年戦争」、後の米英を中心とした連合国陣営との武力対立に「大東亜戦争」の名称を意識想定しておきたい。

「十二月八日」

開戦時と言えば「十二月八日」が取り上げられる。この小説は、抵抗か迎合かという二項対立的に考察されてきた。「待つ」は〈待つ〉対象が何であるのか、という観点からの論が多く見受けられる。(註) その中に「戦争の終結、平和」（別所直樹）もあり、「作者とその時代を考える場合に重視」（木村小夜）される作品である。たとえば「散華」（昭和一九年三月）は開戦時の作品ではないが、「このテクストの評価は必然的に時局への太宰の反応――抵抗か協力か――を議論の中心として呼び込んできた」（若松伸哉）という。

　しかし、「十二月八日」における抵抗の可否については「このような「十二月八日」に対する全く異なる解釈は何を意味しているのだろうか。これは「十二月八日」には、両方の解釈を可能にさせる二重構造が内包されていることに起因する」（李顯周）という評者の言そのままに、また「待つ」の〈待つ〉対象の多義についても、どれとも解読されるように書かれているのであって、対象の限定ないし確定は確かに時局における作家の姿勢を決するうえで大きい意味・意義を持つだろう。その意義を充分に認めるところであるが、労多く実り少ない作業といえる。

「十二月八日」は、ある主婦「私」の日記という仮構で、夫のエピソードや近所の人物たちの動静を伴って、彼女の開戦日のほぼ一日の生活が語られる。

　朝、近所のラジオから開戦の放送が聞えてきた後「私の人間は変わつてしまつた」「日本も、けさから、ちがふ日本になつたのだ」と明かしたり、「本当に、此の親しい美しい日本の土を、けだものみたいに無神経なアメリカの兵隊どもが、のそのそ歩き回るなど、考へただけでも、たまらない」「日本の綺麗な兵隊さん、どうか、彼らを滅つちやくちやに、やつつけて下さい」などと自己喚起したりする「私」の告白を真直ぐに受け止めれば、「妻や近隣の者たちの戦争突入に対する心構えを表わしており、まさしく、国策文学の典型ともいえる体裁を成している」（高木知子）ということになるしかない。ただ、この「十二月八日」一篇の主題が今引用したような部分にあるかどうか、甚だ疑わしいのである。とは言っても、表層にこのような言説がみられる限り、他の評者にも「大東亜戦争開戦の日の昂ぶりを素直に」「書き上げた戦争文学」（赤木孝之）のように戦争賛美小説の評価がなされていることを、いったんは受容しておかねばなるまい。それにしても先の評者（高木知子）の評言は厳し過ぎるというか、一面をクローズアップし過ぎているように思えてならない。この点については別の機会を用意したい。

「主人」が「七百年」を〈「ぬぬひやく」ねん〉と読む例の場面は、その表現内容の滑稽さから時局に対する作家の揶揄、延いては抵抗を見てよいと解するが、〈紀元二千七百年〉に触れず、わざわざ百年後の「七百年」というところに、現実を直視しない作家の姿勢を垣間見るのである。これは〈現実逃避〉なのだろうか。

また「西太平洋」の場所を「私」が知っていないと思われる物言いで、「アメリカが東で、日本が西といふのは気持の悪い事ぢやないか」と主人が嘆く場面のことである。夫は場所を知っている、という考察もある（厳大漢）。今はそのどちらでもよいが、ここもかなり戯れ言的な言い回しの表現である。内容自体が冗談のニュアンスがにじみ出ているうえに、夫の「正気」そうな言い方が、いっそう滑稽感を増幅している。この表現は、カリカチュアの要素が大きい。そうして、「センチメントのあるおかたは、ちがつたものだ」「主人の愛国心は、どうも極端すぎる」「どこまで正気なのか、本当に、呆れた主人であります」等の「私」（主婦）の言葉が、「主人」をいっそうそれらしく装う。ここにも、開戦という国家の一大事に直面しない作家の態度をみる。

「十二月八日」の直前には「新郎」（昭和一七年一月）

が発表されている。この小説は冒頭の「一日一日を、たつぷりと生きて行くより他は無い。明日のことを思ひ煩ふな」によく表れている日常生活が語られる。中ほどで、語り手の書く小説を「変つた小説」だとする国民学校教導から抗議めいた手紙が届いたことが、事件といえば言えるような日常である。もちろん表現内容や言説から、さまざまな作品の意味・背景としての作家の意図を読み解くべきである。しかし、小説の構造の上で最も注目されることは、末尾の括弧書きの注である。「昭和十六年十二月八日之を記せり。／この朝、英米と戦端ひらくの報を聞けり」。この開戦の情報は、かなり劇的な出来事だったはずである。そのことは、話が前後することにはなるが、劇画化や風刺・誇張されて描かれた中にも、次の作品「十二月八日」から知られるところである。それをしも、特別視した感慨もなく、開戦という大事件に見合わない質素で平凡というにふさわしい事柄を書き連ね、とってつけたように開戦の記述を付加する。そこに、作品「十二月八日」に向かう作者のアイロニカルな態度を見ることができるはずである。

もっとも、「新郎」は「十一月下旬か十二月上旬かに起稿され、十二月八日に脱稿した」（山内祥史）とする推定がある。そうすると、作品本文が先に出来てしまっていて、末尾の注は本来の意味での付け足しかもしれないという可能性も出てくる。仮にそうだったとするなら、本文には開戦の特別な思いはもともとないことになり、作家の姿勢に若干の強弱が出てくるが、注に拠り作品にアイロニカルなものを読むことに変わりはない。

先の評者（李）の他にも、「新郎」「十二月八日」に「重厚な構造」「二重構造」（佐藤泰正）を読み解く評者は既にいる。その評言と考えを異にしているが、稿者は述べたようなこの開戦直近の二作品にある対比の表現構造そのものを〈二重〉と読む。そして、その構造から分析されるアイロニーに、開戦や時局に対する作家の姿勢をみる。

「待つ」

さて、「待つ」である。語り手の「二十の娘」は「いつたい私は、毎日ここに座つて、誰を待つてゐるのでせう。どんな人を? いいえ、私の待つてゐるものは、人間でないかも知れない」「はつきりした形のものは何も無い」「私の待つてゐるものは、あなたでない、それでは一体、私は誰を待つてゐるのだらう。旦那さま。ちがふ。恋人。ちがひます。お友達。いやだ。お金。まさか。亡霊。おお、いやだ」と語る。

語り手が「待つてゐる」対象については、「軽々しく口に出してはならぬ、何か」(奥野健男)「キリスト」(佐古純一郎)「自由(に表現できるよう――引用註)な芸術」(千葉正昭)などいろいろな見解が提出されている。しかし、語り手が述べていることからすれば、具体的に一つに限定することには、そもそも無理があるとしか思えない。「待つてゐる」こと自体に意味があるのだとする評者(鈴木雄史)もいる。その無理を超えて決めるのが文学研究、特に作家研究の仕事ではあろうが、作品を重視した分析では「わからない」という語り手の言葉が最も妥当といっておくしかない。「待つ」の語り手は「大戦争」開始後、「私だけが家で毎日ぼんやりしてゐる」ことが「大変わるい事のやうな気がして来て」「不安」で「落ちつかな」いために、〈待つ〉行為に出たのである。このことから逆に言えば、不安を与えない落ち着く何かということになる。その意味では、「待つ」以外の多くの作品をも考察した評者の「この上もない素晴らしい幸福」(柳本博)という結論に賛成する。

繰り返すが、小説の言説がさまざまに解することができるように作られているのである。それは、開戦を目の当たりにした太宰が自らの文学的手法を作為的に曲げて戦争に対する言説を物語ったというより、開戦が太宰の文学表現に作用した巧まざる結果というべきである。ここでは、そのように多義的ないし曖昧につくる小説表現構造そのものに作品としての効果があり、少なくともそこから作家の姿勢を窺うことができる、という方向性を採っておきたい。

以上の二作品から、曖昧な言説をする語り手たちを登場させることで、戦争という時局・社会に直接的に対峙してはっきりと態度を示さない人間像が浮かび上がるのではないか。もちろんこの表現が作家の姿勢を投影していることは確かである。しかし、語り手たちや人間像が本質的に非難されるべき筋合いのものではないし、また例の如く語り手・主人公＝作者の自画像ととらえて、太宰自身が戦争や開戦の現実に無関心であったとか無視を装ったとかの証左とはなり得まい。それは、戦争という現実からの逃避ではない。逃避は、作品を発表しないという行為を選択させるであろう。要するに、太宰治の姿勢は〈消極的〉抵抗といえるのではないか。ついでながら、昭和一七年一〇月の「花火」全文削除事件以降は、抵抗の度合いが、より慎重にあるいはより消極的になっていったのではないかと推察する。

大東亜の戦時下作品「散華」（昭和一九年三月）の「三井君」の病死が、「三田君」の玉砕と「等価」（鳥居邦朗）かどうかはわからないが、「玉砕」のみを賛美しないという意味合いで対比の構造を形作っていると言える。「三井君」が架空の人物（北川透）とすれば、その意図はなおさら認識せざるを得ない。

果たして、太宰治が時局に迎合したのか抵抗したのか。稿者は、少なくとも開戦時から「待つ」の頃までについては、迎合を採らない。積極的な抵抗とは言えないが、太宰の深奥にはアイロニカルな思いがあった、と考える。「よく」創作に向かった時期であった。

［註］
本稿発表時において、近来は「十二月八日」に抵抗迎合の二項対立を、「待つ」に〈待つ〉対象の確定を、それぞれ重要な論点にしない考察も多く見受けられる。

「竹青」修整考

――魚容の「故郷」

稿者は以前、「太宰治『竹青』の終結部についての試論―『杜子春』との同調―」(補註)(「郷土作家研究」第三三号 平成二〇年六月)で「竹青」(昭和二〇年四月)について小考を述べた(この拙稿を、以下「旧稿」と略記する)。副題に示したように、「竹青」と芥川龍之介「杜子春」(大正九年七月)との接点に着眼して若干の検討を加えたものである。

芥川はおそらく太宰治に最も大きな文学的影響を与えた作家である。少年太宰が作家への道を志向したのは、当時の流行作家の芥川の作品に魅了されていたからだろうし、作家として自立してからも、作家生涯の大半において目標とした作家だったと考えられるからである。「竹青」以外にも、芥川の作品や表現が、太宰の小説表現に具体的な作用を及ぼしていると思われる作品は見られる。もちろん、太宰が初期小説「哀蚊」(昭和四年五月)について、芥川の「雛」(大正一二年三月)の影響であるという直接の自注もある。

旧稿は、そのような一つとして、「杜子春」の杜子春の「人間らしい生活」を標榜するまでの経緯設定が、「竹青」の主人公魚容の、受動から自立へ向かう内面の変容と関連していることに注目したものである。

尾山真麻氏は「太宰治「竹青」論―『聊斎志異』と比較して―」(「文学研究論集」第四七号 平成二九年九月)

で、魚容が「〈故郷〉へ帰る」という結末は原典にはなく、太宰が「創りあげた」「変更」と述べ、次のように指摘する。

魚容の①魚容が試験を受ける前の故郷での生活に筆を割いていること、③故郷へ帰るという結末に変更されていることに注目すると、魚容の〈故郷〉について考察する必要があると考えられる。先行研究では、原典との比較、魚容の妻と竹青との比較をし論じたものなどは多く見られたが、〈故郷〉については殆ど言及されていない。(一一五頁)

〔引用註〕論考には②も設けられているが、ここでの言及から外れる事項になるということからか、引用部分では省かれている。

太宰自身も、故郷意識の表現化の強い傾向の作家とみられる。特に、青年前期での生家との確執から、懐郷的な題材の小説も多いことを考え合わせると、魚容の故郷、故郷意識の考察の必要性については稿者も賛同する。

稿者は旧稿で、魚容が故郷で妻や親類に侮られっ放しで、郷試を受験する一連の境涯と思考から、またその郷試に二度も失敗して再び帰郷しなければならなくなる展開から、魚容が故郷に帰りたくない心理状態にあると読んだ。尾山氏は、この読み取りに疑義を示しておられるので、再考をしてみる。

旧稿での論旨の一部を再掲する。魚容は、二度目の郷試にも落第し、再び洞庭湖ほとりの呉王廟に佇み、「何の面目があつて、おめおめ故郷に帰られやう」「あはは、死なう、竹青が泣いてくれたらそれでよい」とまで思う。その後現れた神烏竹青に促され、漢陽の竹青の家に行く。そこで竹青に故郷へ帰るように諭され(いわゆる〈竹青の諭し〉)、気が付くと竹青の家が「忽然」と消えていて、魚容は孤州に立っていた。そこに神の丸木舟が現れて、故郷周辺に行き着き、「頗るしよげて」自分の家を覗くと、竹青（実は、竹青のように変身した妻）がいたのである。

稿者は、魚容が〈竹青の諭し〉を「信念」「真理」と受容したのではなく、「主体的に理解したり受け容れたりしていないニュアンス」を読み取り、「むしろ受け容れざるを得なかった、理解せざるを得なかった」と解し、「帰りたくない故郷に帰らざるを得ないために魚容は「頗るしよげて」いる」（傍線は旧稿では無し、以下同じ）と読解した。

また、魚容の故郷とそれに対する意識について、「人間界でさんざんの目に遭つて来てゐる」や「故郷に帰れば、またどんな目に遭ふかわからない。つくづくこの世がいやになつた」等という竹青への吐露に着眼し、不遇から生じた魚容の自己認識は、怨みに近い感情と見返したいという強い希求欲望と裏表の関係と読み解いた後、次のように述べた。長くなって気が引けるが引用する。

もう一度「頗るしよげて、おつかなびつくり」にもどる。「わが家に」であるからには、妻を敬遠あるいは恐れてのことになる。一度目も「どんなに強く女房に罵倒せられるかわからない」ことを思い「精神朦朧」となった。他律的受身的性質で、妻を始めとする故郷の人々に対して恨みがましい気持ちを持っている魚容は、竹青に強く諭されたため、帰りたくない故郷そして家に帰ることを受容せざるを得なかったのである。

不如意な帰還の直接の要因は、漢陽の家でつい魚容の口から出た「くにの女房にも、いちど見せたいなあ」という一言であった。この言葉は竹青が受話したように「本心の理想」から発せられたものなのだろうか。直後の「思はず」という語り手、そして魚容の否定を示す「狼狽」からすると、故郷に帰りたいという深い意味合いをもつ発話ではなかったのに、魚容の心に反して大仰な事態を招いてしまったと考えられる。（四九頁）

さて、尾山氏は、このあたりの稿者の文言を適宜引用しながら、「帰りたくない故郷」について、「しかし、〈故郷〉は魚容にとって「帰りたくない」場所だっただろうか。」と疑義を呈し、次のように相対化している。

作中での魚容の言葉はすべて本心から発せられたものであり、妻や竹青の言葉もまた本心であると推測できる。太宰の他の作品で描かれるような〈嘘〉というキーワードは「竹青」の中に見られないのではないだろうか。以上のことから、「くにの女房にも、いちど見せたいなあ」という言葉は、本心だからこそ「思はずさう言つてしまつ」たと考えられる。／(略)魚容は〈故郷〉に執着しており、そのために〈故郷〉は離れられない、帰らなくてはならない場所となっている。(一一六頁、傍線相馬)

力作論考を断片的に引いて申し訳ないのだが、以上のように述べておられる。

このことから再考してみるに、旧稿で述べた「帰りたくない故郷」という評言は言い過ぎ、あるいは言葉足らずであった、と認めなければならない。尾山氏の疑義は当然のことと甘受する。ただし、結論を先走れば、それでも限定的な修整になるだろう。

尾山氏の「〈故郷〉」という表記の〈 〉による意味合いを、いまは太宰「竹青」の魚容のそれを示しているくらいに解しておく。魚容にとって故郷は、生まれながらのかけがえのない場所土地であろうから、尾山氏の指摘のとおり「離れられない、帰らなくてはならない」場所であることは確かというしかない。では、その「離れられない、帰らなくてはならない」故郷に帰れという竹青に、なぜ魚容は「狼狽」して「いまさら帰れとはひどい」「故郷を捨てさせた」と抗弁するのだろうか。しかも尾山氏のいうように魚容の言葉が「すべて本心」から出ているのだとすれば、この抗弁をどのように説明されるのだろう。

「奥さんの事は、お忘れでないと見える」という竹青の言から、「くにの女房にも、いちど見せたいなあ」を妻への本心の愛情とみるとしても、必ずしも作品内時間の今の今、故郷に帰る希求が魚容の全身（全心）を満たしているとは稿者には読み切れないのである。

「離れられない、帰らなくてはならない」という形容は作品世界の魚容においてであっても、概念的にはというか観念的ないし一般的にはそう考えられる、という点にとどまるのではないのか。逆に言えば、漠然とした段階では「帰らなくてはならない」場所と認められるべきである。この後、竹青は「人間は一生、人間の愛憎の中で苦しまなければならぬ」という。魚容の抗弁は、いわば、その「憎」に充たるのであって、帰ることを一〇〇パーセント望んでいるわけではない、ということにはならないだろうか。そう解してこそ、故郷を捨てる〈帰らない〉のではなく、帰るべきだという〈竹青の諭し〉になるように思われる。「頗るしよげて」は、家に入りたくても脱出した経緯から不都合この上ないという児戯の所作心理ではなく、あえて言ってみるなら「帰らなければ」「帰られない」が半々混濁した心理に覆われている動作といえるのではないのか。また、魚容を故郷周辺に連れていく「丸木舟」は神の配剤ともいうべきであって、魚容自身の意志と操作が関与していないことも考え合わせてよいはずである。

「（今の今は）帰りたくない」否や「帰られない」という思いがあったからこそ、「竹青」一編のハッピーエンド的な結末が、より活きて読み手側に感慨深いものを残すのではないか。サスペンスの効果、パラドキシカルな表現効果を受け取ってもいいように思う。もちろん作品構成のうえから、神烏（神女）たる竹青が、魚容の家に〝竹青〟が待っている結末を知っていた、と考えることはできるし、そこから作者太宰の創作意図のようなものを探ることもできよう。

繰り返すが、尾山氏から発せられた疑義相対化については、稿者の不充分な解読だったとして、「帰りたくない故郷」は、〝帰りたくても今は帰られない故郷〟の意に修整すべきである、というのが結論である。

付属的のことになる。尾山氏は、前述の「作中での魚容の言葉はすべて本心から発せられたものであり」、「竹青」では「〈嘘〉というキーワード」はない、という主張に、江明瑾氏の「問われた〈言葉〉―太宰治「竹青」論」（平成二二年三月「日本文芸論叢」第19号）の「魚容の言葉は、他人と意志を疎通する機能を持っていない」という一連の考察を、重要な論拠にしていると見受けられた。その江氏論考は、例の「くにの女房にも、いちど見せたいなあ」の前までの魚容の言葉については、「空虚・虚偽」をみている。それなのに尾山氏は、こちらの江氏言及にほとんど触れていないように読み取られ、「すべて本心から」という論旨の進め方には少し違和感も覚える。

また、一一七頁でも旧稿から引用しているが、下段にある「内面の変容すなわち対他的暮らしの受容」と切られると、「内面の変容」＝「対他的暮らしの受容」と判読される恐れがあるので、「内面の変容」＝「自律的な存在としての自我を発見した」ことの意と、一言しておきたい。

［付記］

尾山氏に拙旧稿をご高覧引用していただいたこと、疑義相対化に感謝をしたい。初出の後「竹青」に関する諸論を読む機会を充分に持てなかった。尾山論考の拝読は有益だった。江明瑾論考も尾山論から知り得た。江氏の前掲論考では、「くにの女房にも、いちど見せたいなあ」の部分を引用した後、魚容が自身の真実の気持ちを自問するとした後、次のように考察している。

その答えは、言葉で表現されるのではなく、「急になぜだか、泣きたくなつた」という反応として示される。（略）反応こそが、その真実の気持ちを代弁するものとしてあるととらえることができるだろう。魚容の「愕然」も、これまで意識していなかった、自身の言葉に潜んだ真実の気持に初めて気付いた証であろう（二二六頁）。

傾聴すべき解読であり、尾山論また未見の他の研究者のものと併せ、さらに「竹青」の吟味を重ねる糧として、今は主眼から省いた。

［補註］

本書二三一頁から一部抜粋して再掲してある。

「右大臣実朝」のアイロニー

本稿は、太宰治中期の作品「右大臣実朝」（昭和一八年九月）を取りあげ、そのアイロニカルな表現を分析し、アイロニーの構造を分析するものである。

一

（一）「右大臣実朝」

［作者］ 太宰治（一九〇九―四八）は、日本近代文学を代表する作家のひとりであるから、ここで多くの記述を要しない。(1) その生涯は、前期・中期・後期と三期に分けて考察されることが定説となっており、昭和二三年六月、玉川上水に入水自殺した。代表作には『晩年』（作品集 昭和一一年六月）・「走れメロス」（一五年五月）・「津軽」（一九年一一月）、「ヴィヨンの妻」（二二年三月）「斜陽」（二二年七―一〇月）、「人間失格」（二三年六―八月）などが挙げられる。

中期の時期区分は、亀井勝一郎によると、年譜で言えば昭和一三年（三〇歳）から同二〇年（三七歳）までの約七年間であり、作品史で言えば「満願」（昭和一三年九月）から「お伽草紙」（二〇年一〇月）までとなる。(2) この時期は、いわゆる「安定と開花の時代」(3) であり、作者が健康で安定した生活を送り明るい作品を発表したと言われている時期である。しかし、川嶋至氏が、メロスの「さては、王の命令で、ここで私を待ち伏せしてゐたのだな。」という、山賊へのことばを王に対する不信のことばと分析し、「暴王は「人を、信ずる事が出来ぬ」と言ったが、メロスとてその例外ではなかったではないか。ひいては、信頼・友情の貴重さを他に向けて語った中期の太宰もまた、その例外ではなかった」[4]とみるほか、「安定の中のニヒリズム」[5]・「中期のどの一作を取り上げてみても、手離しで明るいと言えるものは見当たらない」[6]・「「正義と微笑」や「右大臣実朝」のような、この時期の長篇が、なお、白痴のような戦争期の文学作品のなかで、文学らしさの象徴たりえたとすれば、じぶんの明るい健康な姿は、ほんとうは、滅亡の姿なのではないか、という懐疑を失わなかったからであった」[7]などの指摘がある。中期が、単に安定した生活上の明るい作品の創造という作者像ではなく、前期・後期に通ずる暗い苦悩と懐疑があったとみるのである。

［初出］『右大臣実朝』は、昭和一八年九月二五日、錦城出版社から単行本で売り出された、書き下ろし長編小説である。

［成立事情］作者の生涯で言えば、中期に書かれた作品。成立事情に関して最も詳しいものに、島田昭男氏の「右大臣実朝論―その成立事情を中心に―」[8]があり、本稿ではそれに従って略述しておくことにする。

「右大臣実朝」の執筆に関わる、具体化した「実朝」二字が最初に見えるものは、昭和一七年八月一九日付戸石泰一宛書簡である。また、同年一〇月一七日付高梨一男宛書簡、昭和一八年二月一〇日付小山清宛書簡、短編小説「鉄面皮」（昭和一八年四月）などから、「右大臣実朝」に対する作者の意気込みの強さ、文学的野心、完成させるまでの労苦、作品としての自信を読み取ることができる。

［評価］中期作品群の中では、アプローチはかなり為されているし、アプローチの方法も多様である。このことによっても、中期のいわゆる文学的主題を解く鍵の作品として考察されていることは間違いない。それだけに、たとえば「作家と作中主人公の関係を所謂

あの「普遍的蓋然性」にまで高めえた作品」[9]という評価があるかと思えば、「必ずしもすぐれた完成度を持ち得ていない。」[10]「構成が緊密さを欠き、それぞれの部分がひとつの主題に向って、あるいは運命そのものの終結に向かって集約的に流れ込んで行くというふうになっていない。」[11]という評価もあり、さまざまである。しかし、『太宰治辞典』[12]『無頼派の文学　研究と事典』[13]から、一応、次のことは言える。実朝対公暁・実朝対相州の図式を設定し、実朝の運命が作者自身の道であり、実朝に「ホロビの美」を見たことを作者の文学の資質ととらえる。

また、歴史小説の新しい方法を定着させた、とする観点を変えた評価もある。

(二) アイロニー

［アイロニーの一般的意味］　アイロニー irony は、イロニーとも表記される。複雑な意味があるが、一般的な意味としては、次のように使われている。「①皮肉。②偽装・仮装・ごまかしの意。転じて、真の認識に達するためにソクラテスの用いた問答法。」(岩波書店『広辞苑』)　文学の方面では、次のものが代表的であろう。

(A) irony (反語)　実際の事柄の反対を述べる表現法をいう。[14]

(B) アイロニー　irony〔E.〕皮肉。反語。言葉の表面の意味にかくれて、それと逆のことを対照的にほのめかす表現形式。広義では現実と外観が一致しないことにも用いる。シェイクスピアの「ジュリアス・シーザー」におけるアントニーのシーザー追悼の演説などに見られるし、「ガリバー旅行記」の作者スウィフトなどもアイロニーの名手とされている。ソクラテスは議論の際に、自分が無知で、相手の視点に同調するようにみせて、けっきょく相手を愚弄し、その弱点を暴露したが、そういうのをソクラテス的アイロニーと呼ぶ。また、アメリカの「ニュー・クリティシズム」では、詩の中にアイロニーを発見し、それを説明することを重要な仕事とした[15]。

（A）では、「反語」と規定し、表現法と定義しているのに対し、（B）では、対照的にほのめかす表現形式と、いくらか広義にとっている（本稿はどちらかというとBに近い）。（B）の最後の文は、新批評 New criticism のアイロニーに対する方法を端的に述べたものである。新批評でのアイロニーの定義を要約しておく。

（C）Brooks と Warren において、詩の本質である複雑微妙な動きを説明する言葉のひとつ。詩における調子や詩人の態度のアイロニーが重要であり、詩ではアイロニカルな効果を生み出すために、どうしてもアイロニカルな表現をしなければならない。また、アイロニーは様々な陰影を取って現われ、果たす機能も多様だから、明白な、あらわな皮肉と限定すべきでない。それは詩の働きの本質であり、構造の中心であるものを意味する。アイロニーの機能は、その本質において、詩人の態度 attitude にかかわるものである。パラドックス paradox〔E.〕は主として詩人の言語のかかわり、表現の次元で生み出されるのに対し、アイロニーは詩人のとり扱う題材に対するコントラストである。それは表現以前の次元のものであり、はるかに一般的な言葉である[16]。

新批評は、詩に存在するアイロニーの機能を取り出したが、新批評の流れをひきつつも、はるかに優れた文学研究法のひとつと言われる分析批評 Analytical criticism の方法を見てみる。

［分析批評におけるアイロニー］ まず、分析批評の日本への紹介者であり、第一人者でもある小西甚一氏の説明を要約しておく。基本的な考えを知るうえで、非常に理解しやすい。

（D）ある材料を作品化するとき、作者は何らかの「態度」をとる。その態度は千差万別であり、態度の作品への現われが「調（tone）」となる。当然「調」も微妙なニュアンスを含んだ千差万別のものとなるが、代表的な調として、アイロニカル・

トーンが挙げられる。[17]

ここでは「作品化」とし、詩のみを想定した説明とは限定していない。小説においても、アイロニカル・トーンは作者の態度の現われであり、詩と同じくあるいは詩以上にアイロニーは複雑微妙である。

同じく分析批評の立場に立つ川崎寿彦氏は、ブルックスの定義を納得したうえで、アイロニーのとらえ方について述べる。川崎氏の認めるのは、アイロニーは常に期待と現実との間、見かけと事実との間の対照・食い違いと関係し、このような対照がいろいろな形で現われるという主旨のものである。「これらの屈折的な言語要素または思考形態は」「それだけでは作品の価値にならない」しかし「〈パラドックス〉〈アイロニー〉は、広い意味では文学にかなり普遍的なもの[18]」。

さて、こちらも分析批評を文学研究法とする井関義久氏は、次のように定義し説明する。

(E) 当然予想されることに対して、くいちがう場合をいう。アイロニカル・トーンは、代表的な作調の一つ。[19]

(F) こういうふうに、こうしようと思っても、思い通りではない結果になってしまうことをアイロニーといって、すぐれた主題をあらわすときの代表的な作調になっています。[20]

(E) は、アイロニーを最も明確に述べた、基本的な定義であろう。(F) がどちらかというと作中人物の側で述べたものであるのに、いくらか読み手まで含めるが、ともに明確である。(F) は、主題とのかかわり、つまり構造上のアイロニー、アイロニカル・トーンを述べたものである。この点を、次のように詳しく説明している。

(G) 文芸批評では、(1)当然予想されることに対して、くい違う状況や、(2)暗い主題が明るい調子で語られる作品等で、主題とのかかわり方を取り立てて言う場合がある。(略) 現代文学は、たいていの場合「不如意」にかかわる主題を持つから、仮に明るい作調が感じられても、構造的に見ればそれがアイロニーであることが多いわけである。[21]「アイロニー」（G）では、暗い主題が明るい表現で語られる場合も、アイロニカルな表現・トーンととらえられ、構造的にアイロニーをみる。たとえば、

　春前には私達の園をいろ〳〵な小鳥が訪れた。然し夏に入ってからは、胸毛の紅い美しい小鳥のみがいつも一羽で、いつも同じ窓外《まどそと》の崖寄りの林檎の苗樹に止っては、啼いてゐた。朝と夕方ときまつたやうに見えては、ひとしきり淋しさうに啼いて何処ともなく飛んで行った。私はその朝にもその小鳥を見たのだ。[22]　（葛西善蔵「雪をんな」）

　この部分だけを取りあげてみても、アイロニーを見ることは無理かもしれない（淋しい感じがするのは確かであるが）。主人公である「私」は、美しい幼な妻を娶る。彼女は素直で静かで優しく、「私」は心から愛していた。

　第一文は、妻との楽しい新婚生活を送ったこと、彼女に対する深い愛情を「園」・「いろ〳〵な小鳥」で表現する。第二・三文は、彼女を捨て家を捨てて、出奔したことをメタファーで意味させる。第四文は「その朝にも小鳥を見た」という。読者は状況として、小鳥がその夕方にも「きまつたやうに」現われること、すなわち私が彼女のもとへ帰ることを予想しているわけである。しかし、この状況は次の文の「が私は、とうたう、町の銀行へ行つたきり家へ帰らなかつた」という事実とくい違う。第四文には、作者のアイロニカルな態度が感じられる。深くアイロニカルな表現である。構造的に見れば、「園」「胸毛の紅い美しい小鳥」のロマン的な題材に対する作者の態度にアイロニーが込められている。

　「現実に対する哀愁に悲しむ心が、時を忍んでロマンティックな世界に遊んだ時の記念品」[23]という推測があるように、主題が「不如意」に通じる。「私」が妻を真実愛していたという部分の表現も、アイロニーが

強いのだ。

本稿では、(G)の⑴を基本的なアイロニーとすることは確かだが、⑵のように広義にアイロニーを定義する。

二

(一) 作中の主題人物

[実朝のアイロニー] 実朝は他人の「批評がましいこと一切が、いとわしく無礼なもの」と話主が語るように、その話主からみて他人からの内心への干渉はもちろん、多少の憶測さえ許されぬ絶対の人物である。

どうしたつて私たちとは天地の違ひがございます。全然、別種のお生れつきなのでございます。

(二二頁・一―二行)

人間はみな同じものだなんて、なんといふ浅はかなひとりよがりの考へ方か、本当に腹が立ちます。

(二二頁・四―五行)

人間としての存在である実朝の基点から、神格的な存在としての実朝へと、話主は実朝を高めていく。

あのお方の天与の霊感によつて発する御言動すべて一つも間違ひ無しと、あのお方に比すれば盲亀にひとしい私たちは、ただただ深く信仰してゐるより他はございませんでした。(四〇頁・六―八行)

厩戸の皇子さまは、まことに御神仏の御化身であらせられたさうでございますが、故右大臣さまにも、どこかこの世の人でないやうな不思議なところがたくさんございまして……

(四二頁・一三―一五行)

このように、話主が絶対讃美していくことは、実朝がそれと全くくい違う結末の事件を迎えることにより、アイロニカルな構造となる。絶対讃美を高めれば高めるほど、それだけ結末の悲劇性が高まる。つまり、作者のアイロニカルな態度が大となる。作者は、作品の最終的結末は直接自らの小説描写としなかった。これは、「空白によって、文体効果としてのプラス何かを得ると考える」外山滋比古氏の説く、「空間には規模、大小さまざまであると述べたが、もっとも大きな規模の空間は、文学作品などの最後に意識して準備されているものである。一篇の作品の全質量のおのずからに生ずるもろもろの残曳が、そこで十二分に発揮されて、消滅させられる」という「叙情空間」[24]の、大規模なものとして考えてよい。もちろん作品としては「吾妻鏡」「増鏡」の原文があるが、小説が終わった時点で読者には、実朝の絶対性の残曳が発揮され、原文に再び残曳が余情として残される。アイロニーの状況として極限といえる。

実朝に対する話主の陳述は、周囲にある状況と鮮やかなコントラストで行われることが多い。それは実朝にとってはプラス的要素であり、周囲の状況はマイナス的要素であることが多く伴って表現される。

将軍家が二十歳におなりになつた承元五年は、三月九日から建暦元年と改元になりましたが、このとしは、しばしば大地震があつたり、ちかくに火事が起つたり、夏には永いこと雨が続いて洪水になつたり、（略）なんだか不吉ないやな年でございました。（略）将軍家の御政務の御決裁も、このとしあたりから、いよいよ凛然と、いや、峻厳と申してもよろしいかと思はれるほど不思議に冴えてまゐりまして、……　（四四頁・二〇行―四五頁・一三行）正月一日から地震がございまして、はなはだ縁起の悪い気持が致しましたが、果たして陰謀やら兵乱やら、御ところの炎上、また大地震、落雷など、鎌倉中がひつくり返るやうな騒ぎばかりが続きました。けれども将軍家の御一身上に於いては、御難儀、御心痛の事もそれは少からずございましたでせうが、それと同時に、このとしあたりが最も張り合ひのございました時代のやうに見受けられぬ事もないわけではございませんでした。神品に近い秀抜のお歌も、このとしには続々とお出来になりました御様子でございますし、……

（七五頁・八―一三行）

実朝は、周囲の状況が極端にマイナス的である時に、神的存在として顕在する。しかし、事件の結末は全く逆である。周囲の状況がプラス的要素として極限を迎えようとする時、実朝はマイナスの極限へ近づく。話主の陳述は、結末の悲劇（話主にとって、実朝の死は絶対的なマイナスである）を迎えた時、実朝は最も神的存在であり、それだけにこの世に存在しなくてはならない、とした作者の態度がある。

美しいもの、正しいもの、必要不可欠のものが、それゆえに滅びなければならないという、人生に対する深くアイロニカルな作者の態度が見られ、またパラドキシカルでもある。

実朝の渡宋計画の結末は表面的には喜劇的であるといった方がよい。実朝は軽い気持ちで計画するが、その計画が公になると、幕府の者は狂気を帯びるほど苛烈な反対をし、多種多様の深刻な憶測が飛び交う。「近日また鎌倉に大合戦が起るやうな」騒動となる。相州・入道・尼御台を初めとし、側近は猛反対。しかし、実朝は周囲の反対を押し切り、この計画を進めてしまう。陳和卿が命を受け、由比浦で巨大な唐船を建造し、完成させる。巨船は海に浮べようとしたところ、数百人の人夫をかり集めても全く動かない。鎌倉中を大騒ぎさせた渡宋計画は、瞬間のうちにあっけなくあほらしい結末を迎えてしまう。

［公暁のアイロニー］ 公暁は実朝の甥にあたる。話主の公暁の印象は、少し卑屈な面があるが愛嬌があり、源氏の血筋をひいた貴公子らしいなつかしい品位のある人物としてとらえられ、気が弱いとされる。後に由比ヶ浜で公暁が蟹を食べる場面において、話主は直接公暁に対し、「「いいえ、乱暴どころか、かへつて、お気が弱すぎるやうに私どもには見受けられます。」」と

述べている。この気の弱い人物が、破戒を招く直接の当事者となるのである。気が弱いからこそ、精神の自律がなくてと解釈するのも、考え過ぎだが面白いかも知れない。とすれば、心理的に異常な者、あるいは異常時にことが起こるのだから、さらにアイロニカルであろう。

出家して僧門に入り、俗世間を離れた公暁によって実朝が滅亡することにも、当然アイロニーが見出せる。「方丈記」の作者である鴨長明入道に対する、作者の態度と通底するものがあるが、そのうえ破戒をもたらす為に、神仏に使者を送り祈願する。人間の善をもたらすだろう宗教が、逆に悪を完遂することに利用される。形式としての宗教への不信感・嫌悪感が現われたアイロニカル・トーンである。寺園司氏はキリスト教と作者に関して、「聖書は読んだが、教会に対しては批判的で行こうとはしなかった」[25]と言う。そういう態度の現われのひとつと見てよい。仏につかえる身の公暁によって、悲劇の結末が降されることは、（歴史学としては歴史的事実であろうが）この作品においては調《トーン》のゲシュタルト（それ以上分割できない構造・体系）となる。

［相州（北条義時）のアイロニー］　北条家の人々をも、話主は最初の印象を次のように陳述する。

私たちの見たところでは、尼御台さまも相州さまも、それこそ竹を割つたやうなさつぱりした御気性のお方でした。づけづけ思ふとほりの事をおつしやつて、裏も表もなく何もなく、さうして後はからりとして、目下のものを叱りながらもめんだうを見て下さつて、さうして恩に着せるやうな勿体を付ける事もなく、あれは北条家にお生れになつたお方たちの特徴かも知れませぬが、……

（三一頁・一五―一九行）

相州（実朝との関係において）ひとりについても、貴い、謂はば霊感に満ちた将軍家と、あのさつぱりした御気性の上に思慮分別も充分の相州さまとの間に、まさか愚かな対立などが起る道理もございませぬ。
（三四頁・一―二行）

ところが、和田義盛の反乱が始まるや、さっぱりした性格のゆえに、実朝と激しい対立をしていくことになる。この陳述には静的な表現の裏に、のちの動的な事柄が隠されている。対立の中で相州の教書を、感覚的であるはずの実朝が冷静に分析的に見るのに対し、相州自身が、顔色を変えて怒るのは思慮・分別のある人間の態度とはいえない。相州の怒りは、かな文字だらけの教書とともに、滑稽でさえあるのだ。

「和田義盛のアイロニー」　将軍実朝は、老臣を大切に扱う。右大将（頼朝）挙兵以来の家臣が五人にも満たなくなった現在、ことにこの老臣和田左衛門尉義盛への接し方に気を遣う。だが、子息二人が反乱を意図したとして捕縛される事件が起こり、義盛は必死に許しを乞い、子息の助命を求める。

（義盛の助命を求める口調の）その長ったらしい事、将軍家もたうとう途中に於いてお笑ひになり、／ワカリマシタ。子息ハ宥免ノツモリデヰマシタ。／「身に余る面目。義盛づれの老骨を、――」と言ひかけて、たまらずわつと手放しでお泣きになつてしまひましたが、この主、この臣、まことにお二方の間の御情愛は、はたで見る眼にも美しい限りのものでございました。（八二頁・三―八行）

美しい限りであるこの時の主と臣が、直後には敵対関係となり、和田一族は滅亡してしまう。

「鴨長明のアイロニー」　世捨て人である長明は「方丈記」で知られる。この小説の読み手には、文学史上、歴史上の随筆家にして歌人、歌学者である。

あのやうに高名なお方でございますから、さだめし眼光も鋭く、人品いやしからず、御態度も堂々として居られるに違ひないと私などは他愛ない想像をめぐらしてゐたのでございましたが……

（五二頁・一九行―五三頁・一行）

話主の予想は、この作品の読み手にとっての、「方丈記」の作者への一般的な連想ともなろう。それは、ひとまず置くとして、

まことに案外な、ぽつちやりと太つて小さい、見どころもない下品の田舎ぢいさんで、お顔色はお猿のやうに赤くて、鼻は低く、（略）さうして御態度はどこやら軽々しく落ちつきがございませんし、このやうなお方がどうしてあの尊い仙洞御所の御寵愛など得られたのかと私にはそれが不思議でなりませんでした。

（五三頁・一―四行）

と、和歌の名手として社会的名声を得ていることに対して、話主は語る。長明個人に対してもアイロニーをこめるが、社会に対しても作者の強いアイロニカルな態度がある。

世俗を捨てたはずの長明は、さらに実朝に対して名声を貪欲に求め、自身の評価を主張する。

「（略）御身辺に、お仲間がいらつしやりませぬから、いいえ、たくさんいらつしやつても、この蓮胤の如く。」

（五六頁・九―一〇行）

「方丈記」一巻の執筆・完成も、実朝に深い欲を捨てよと言われたための失権回復を図った所産と、話主は推測する。この失権回復も、深い欲以外の何ものでもない。公暁の祈願、陳和卿の野心とともに、広義での宗教家に対する態度があろう。ここには、実朝に対する陳述から見られる態度とは全く逆の作者の態度がある。汚れているもの、邪悪なものほど名声を得る。

その悪業深い体臭は、まことに強く、おそるべき

力を持つてゐるもののやうに思はれます。

（五八頁・一七―一八行）

汚れた体臭と邪悪な力があったからこそ、「方丈記」が文芸作品として成立し、長明が芸術家（文筆家）となったと、深くアイロニカルでありパラドキシカルでもある。

［まとめ］　表現上、⑴静的・明的な陳述の表現が、あとの結末となる動的・暗的な事実を示唆する。⑵明暗の表現が、状況としてコントラストである表現部分がある。

作調、⑴事実のくい違いがアイロニカルであり、⑵明るい表現や滑稽な表現が、主題との関わりにおいて、明るい作調や劇的作調にならず、構造的にはアイロニカル・トーンとなる。

作者の態度として、⑴美しいもの、正当なもの、必要不可欠の人間が、それ故に滅びるというアイロニー⑵汚れたもの、邪悪なもの、不必要な人間が、それ故に成功し名声を得るという人生へのアイロニー⑶形式的な宗教、宗教家へのアイロニー⑷人間の集積としての社会、人生の集積である歴史へのアイロニーがとらえられる。

(二) 話主

［近習としてのアイロニー］「右大臣実朝」は、実朝に永年つかえた近習の、実朝の死後二〇年経た回想である。

やつと、はたちを越えたばかりの私のやうな小者まで、ただもう悲愁断腸、ものもわからず出家いたしましたが、それから、そろそろ二十年、憂き世を離れてこんな山の奥に隠れ住み、鎌倉も尼御台も北条も和田も三浦も、もう今の私には淡い影のやうに思はれ、念仏のさはりになるやうな事も無くなりました。けれども、ただお一人、さきの将軍家右大臣さまの事を思ふと、この胸がつぶれます。念仏どころではなくなります。花を見ても月を見ても、あのお方の事が、あざやかに色濃く思ひ出されて、たまらなくなります。ただ、なつかしいのです。（二一〇頁・一七行—二一一頁・二行）

感傷的作調はある。近習にとって実朝は絶対的存在である。この存在に比べ近習は、凡俗でしかない虫けら同然の存在である。それが絶対的存在の実朝は、思わぬ悲劇の結末となり若くして破滅してしまう。実朝に対し、虫けらの自身は（他者も含むだろうが）長生きしてしまうというアイロニーの方が、感傷よりは強い。

［語り手としてのアイロニー］　念仏どころではないという語り手が、これほどの長い物語を語らねばならない。あるいは、結果的に長い物語を語る。このくい違った語り手設定が、作者の態度の現われである。念仏どころではないという陳述を、なつかしい気持ちに直接かかわるとして、それだからこそ他人に言いたい伝えたい、と解釈するのも面白い。しかし実朝以外の、物語るはずの主題人物たちが淡い影のようだと陳述するのに、物語られる事実は全くくい違う。いずれにしても語り手設定にアイロニーがつきまとう。悲しいことや苦悩は簡単には忘却できないもの、とでもいう気持ちを持っていたのだろう。

不如意を語る人間が、どんなに明るくロマン的な場面をとらえても、明るい作調とはならない。

［まとめ］　表現、作調は、作中人物の分析と同様。作者の態度としては、(5)苦悩は簡単に忘却できるものではない、表面的には装っていても、というアイロニーが加わる。

三

「右大臣実朝」にこめられたアイロニーとして、

1　人間に対するアイロニー
2　宗教に対するアイロニー
3　社会に対するアイロニー

4　歴史に対するアイロニー
5　忘却に対するアイロニー

を見ることができる。

付則的に言えば、恋愛や死、病気、思想などに対するアイロニーは、1~5のように探りあてることができなかったことになる。

［註］

（1）参考として、次の論考を挙げる。筆者は文化社会学専攻である。
作田啓一「日本の社会と羞恥の文学」『続・近代文学 作家とその世界』朝日新聞社　昭和五〇年一〇月　二六二～二六四頁

（2）亀井勝一郎「太宰治の肖像」『太宰治集』下　新潮社　昭和二四年一一月　引用は『無頼派の祈り』所収　審美社　昭和四七年一二月　七一～七二頁

（3）奥野健男『太宰治論』近代生活社　昭和三一年二月　引用は角川文庫23版　昭和四八年九月　五六頁

（4）川嶋　至「太宰治における〈背徳〉」「国文学　解釈と教材の研究」学燈社　昭和四九年二月号　下段六五頁

（5）相馬正一「太宰治の人と文学　―その中期の世界」角川文庫『走れメロス』引用は『太宰治と井伏鱒二』所収　津軽書房　昭和四七年二月　一七五頁

（6）相馬正一「中期安定の意味　―「東京八景」を中心に」「国文学　解釈と教材の研究」学燈社　昭和五一年五月号　下段九二頁

（7）吉本隆明「太宰治試論　―太宰治の問いかけるもの―」「国文学　解釈と教材の研究」学燈社　昭和五一年五月号　上段一六頁

（8）文学批評の会編『批評と研究　太宰治』所収　芳賀書店　昭和四七年四月　二四三～二六三頁

（9）水谷昭夫「「右大臣実朝」の文芸史的意義」『日本文学研究資料叢書　太宰治』有精堂　昭和四四年三月　上段一六～一七頁

（10）東郷克美「「右大臣実朝」のニヒリズム」「成城大学短期大学部紀要」第三号　昭和四六年一〇月　二〇頁

（11）（10）に同じ　二〇～二一頁

（12）実方清編『太宰治辞典』清水弘文堂　昭和四七年六月　八～一〇頁

（13）無頼文学研究会編『無頼派の文学　研究と事典』教育出版センター　昭和四九年八月　二四一～二四三頁

（14）福原麟太郎編『文学要語辞典』研究社　昭和三五年一一月　一六四頁

(15)福田睦太郎・村松定孝編『文学用語解説辞典』東京堂　昭和四六年一月　三頁
(16)小川和夫・橋口稔編『ニュー・クリティシズム辞典』研究社　昭和三六年一一月　五七～六〇頁
(17)小西甚一「分析批評のあらまし　―批評の文法―」「国文学　解釈と鑑賞」至文堂　昭和四二年五月号　一七～一八頁
(18)川崎寿彦『分析批評入門』至文堂　昭和四二年六月　一三八～一三九頁
「分析批評の方法」「国文学　解釈と鑑賞　臨時増刊号　文芸批評の方法」至文堂　昭和五一年一〇月にも要約がある。三三～三四頁
(19)井関義久『批評の文法　分析批評と文学教育』大修館書店　昭和四七年四月　二五三頁
(20)(19)に同じ。四一～四二頁
(21)長谷川泉・高橋新太郎編「国文学　解釈と鑑賞　臨時増刊号　文芸用語の基礎知識」至文堂　昭和五一年三月　一八頁
(22)小山内時雄編『葛西善蔵全集』第一巻　津軽書房　昭和四九年一二月　七〇頁　漢字は現代表記にあらためた。
(23)石浜金作「葛西善蔵研究」「新潮」大正一一年一〇月　下段六四頁
(24)外山滋比古『修辞的残像』みすず書房　昭和四三年一〇月　一八～一九頁
(25)寺園司「太宰治と聖書」『日本文学研究資料叢書　太宰治』有精堂　昭和四五年三月　二二四頁
＊「右大臣実朝」からの引用は、『筑摩全集類聚　太宰治全集』第六巻（筑摩書房　昭和四六年八月）に拠る。漢字は現代表記にあらためた。

「えふりこき」
――太宰治瞥見

太宰治の文学を読む上での重要な鍵の一つに、左翼（共産主義）思想への傾倒とその活動が挙げられる。昭和七年七月に青森県警察署に自首して離脱するまで、官立弘前高等学校時代に影響を受けてから東京帝国大学時代を通じ、太宰は何らかの形で運動に関係していたと言われる。そのような調査結果も提示されている。もっとも、彼の文学には、その活動自体ではなく離脱したことが「裏切り」という観念として、文学的主題が形成されることになった。「昭和七年七月」については、昭和五年一一月頃から実質的離脱を見る研究者（川崎和啓）もいる。

こんなところが、概、「概説」的覚えということになろうか。もちろん、このことは多くの研究者が学術的にかつ論理的に論述したり調査したりしてのことである。しかし、ここでは関係文献等をいちいち挙げたりしないで、思い切って省略してしまう。これから走り書きすることは、そういう「研究上」云々することではなく、まったく思い付きにもならない卑小のことになるので――。

村上三良《さんりょう》という俳人がいる。故人なので正確には「いた」である。私は「朔」同人に加えられながら、なおも詩に遠いものであり、短詩型にはさらに無縁である。それゆえ、三良が増田手古奈の俳誌「十和田」

の俳人で、後に「花林檎」を主宰した青森県俳句界の重鎮の一人らしいことを知っているのみである。

その三良先生は、旧制青森中学校で太宰と同窓同級であった。三良に「太宰治あれこれ」という少し長めの随想がある(『句文集　雪籠』所収、昭和五六年七月)。末尾に「昭和五十六年三月」と記されているが、掲載された雑誌等は不明である。他の大部分の随想文には「十和田」某年某月号と記してあるので、掲載誌が書かれていないのは「三月」が執筆月日であって、『雪籠』初出だからなのかもしれない。前置きが長くなってしまったが、本題はこれからである。

三良は、この随想で次のようなことを吐露している。長い引用になるが引く。

> 太宰も阿部(引用註――画家阿部合成のこと)も「えふりこき」であった。私は太宰はよい意味の津軽の「えふりこき」阿部は悪い意味を含めての「えふりこき」でなかったかと思う。「えふりこき」の裏には一種の弱さがある。自己の空虚を自覚した淋しさがある。しかし彼らは津軽の「もつけ」でなかった。
>
> (同註――この後一頁弱、約四八〇字を省略する)
>
> 太宰の事を考えると気の毒なことである。あれ程のはずかしがりやの太宰が死後とは云い、どこで何をしたとか、いつどうだったとか、生家の隅々までねめ廻わされて、小便糞も安心してされぬ様な、そしてそれが活字になって世に広まるというのでは、あまりに可哀そうである。恐らくあの「えふりこき」の太宰があの世で身も世もあらぬ思いをしているだろうと思う。

私の中の思い付きは、この「えふりこき」である。因みにこの随想でこの語句が出てくるのは引用部分だけである。

「えふりこき」というのは「他人の目を気にして、恰好をつける」くらいの意味の津軽方言である。参考までにその方面の書籍をめくってみる。「身なりを飾る。体裁をつくる」（「えふり　たげる」の項、「その人をエエ《（ママ）》フリコギとも言う」とある。『弘前語彙』）、「良い恰好であることを見せびらかす人」（『津軽弁の世界Ⅱ』）、「いい格好し」（『木造町方言集』）、「良い格好」（「えふり」の項、『津軽木造新田地方の方言』）などとなる。

これを太宰治論で言い換えると「自意識」とかリッパな用語になるのだろう。官立弘前高等学校新聞雑誌部の上田重彦（後の作家、石上玄一郎）の書くプロレタリア的小説に衝撃と刺激を受けて、太宰も「無間奈落」「地主一代」などの小説を書き、その思想の受容が始まった。そう説かれる経緯の背景に、津軽地方の経済的疲弊、その中での津島家の位置、そして太宰の誕生と成育などが、社会思想史的に記述されていくのが学術研究の定説的なところであろう。

無論そのことに寸分のほころびがないことを十分に認識しているのに、私は、太宰が左翼思想に飛びついたのは単に「えふりこき」だったからではなかったか、という噴飯ものの思い付きを少し長く打ち消せないでいる。つまり、後にこの作家の文学的内容となる共産主義とその離脱への入り口は、言ってみれば取るに足らぬこと——本心から社会正義としての必要性を感じたのではなく、周りに対してそう見せかけようとしたからではなかったのか。この思想は当時の〈非〉合法思想であって、後に全国規模で国家当局から大粛清を受けることになる社会の趨勢については、ここで触れるまでもないことである。官立弘前高等学校でも昭和一〇年ごろまでに学校当局により弾圧されていくことになる。しかし一方では時代の先端的一面があったはずで、「恰好」がよかったからでは、と思えてならない。もちろん、今こういう物言いは太宰治をのみ対象としたものであって、社会の変革に一命を賭した有名無名人氏に対するものではない。

同じ頃、義太夫を習おうとしたり芸妓遊びに親しんだりしたのも、同様に「えふりこき」のなせることではなかったか。こちらには一言付け足して、自己満足的「えふりこき」とでも言った方がよいかもしれない。後者などはむしろ友人たちに知られないように弘前市ではなく、注意深く青森市まで通っていたというのだから……。自殺の試みさえ、もしかすると芥川龍之介のそれから「恰好」がよい、というメッセージを受け取ったのではないか。五回の試みが確認されているが、総じて一世一代自らの存在を引き換えにした行為ではなく、時代的流行を感じたための「えふりこき」的対応だったのではなかったのか。

既に安藤宏に次の指摘がみられる。「太宰治がたびたび繰り返していた自殺未遂は、……実は昭和五年から、……昭和十年にかけての数年間は、日本の近・現代史上、他に例を見ぬほどに若い知識人たちの自殺・心中が〝流行〟していた時代であり、……」(『自殺の季節―太宰治『道化の華』論』『自意識の昭和文学』至文堂、平成六年三月)。当然この斯界の権威の論述は、本拙稿の思い付きなどというものではなく、縦横に張り巡らされた論拠を持つものであるので、念のため申し添える。

そういう思い付きが、時にふっとよぎるのである。もちろん、再三おことわりするように、このことは論理的に組み立てたものでもないし何らかの調査によって証明ができるものでもなく、全く私の無謀で支離滅裂の印象からのことである。

最近読んだばかりのことで軽薄この上ないのだが、文芸評論家の川村湊が、太宰治の〝弟子〟田中英光について次のように述べている。「彼は文学に片想いし、女性に片想いし、コミュニズムに片想いした。それらの田中英光の純情、愛情は〝片想い〟であったということで首尾一貫しているのは見事なほどだ」(講談社文芸文庫『桜　愛と青春と生活』解説、一九九二年九月、二〇一三年一月復刊)。この部分が目に入った時、師である太宰の「えふりこき」と相俟って、私は不可思議な空間に投げ出された。

(平成二五年二月稿)

太宰治の幻影

太宰治のまなざし

ここ何年か弘前大学二一世紀教育科目の「津軽学」で、太宰治の文学について学生諸君に話をする機会を与えられている。一年にたった一日九〇分間ではあるけれど、さまざまな意味で自分自身のリフレッシュにもなって感謝している。今年度はこのたびの東日本大震災のため、大学の始業が遅れたが、私の担当時間は当初予定のままに行われた。震災で被災された友人を始め、皆様に心よりお見舞いを申し上げる。

さて、太宰治は昭和二年四月から昭和五年三月まで三年間、弘前大学の前身のひとつである官立弘前高等学校で過ごしたので、その頃の津島修治（太宰の本名）と彼が作った小説を中心に、講義の話題に取り上げている。大学構内には弘高生青春の像と、全学生の姓名が刻まれた在校生名簿の碑があり、もちろん津島修治も見える。

約一〇〇名の学生諸君は各学部の第二学年で、拙い話をたいへん熱心に聴講してくれる。色とりどりのマーカーなどでレジュメの事項に印をつける人もいて微笑ましく、逆に怠け放題だった学生時代の自分を思い起こさせる。

太宰治と言えば、平成二一年は生誕一〇〇年記念の一年間であった。偶然というのは妙な言い方になるが、松本清張、大岡昇平、中島敦、埴谷雄高の錚々たるメンバーと同じ年に誕生したことで、記念の度合いが相乗して全国的に太宰治とその文学が脚光を浴びた。単独あり、他の作家との合同もありの展覧、講演会、朗読会が県内外で行われ、映画、演劇、切手、観光土産と文字どおり大活躍の年になった。この陸奥新報紙(青森県弘前市と周辺地域を中心として発刊されている日刊新聞)でもいろいろな支援企画があったことは、記憶に新しいところである。

あの当時、太宰太宰と言うけれど騒いでいるのは津軽のこの辺りだけで、本当に全国的な展開なのか、と問われたことがあった。その際は答えを保留にしておいたが、紛れもなく全国規模だったと言うことができる。

多彩な催しや出来事の中で最も意義深かったことは、この官立弘前高等学校時代までに書かれた初期小説が、新潮文庫の一冊(『地図　初期作品集』平成二一年五月)に加えられたことである。それまでは、いわゆる全集の一冊を読むしかなかったので、講義でも各作品のあらすじを紹介していたのだが、手軽に手に入ることは、とても喜ばしい。「無間奈落」などの長編がないのは残念だが、欲を言ってもしようがない。

講義の最初に「津軽学」全体を束ねるコーディネーターの先生から〈「津軽学」を履修したのは太宰治を知りたい、と書いていた人が多かった〉という意味のことが話され心強さを覚えたし、終了後の学生諸君の復習メモに、太宰のイメージが変わった、高等学校以前から小説を書いていたことを初めて知った、太宰治まなびの家へ行ってみる、などの文字が躍っているのを見た時には素直に嬉しい思いであった。

まず、この学生の皆さんに太宰の小説をたくさん読んで欲しいと願っている。小説を読まれない作家は幻影に等しいことを、太宰治はよく知っていたはずだから。

明るい太宰と暗い太宰

その生誕一〇〇年の頃から〈明るい太宰〉〈優しい太宰〉が殊にクローズアップされてきた。

太宰治の文学的活動は三期に分けられる。〈明るい太宰〉とは、中期と呼ばれる時期の太宰で、作家も作品も健康的で落ち着いていると評される。あの「走れメロス」（昭和一五年五月）や「津軽」（昭和一九年一一月）もこの時期に書かれた。〈優しい太宰〉は、特にどの時期を指すというわけではない。太宰はとりわけ後輩や年下の者の面倒見がよく、心優しかったと言われる。関係者の回想や手紙を読むと、ある程度納得できる。そういう太宰治像には親しみの情が湧き、近づきやすい。ただ、太宰作品にはもう一方の面、自己の生存に対して強い執着の乏しい傾向がみられることは否定できない。〈明るい〉〈優しい〉太宰が語られる時、意図的かどうかはわからないが、その部分に触れない取り上げ方も目立つ。これは百害あって一利なしの感がする。

弘前大学「津軽学」の学生諸君の復習メモには、太宰の自殺や最期、それと彼の文学との関わりについての記述が多かった。太宰本人が五度（六度説もある）目で実際の絶命となった、その生存を断ち切る試みの多くは小説の題材とされたゆえに、太宰の文学的主題の大きな位置を占めていることからすれば当然の関心である。一般的に人の最期は何らかの終わりを意味するだろう。結果的には、太宰の若い時期にあった生存から離反しようとする気持や行動は、小説の表現や作品の歴史の上で考えると、新たな出発の表象にもなっていると言える。

太宰が尊敬し目標とした作家のひとりは芥川龍之介である。その芥川は大正八年、「蜜柑」という短い小説を発表している。あらすじは次のとおり。

――ある曇った冬の日暮れ、「私」の乗った汽車にいかにも田舎者に見える十三、四歳くらいの娘が乗る。トンネルの多い線なのに娘は窓を開けようとする。案の定、開いた時に汽車がトンネルに入り、「私」は煤煙《ばいえん》で咳き込んでしまう。トンネルを出て小さな踏切にさしかかった時、娘はそこにいた三人の男の子たちの頭上に窓から五、六個の蜜柑を投げ与える。男の子たちは娘の小さい弟たちと思われ、奉公に出る姉を思って踏切まで見送りに来たらしい。蜜柑は、それに応える姉の気持ちと思われた。その光景は「私」の心にはっきりと焼き付けられた。――

実際の小説からは、清々しく温かい人情味あふれる印象を受ける。けれども注目するのは、「私」という〈語り手〉のことである。この人物の現実は、憂鬱で退屈な日々が疲労感と無気力とともに過ぎていく。この語り手だからこそ、姉と弟たちの姿が身に沁みたはずである。対照の妙と言ってよい。

教訓めいて恐縮だが、苦境や逆境にある時こそ、また失ってしまってから、何か大切なことや価値に気づくことがある。「蜜柑」の語り手の疲労感や無気力な日常が、逆に感動をとらえたように、太宰の小説に流れる頼りなげな生命感覚も、〈文学的〉には単に避けたり否定したりしていいことだとは思われない。

一〇〇年後の太宰治

北海道教育大学旭川校の片山晴夫先生（令和元年六月没）が、昨年度のゼミのまとめ『近代文学論叢』を送ってくださった。昨年度の一年間、学生と一緒に太宰治に取り組んだという。手作りの研究誌に、学生らしい力作や苦心作が十数編並んでいた。恩師の小山内時雄先生や江連隆先生から叱咤されて、小説を読む理論と実践、作家像への迫り方をたたきこまれた頃が苦く懐かしく思い起こされる。お二人とも今は天に帰られた。掲載論考の若々しい内容や言い回しから、そういえば太宰の文学の読み手となって、断続しながらではあるが、ほぼ四〇年近いことに改めて思い当たった。ずっと以前に視野を大きくしなければいけなかったのだが、なかなか太宰文学を卒業できないでいる。

学生だった頃から三〇歳代前半にかけて、――命を軽軽しく扱ったり家に反抗したり、そんな人間に価値のある小説なんか書けるはずがない。世間から、そんな一点張りで粗々しい言い方の太宰治評と忠告をよく受けた。あの頃どうしてか、石川啄木と太宰治には声高な一言居士が多かった。これもなぜかということになるが、啄木の借金の話を聞くことがあっても啄木の歌について言う者少なく、太宰の生活を説く人がたくさん現われても、小説を評価する人に乏しかったような気がした。

話は変わる。昭和一七年一月に書かれた「十二月八日」という短い小説がある。開戦の日のある主婦の日記という形を採っている。冒頭は不思議なことに、「紀元二千七百年」が話題となっていても、当時の現実であるはずの二千六百年は正面から描かれていない。主婦の夫はこれを〈「ぬぬひゃく」ねん〉と読んでおちょくる始末である。この小説は太宰が戦争に協力したか抵抗したかの判断に引き出されることが多い。「今八日未明西太平洋上において米英軍と戦闘状態に入れり」という直接的な記述が出てくるので、作品一つでどちらとも決めつけられるものではないだろう。それにしても、一〇〇年後の話題にしてしまう作家の内面は想像して余りある。

さて一〇〇年後である。太宰治の小説は生き延びて読まれているのか。現在の状況から簡単に評価することはできない。かつて代表的作品のほとんどが映画化やテレビドラマ化されたにもかかわらず、その小説自体がほとんど読者に顧みられなくなった作家もいる。こう考えたい。小説家太宰治が生き延びるということは、「太宰治」という名前が単なる偉人?として受け継がれているのではなく、彼の小説が一作でも二作でも「読まれている」ことである、と。

一〇〇年後の太宰治と小説が幻影となっていないこ

とを切に願っている昨今である。いま太宰文学の研究者は、三〇歳代から四〇歳代の若い人たちが台頭してきている。私どもの地域（青森県津軽地方）に目を転じても、有力な読み手たちがいることを直接間接に見聞きしている。その我が若い方々に、現代を生き延びている小説家・太宰治が、さらに時間を超えて勇躍する架け橋となってくれることを期待していたい。

紹介
櫻田俊子著『櫻田俊子論考集 太宰治 女性独白体―「語る女」と「騙る作家」―』

本書は櫻田俊子《さくらだとしこ》氏による太宰文学の女性独白体についての研究である。著者の櫻田氏は、本書で「女性による一人称の独白の形式」（二三六頁など）その他の呼称も用いているが、「女性独白体」は女性を語り手として物語が進んでいく小説形式のことを指す。著者によると、女性独白体の作品は一六作品書かれ、太宰治の全小説で一割強を占めている、という（本書三頁、三三六頁）。

太宰文学研究において、女性独白体は語りの方法あるいはそのシステムとして、重要視され続けている分野である。狭義に文体的また表現的特徴と見る向きもあろう。本書の取り組みがそのような狭いものではなく、太宰文学の戦略を鳥瞰する作業であることは、若干ページをめくってみれば一目瞭然である。

太宰治の最初の擁護者である奥野健男の、太宰の作品中の人物を通して作者太宰を透視した太宰治の論は、後に相馬正一の〝実証主義的〟研究に相対化ないし修正されることにはなった。しかし「潜在的二人称」と呼んだ奥野の表現上の慧眼《けいがん》は、その後も一人称小説、そして女性独白体の解析に承け継がれており、それらの考究は依然として研究課題足り得ている。

本書の大まかな構成を示す（◎○印は、稿者が便宜的に付したもの）。

◎太宰治研究――女性独白体の成立と展開
序章
第一章　女性独白体の萌芽――「猿面冠者」と「虚構の春」
第二章　「女生徒」と素材有明淑の日記
第三章　女性独白体の展開
第四章　女性独白体の到達点――「斜陽」
第五章　女性独白体を生んだ時代背景―雑誌と女性読者
終章
◎補論
○閉じられ、開かれた物語―太宰治「待つ」論
○太宰治「女生徒」論―素材有明淑の日記公開を受けて
序章
第一章　有明淑の日記
第二章　有明日記と「女生徒」
第三章　「女生徒」と「俗天使」
第四章　「女生徒」と「待つ」
終章
○太宰治・女性独白体作品とジェンダー―方法としての女性の語り

　以上の論文のほか巻末に「女性独白体による作品一覧」など、添付資料1～4が備えられている。

「太宰治研究」は、本書総頁の約三分の二を占めている枢要部で、博士学位論文（法政大学大学院）である。

「補論」の一つ、「太宰治「女生徒」論」は、「女生徒」（昭和一四年四月）その他の女性独白体作品のモチーフとなった有明淑《しず》（実在の人物）の日記と、「女生徒」との比較検証を中心に論じた修士学位論文である。「――ジェンダー」の論を除く二つの論文は、後に博士論文を書き上げる上での原著ともいえるもので、当然、論旨の重複する部分が多い。

　著者は「燈籠」（昭和一二年一〇月）を女性独白体の成立の作品とし、構成でわかるように「女生徒」で完成したことを論証していく。それ以前の「猿面冠者」（昭

和九年）の女性の手紙と「虚構の春」（昭和一一年七月）の第四三、五六、五七信の手紙文に、女性独白体の萌芽を考察する。また「俗天使」（昭和一五年一月）「待つ」（昭和一七年六月）等に、継承とバリエーションの過程をとらえ、太田静子の「斜陽日記」を原材にした「斜陽」（昭和二二年七月～一〇月）をもって到達点の作品とみる。

前述したとおり、女性独白体は太宰作品の文体的・表現的特徴として注目されてきたし、個々の作品論においても作品を構築する装置として分析されてもきた。しかし、〈女性独白体史〉ともいうべき本書ほどの総合研究を、かつて見なかったのである。さらに、女性独白体が成立展開していくうえでの時代背景として、当時の生活綴方運動、そして同時代の女性（婦人）雑誌の隆盛、とりわけ「若草」の読者投稿の調査検討から、女性独白体小説の読者層と太宰との、いわば〝双方向〟の状況が丹念に論及されている。

さて、著者は太宰文学における女性独白体の意味を、「他者の声の獲得」と「太宰の受容を求める表れのひとつ」として考察を収束している。前者については次のように説明を加えている。

太宰にとって、女性独白体は、新しい小説方法の獲得であったと考えられる。すなわち、太宰にとって、女性の独白という形式を得たことは、私小説的な手法を越えたところで自己を語ることの発見であったと私は考える。（二二七頁）

著者の櫻田俊子氏は、残念ながら既に黄泉の人である。本書の編者でありご夫君である井上氏の「発行者より、発刊に寄せて」によれば、櫻田氏は「作品の持つ面白さを、他の人に伝えること」（傍点相馬）が研究する理由であると言っていたという。本書では、作家研究や作家論的見地からの作品への諸言及が、著者櫻田氏の作品を重視した調査分析の結果から相対化されている点が目立つ。たとえば「喝采」（昭和一一年一〇月）について、次に述べるようにである。

……昭和十年のいわゆる縊死未遂事件に関連されて論じられることがほとんどであった。私小説的な読み方においては、興味を引くものであるだろうが、作品として独立して論じられているかという点では疑問が残る……

（二一二頁）

太宰治の文学の〈読み〉において、作品の「面白さ」の解明に、作者の状況や作家像を重視して先行させる人は多い。そのことは必ずしも否定されることではない。太宰小説の解読には、その援用が不可欠と思われることが確かにある。しかしながら、作品と真摯に対峙しての分析考察を前提として作家やその周辺、時代背景などの追及へ向かう氏の姿勢は、改めて評価されるものと稿者には考えられる。

地上の人であり続けたならば、語り手の性差を特化しない一人称の語り、独白体そのものへ遡っての解析解明を課題としたのではないかと、惜しまれてならない。

なお、著者は〈私小説〉や芥川龍之介の小説について考察した業績等も顕著であったことを申し添えておきたい。

私事になる、乞う寛恕。

二〇一二年八月四日、櫻田俊子氏逝去、享年四一歳。稿者は、この数か月前に櫻田氏本人から病勢を知る私信を受け取っていた。ご逝去を知ったのは、八月その日から数日後であったと思う。その時、こんなに若いのにと、数分間号泣した稿者の妻は、まもなく、部位の異なる同じ病巣が見つかり闘病生活に入った。稿者が友人同志からの依頼で櫻田氏の追悼の文を草したのが、妻とふたりで覚悟を決めなければならなかった日々であった。その意味でも櫻田氏は、より稿者に縁の深い人になった。櫻田氏は見知らぬ人だった妻も、二〇一四年七月、黄泉へ向かった。

（丸善雄松堂株式会社　二〇一六年八月二二日発行　二千円＋税）

書評
佐藤隆之著『太宰治と三島由紀夫　双頭のドラゴン』

　著者の研究面での〈野心〉（本書「序」）が一書となったことを、まず慶賀します。著者の博識畏るべしの感が初発の印象でした。太宰の優れた研究者として、既に業績顕著の著者ですので、太宰に関する見識と記述には特に驚きはしませんでしたが、加えての三島の該博なそれには圧倒されてしまいました。この二人の作家の間にある関わりの意味は、長い間解明を試みられてきた研究テーマですが、本書は〈二人を共通の舞台に立たせ〉〈共通点と相違点〉を明らかにしていく〈新視点〉の〈提供〉（「序」）を目指すという意欲作です。過日天に昇った相馬正一先生の最期の課題は、三島由紀夫にとっての太宰治でありました（評者への私信、短い論考が弘前市の地元新聞に掲載された）。評者には本書との奇縁になりました。

　正直に言いますと、評者が本書の良き読者になるのには、もうしばらく時間が必要と思われます。太宰作品を少し読みかじってはいますが、三島文学は四〇年ほど前の学生時代とその後の数年間、代表作や解説の類を読み飛ばしただけで、この一〇年間ほどはまとまった研究書は一冊も読んでいないからです。

　本書はさまざまなテーマについて、二人を対照的に取り上げて、作家面作品面での共通点と相違点を解読しようとしています。サブ・タイトル「双頭のドラゴン」の由縁です。

評者の理解では、第一章「二人の出会い」を別とすれば、その他の章で著者が直接にその共通点なりを論じている部分は、「長編小説への挑戦と失敗」の章末のみになります。ほぼ〈タイトルに二人の共通点、その中で論じられている作品分析において共通点と相違点が浮き彫りになってくる〉（「あとがき」）というとおりでしょう。たとえば「二人の出会い」で、太宰の心中には三島の市ヶ谷での割腹自決が相当するらしく、前者は女性とであったが三島は男性との心中と言える趣意を述べます。これが共通点と相違点というのは図式的で察しがつきます。三島の自決を同性との心中という指摘は、過去にも何かで見たような気がすることを付加しておきましょう。「生い立ち、そして、母性と父性の問題」で触れられる、太宰の欠如態としての母親像、母性の喪失感はよく知られているところです。著者は三島の母子関係を、理想的と評しながらも〈実は何か互いに作り物じみた、妙な緊張感をはらんだ関係〉と説いています。これは共通点なのでしょうか、深遠な意味での相違点にあてはまるのでしょうか。

「戦争に対する意識」の章、大東亜戦争下で自己の文学的態度を持ち続けていた太宰と、〈ロマンチシズム〉から戦争を穿鑿した三島も、重なりあう作家像になりますか。「断崖と水に対する死の衝動」、水が死と再生の象徴になっているという解析です。太宰文学での水への〈親和性〉はかなり有名な事項ですが、三島の水は悲劇と結びついているという相違点をもちながら、共通点として分類されるという点などは、本書を読んでいて理解しやすい部分と言えます。「ストーリーテラーとしての才能」では『新釈諸国噺』『お伽草紙』と『近代能楽集』を取り上げています。その翻案的作法から当然といえば当然であるとしても、〈三島にとっては、芸術家は天よりも上位の存在であった〉とするならば、手法がやや逸れているのかもしれませんが、『右大臣実朝』こそ引いて欲しいと思いました。

さて、〈共通点と相違点が浮き彫り〉にされるために、著者はかなりの分量に上る二人の小説本文や二人に関する研究書評論の文章をそれぞれに引用しています。〈浮き彫り〉の資料として有用で有り難いのです。けれども、この手法は両刃の剣にもなっているような気がしています。つまり、両作家を個別に並べて〈詳しく論じ〉（「序」）ていることが〈浮き彫り〉になる、という著者の意気込みは高く評価されるべきものですが、読み手に対する信頼が大き過ぎないかと少し不安になるのです。二人の作家とその文学の全容に通暁している優れた読み手にとっては、共通点相違点を難なく〈浮き彫り〉にできても、そうでない読者には、どうして共通点や相違点になるのか、それが二人の文学の全貌とどのように関わるのか等々、やはり著者の説明なり論点の提示が欲しいところです。先に二、三評者なりの読み取りを述べましたけれども、著者の読みは遥かに深淵まで及んでいるものと察せられます。それどころか、実のところ著者の論をそのような分類に汲み取っていいのかどうかさえ、全く自信がありません。それを著者の直接の言で確認したいのです。

評者の力のなさばかり露呈してしまいましたが、著者に対する期待は大きなものがあります。保田與重郎や中野重治等と太宰との関わりにも詳しい著者からは、さらに太宰の周辺のたたずまいについて教示を受けたいと願っています。同時に、単独の三島由紀夫研究（論）も期待していいのではないか、とも思っています。

評者が高校二年のある日、世界史の教室に担当の先生が入ってくるなり、「ニュース解説」と銘打ったB5の用紙いっぱいに小さな文字でビッシリと記述された用紙を配布して、「三島由紀夫が自決した。これから世の中が大きく変わっていくんですよ」と語った興奮気味の口調を今でも思い出すことができます。うかうかして居られないぞという教訓も仰ったかもしれません。ただし、文学的側面の話題はありませんでした。現代国語や古典の時間では三島のその事件や文学観など、全く触れられなかったように記憶しています。

（龍書房　二〇一三年一〇月二五日発行　二千五百円　税込）

書評 野口存彌《のぶや》著『太宰治・現代文学の地平線』

本書は、踏青社（東京都東大和市）から平成二一年五月二五日に発行された評論集である。稿者は収載諸稿を、文学論や作家論的エッセイではなく諸作家の人物像を追い求めたものとして受容した。

本書の構成と収録エッセイを示す。

Ⅰ 太宰治・健全な生活というアポリア（「群系」誌二〇号）
太宰治・罰せられるものとしての自己（同誌二一号）
太宰治と菊田義孝（同誌二二号）

Ⅱ 堀辰雄・母への意識（本書への書下ろし）
武田泰淳・「審判」を原点にして（同誌一九号）
藤枝静男・その男性性（同誌一八号）

Ⅲ 倉橋惣三・子供への讃歌（『内村鑑三研究』四一号）
野口雨情の童謡をめぐって（『神奈川近代文学館』九〇号）
わたくしの宮沢賢治論（『武蔵野日本文学』一六号）
あとがき
初出一覧

〈Ⅱ〉で諸作家、〈Ⅲ〉で児童文学の作家を取り上げている。恥ずかしいことに「倉橋惣三」という人を本書で初めて知った。「倉橋惣三・子供への讃歌」は、児童文学作家の文学活動の記述というよりは、ひとりの人物の伝記ないし紹介の記録として興味深かった。感謝している。倉橋は明治一五年、静岡県に生れ、東京女子高等師範学校、お茶の水女子大学で教授を勤めた幼児教育の専門家である。自身も児童文学作品を執筆したが、戦後、保育学会を創設するなど、我が国の保育、幼児教育に尽力貢献した人である。

「わたくしの宮沢賢治論」は、著者にとっての賢治と賢治の児童文学作品について述べた一文。〈わたくしの〉という形容は、やや随想寄りの文体を婉曲に表したか。これも、賢治の児童文学それ自体の解析ではなく、作品を介して宮沢賢治の人間像に迫ったものとして読んだ。

さて、順番が逆になった〈I〉である。本書が発行された平成二一年は、太宰治の生誕一〇〇年という記念年、と帯文にある。六月が太宰の誕生そして死出の月だった。本書は、その状況を意識した出版だったと推される。ただし、〈I〉収載稿の初出は、平成一九年一一月~二〇年一二月。この記念年の前年を含め、おびただしい数の太宰治に関する書籍類が発行されたり、青森県津軽地域をはじめ全国各地において展覧や講演等が行われたりした。

閑話休題、菊田義孝と著者は直接の親交を得ていた。菊田と太宰の間の経緯「太宰治と菊田義孝」(平成二〇年一二月)は、太宰文学の解明の面よりは、菊田の半生の伝記としての印象が強い。稿者は、かつて菊田への鎮魂という読みをした(「群系」第二三号)。今も、大きな修整の必要はないと思っている。なお、菊田は「群系」の同人であった。

巻頭に置かれた「太宰治・健全な生活というアポリア」(平成一九年一一月)は、前期から中期の太宰治のいくつかの作品と生活面を見ていき、作家の人間像を確認したものである。著者は〈健全な生活〉を〈常識〉を基本とする〈営為〉と規定する。著者の炯眼は、健全な生活への発端を日中戦争状態の日常化に求め、その条件を〈正常の結婚〉とし、〈実生活に即しながら〉人間太宰の姿を描出する。幼少時代の作文等にもおよび、健全な生活の成果が「津軽」だと述べた後、「御伽草紙」にその生活の限界を読み解く。そして健全な生活が〈逆作動〉したものが、後期と見る。

続く「太宰治・罰せられるものとしての自己」（平成二〇年七月）で、主眼をその後期に移し、同じ方法で太宰像を追っていく。冒頭で「人間失格」の構想が〈早い時期〉になされていたことを挙げ、著者はその時期を「俗天使」（昭和一五年一月）に見ている。余計な補足をするなら、「HUMANN LOST」（一二年四月）の題名と物語内容そのものが、〈構想〉の兆しと言えるだろう。著者は太宰の聖書接近を手がかりに、まず中期の作品群を遡る。さまざま作品にある〈罰せられる〉〈自己〉に関連する言説に着眼した後に「人間失格」を読み込み、太宰の〈自己破壊を賭け〉る後期を俯瞰していく。

この二篇は、「群系」誌に連続して発表された。「―アポリア」の終結部の文意が、「罰せられる―」が続稿らしいことを示している。

主として「―アポリア」で太宰の健康と安定を抽出し、「罰せられる―」で自己解体への回帰と変容が強調される。しかし、後期への〈異様な自己認識〉を示すため引いた「俗天使」「鷗」は、著者も指摘するように中期初めの作品である。また「津軽」での、「私」が長兄と歩いて、〈私は兄から、あの事件に就いてまだ許されてゐるとは思はない〉と述懐する（本書二八頁）場面が取り上げられている。「津軽」は著者も言っているとおり、中期の〈健全な生活〉が生んだ作品である。ただし、〈あの事件〉は前期に起こったもので、ここでの心情は太宰の中期に沈潜していたと言える。太宰治の〈健全な生活〉は、〈罰せられる〉〈自己〉が同時進行する形で、伏流されていたことを再確認しておきたい。端的の例は、中期の傑作「走れメロス」にある。メロスが山賊に襲われ、証拠もないのに〈王の命令〉と決めつけるメロスの言葉から、〈中期の安定期〉（川嶋至）に疑義がなされたのは、昭和四九年二月のことである。二篇は別々の稿として読む限り、著者の太宰像には中期と後期の確乎とした輪郭がそれぞれ描かれる。しかし稿者は、二篇すなわち〈健全な生活〉

と〈罰せられる〉〈自己〉が融合というか混沌というか、そのような太宰治のイメージを作り上げるべきではないかというジレンマに陥る。少なくとも中期から後期にかけての太宰には必要とされる見方と思われる。その意味合いで、著者のいう〈逆作動〉という太宰像に今は留保しておきたい。単に日常生活のこととしても、後期の太宰の〈実生活〉が、〈常識〉から遠く離れたものであったとは想起しにくい。

　今回、再読する機会を得て、やはり〈Ⅱ〉の「武田泰淳・「審判」を原点にして」に最も大きい教示と衝撃を受けた。戦争、戦闘現場という極限状況を問題点としているからに違いない。加えるなら、第一次戦後派の代表作は泰淳しかり野間宏しかり、あるいは第二次戦後派の大岡昇平たちを含んで、目を背けたくなる場面が多く、二〇歳前の稿者には辛い経験だったからかもしれない。

　かつて著者の野口氏から三度ほどご芳書を賜った。本書に関したそれの文面には、――いろいろ細かく考えれば間違いがたくさんあるでしょう、でも、私には時間がないのです、やることが、書きたいことがたくさんあって、細かいことまで考えていられないのです、という意味のことが書かれていた記憶がある。僭越になるが、著者の誠実なご専心が想われて感傷にいざなわれている。ご冥福を祈ります。

第二部

太宰文学から／太宰文学へ

久坂葉子と太宰治

久坂葉子という作家の存在を知ったのは、不覚にもつい数年前のことである。講談社文芸文庫の一冊として発行された『久坂葉子作品集　幾度目かの最期』（二〇〇五年一二月）を何気なく手にした時、まず帯の「二十一歳で自殺した幻の作家」が目に付き、裏に「自分の死と文学をこれほど一致させた作品」は「芥川にも太宰にも三島にもなし得なかった」とある説明文に気づき、巻末の年譜で久坂が太宰の死から着想した詩をつくっていることに驚いたのである。

太宰治の小説を読み始めてから年月だけは比較的長く経た私は、津島修治という少年の太宰治が作家の道を歩むことになった大きな契機は、芥川龍之介の自殺に受けた衝撃だといわれること、また帯にあった三島由紀夫も、その形は太宰と異なったけれど結局自裁で生涯を終えたこと、さらには太宰を師と仰いだ田中英光が師の墓前で自殺したこと、文学史上「第三の新人」と称呼されることになる遠藤周作や吉行淳之介、北杜夫らが、太宰の死といわゆる破滅型の生活を〝反面〟ととらえて、それぞれ狐狸庵もの、「軽薄のすすめ」その他、「どくとるマンボウ」ものなどの軽妙な筆致の作品が書かれたらしいこと等々、を知っていた。最後のことは、三人の作家のうちの誰かの文章で直接その趣旨を読んだように記憶している。

そのような太宰の死にまつわる〝系譜〟とでもいう

べき面については、かなり興味を持ったり注意を払ったりしてきたつもりであるのに、その意味での系譜に当らないかもしれないが、久坂葉子のことを全く知らなかった自身に衝撃に近い勉強不足を感じたのである。

すぐに、もっと強い衝撃を受けることになった。

久坂葉子を、事典の項目ふうに切り取って記述しておくと、次のようになる。

くさか・ようこ　昭和六年三月、神戸市生まれ。本名、川崎澄子。曽祖父は川崎造船（後の重工業）創立者。父は男爵。戦後、GHQにより公職追放処分となり、一家は収入を断たれる。久坂は、さまざまな仕事を経験することになった。昭和二四年、同人誌「VIKING」に発表した「入梅」でデビュー、以後富士正晴に師事。翌年「ドミノのお告げ」（「作品」昭和二五年六月）が芥川賞候補となる。「幾度目かの最期」を書き上げた後、昭和二七年一二月三一日、阪急電車に飛び込み、自殺。他に「灰色の記憶」「華々しき瞬間」など。『久坂葉子全集』全三巻（鼎書房）が編まれている。

（稿者記述）

その初めて知った時の年譜に、五度目の自殺の試みで〝ようやく〟絶命を果たしたこと、しかも一六歳での初回の試みからわずか五年後のことで、享年がたった二一歳とあったことに、作家というよりも〈人〉として、死に向かうその〝直向きさ〟に衝撃を受けた。方法論などという大げさなつもりは少しもないが、私は作家の年譜や実生活を、作品以上には重視しないし着目もしない立ち位置なので、そのような自身に対しても或る種の驚きを持った。

自殺願望は習癖のようになって繰り返されるとは、若い頃に何かの本で読んだりあるいは何かの機会に見聞きしたりした気もする。しかし、太宰のように五回（六回説もあり）も自身を死に向かわせた作家をそれまで他に知らなかったので、少なくともその点で私は太宰治をどこか特別視していたように思う。彼は特別の存在なのであって、その文学もまた特異なものなのではないか、という漠然とした感想である。これは、あくまでも〝特異〟ということであって、必ずしも他作家に比して特に優れた文学作品という意味ではない。

　太宰の全集を購入して小説その他を集中的に読んだのは大学一年、一九歳になったばかりの秋だった。太宰を読んでからそう思ったか、そう思ってから太宰の小説が身に沁みたのかよく覚えていないものの、当時の自身に死を美化するような心理状態もあったかもしれない。と言っても、それは死に対する憧れではなかったし、個人的に特に自殺願望などはなかった。ただ他にそういう人間がいても非難したり否定したりする気持ちにはならなかった。むしろ、生きる権利があるなら死ぬ権利も同等にある、などと同情あるいは理解しようとする気持ちが強かった。若かったと言ってしまえばそれまでのことである。

　私はその後、分析批評という文学研究方法を学んだ。この批評理論の特徴の一つに、〈出来合い反応〉という考え方がある。これは読み手にあるさまざまな思い込みが、個々の文学作品の正しい評価にとって差しさわりになるというもので、作家その人を過度に特別視することも、その思い込みになって価値判断を見失わせる一因になる。そのため、出来得る限り客観的に文学作品に向かう態度を保つように努めてきた。しかし、死から抱いた太宰とその文学に対する原初にあった思いが消えたのか、と問われれば否とまでは言い切れない。

　ただ久坂葉子を知って、死の面における太宰への特別視がそれまで以上に薄れたことは間違いない。しかも太宰は、昭和四年一二月、官立弘前高等学校三年の第一学期の期末考査の前夜、薬物を服用して自死を図るという事件を起こし、その唐突さにこれを試験回避の偽装自殺とみる研究者もいるくらいである。倉橋健一は「自殺という狂言」（「読みの方法論―戦後文学を中心に―久坂葉子の挫折」傍点原著者）と、太宰の対処を責めている。確かに私も、久坂の方がより死に真剣に誠実に（?）対峙している印象を持つ。

久坂と二重写しになるような年譜、太宰治も地域の大家に生れ（没落は農地改革のあと）、一〇歳代末から二〇歳代には作品でその出自から逃れようとしてみせた。しかし実生活では、むしろしがみ付こうとしていて、後に研究者がいう〈自己喪失〉〈自己解体〉がここにもあてはまるといった様相が垣間見られる。

昭和五年一一月、太宰は女性と心中未遂した（女性のみ死亡）。そのことは代表作の『人間失格』等いくつかの小説に描かれた。その一つである『狂言の神』は、昭和一〇年三月の鎌倉八幡宮の裏山での縊死自殺未遂も題材になっている。いくら〝私小説〟であっても、作品を書くために（物理的?）自死を試みているはずはない。ただし、薬物服用心中を投身心中に変更などしているが、自らのその試みの形象化自体については、たぶん躊躇することは小さかったと思う。恐ろしいばかりの自己顕示である。現実で自死を試みるこの書き手は、小説作品に書くという行為によって、あるいは作品世界の主人公や語り手になって、ある種の転生を果たしているような気がする。生と死の往還というのは、こういうことでもあろう。

私が久坂作品の主人公や語り手、ひいては畢竟久坂葉子に、人生と死（自死）に対して、真剣に誠実に向かう直向きさを感じる、というのはこのような意味合いである。生きる上での余裕のなさ、を見る人もいるかもしれない。太宰治と彼の作品や主人公には、戦略的な、もっといえば、自死してみせようとする、そういう作為を感じてならない。うまく説明できなくてもどかしい限りだが、この辺りが二人への、私の中にある、似て非なる印象の源になるだろうか。

さて、久坂の年譜に「太宰の心中に衝撃を受け、「逝った人に」「月と桃の実」「雨の日に」の詩を、その死を題材に書く」（前掲　講談社文芸文庫）とある。久坂の全集に収められた日記の昭和二四年に「太宰が死んだ。彼にふれた。彼に感じた」とあるが、太宰が山崎富栄と入水心中した時の彼女の心境を述べたものを直接に見つけることは出来ないでいる。『神戸残照久坂葉子』（勉誠出版）の略年譜には「敬愛の作家太宰治が山崎富栄と心中」（傍線相馬、以下同じ）とあり、また全集の解説で佐藤和夫は「多数あるそのなかでも「雨の日に」は太宰治の死を悼んで書いたものである。とともに彼への傾倒を示したものである」と述べている。久坂の太宰への「敬愛」「傾倒」の状況について詳述した研究者や同時代人のものも寡聞にして知らない（註）し、まして久坂の周辺を知る縁《よすが》にも今のところ行き当たることが出来ていないので、ここでは昭和二三年六月一八日に書いた詩「雨の日に」を示しておく。

雨のふるうすぐらい日に、
作家が一人死にました。
人がどんなにさわいでも、
それは無益なことなんです。
私は静かに黙ってゐて、
のこして行った作品《もの》をよみます。
灰色のところ〴〵うすきいろい頁。
…………。
土堤《ツヽミ》に水があふれる位、
今日も雨がふってます。
何《ナニ》もなかったやうに、
絶え間なく降ってます。
（全集　一九〇頁）

五行目と六行目の詩行は久坂の真意が奈辺にあったかとは別に、「安売りしているのは作品である。作家の人間までを売ってはいない」（随想「一歩前進二歩退却」）と言った太宰にとって、このうえなくふさわしい哀悼になったかもしれない。いったい久坂は、太宰の死の〝なに〟に〝どんな〟衝撃を受けていたのだろう。改めて、そんなことを思う。もしかすると、なに、も、どんな、もなく、ただ、亡くなった、それも、ついに、という「死」そのものに、鈍器で殴られたような即物的な衝撃を受けたのかと思ってしまう。

文芸文庫に収められていた代表作品を読みながら、既にその文体のみずみずしさ・清澄とでもいうべき印象に魅入られていたかも知れない。それには、どこかで見た久坂の〝電髪〟で白い歯をみせていかにも若やいだ花顔が、大きな作用を果たしたと思う。生に背反する方向のかなり退嬰的で倦怠感に近い表現内容であるにもかかわらず、文体面はそれに逆行するものを感じ取る。この印象は制作順に収録した全集で二番目の「港街風景」(昭和二四年執筆)に早くも存在する。「私」の周辺で自殺者が出る。

自殺した者が先刻《さっき》の男であるにしろないにしろ、全く関係のない他人の事だった。だが私はふるえてゐた。私の心の中に私の姿と自殺したらしい人の面影とがゴッチャになってうつった。

(全集　一五頁)

また「私」が船の出航するまでの時間つぶしに入ったバーも兼ねる喫茶店の女主人蒔村栄子が、「とん坊」という人物との過去を回想して、とん坊は「そして死ぬことが私にのこされたたった一つの生きる道であり、永遠に愛し得る世界だ」と言ったことが語られる。つまり、この小説にとって「死」「自殺」は主題の重要な部分を占めている。

孤独、孤独、みんなひとりなんだ。私の胸の底につめたくよこたわってゐた孤独が、突然はっきりと立ち上った。と同時にわけもなく涙を流した。枕をしっかり抱きながら、灯を消した後の窓辺の白い草花の鉢をとほしてみつめた街。港街は、深夜の悲しい歌をいつまでもかなでてゐた。

(全集　二二頁)

収束部を上げてみた。叙情性と余韻にあふれる表現となっている。もちろん、全集で久坂のほぼ全容に触れた後もこの印象は変らない。

太宰も「道化の華」(昭和五年)など実験小説と呼ばれる前期の作品群には、新しい文学表現を模索するみずみずしさに似た文体印象を感得することができる。「似た」というのは、太宰の小説表現にあっては、意外性または異質的な何か、それに金属的な質感とでも言い換えていいかもしれない。かえって、よくわからない言葉になってしまっただろうか。でもそれは、当時の文壇界の文学表現の上からも、太宰小説の文体史の上からみても、のことになる。そうして、死と向かい合って日々を暮らしている人の文章や小説に、どうして未練とか名残とかでなく、一種の潔さのような淡泊さが感じられるのだろうかと、二人の小説表現から共通のものを承けた。

繰り返しになる。私は久坂葉子がどの程度に太宰治と太宰文学に心酔していたのか、全く想像すらできない現状にある。だからこそ、久坂葉子は、久坂葉子の文学作品はその太宰文学の系譜にあるのかどうか、関心の重心を小説それ自体に移して、より潜行した二人の接点を探って今後も読み続けていきたいと思っている。

「郷土の作家久坂葉子」(桝井寿郎「孤独は笑っている―久坂葉子のウラおもて」)を守る久坂葉子研究会をはじめ神戸周辺の方々が眉をひそめるだろうが、残念なことに、久坂葉子は今のところ私の身近な周辺では知られた作家とは言えないようである。大先輩でも名前さえ知らない人ばかりであった。そのような中で詩誌『朔』主宰の圓子哲郎先生からは、若いころ読んだ作家だ、久しぶりに名前を見たとメモをいただいた。太宰治の文学でご指導賜っている神戸在住の山内祥史先生も、同じようにかつて読者だった旨のご芳書をくださった。

死と真摯に立ち向かった文学そして作家として、久坂の小説と文章は読み継がれていくべきだと考える。

天上の久坂がどういうかわからないけれど、死と対峙することは、生と向き合うことでもあろうから。

［註］

本文で挙げた倉橋の他には、富士正晴「「私はこんな女である」解説」、柏木薫「花火に想う──久坂葉子との遭遇」くらいしか管見していない。

小説家小山正孝の文学的出発への試み

——官立弘前高等学校時代の小説を中心に

はじめに　年譜記事の修正について

本稿は、四季派の詩人として知られる小山正孝の初期小説について一考する。

小山正孝の小説を読む作業の過程で、現在見られる年譜等の記載で、官立弘前高等学校への「入学年度」が訂正される必要が生じたので、まずそのことを確認報告する。

現在一般にみることのできる年譜では、入学は昭和一一（一九三六）年四月となっている。[1] 官立弘前高等学校が前身校のひとつである弘前大学の附属図書館で確認したところ、昭和一〇（一九三五）年四月入学であることがわかった。学籍簿の入学と卒業年度を確認できたので、間違いないと思われる。関連する事項としてもう一点、小山が昭和一一年度の一年間を休学していることもわかった。休学の理由は判明しない。この休学についても、現在の年譜には記事として見られない事項である。卒業は年譜のとおり、昭和一四（一九三九）年三月である。東京帝国大学文学部への進学の記載もある。

作品の本文確認のため、「官立弘前高等学校校友会誌」を閲覧して行った際、「ふるきず」が第二五号に掲載されており、この号は「昭和十年十一月三十一日」

の発行になっていた。「ふるきず」は『小説集　稚児ケ淵』（平成一七年一二月二六日　潮流社、以下『稚児ケ淵』）の初出一覧には「《弘高》一九三六年十月」と記されている。これが正しいとすると年譜の入学年度と整合しないことになるので、再確認の必要に迫られた。因みに、年譜では旧制府立四中の卒業あるいは修了が書かれていない。今回の学籍簿では昭和一〇年三月修了とわかった。「卒業」が二重傍線で消されているためである。府立四中の後身校、東京都立戸山高等学校に照会したところ、同窓会事務局長氏から、小山の同窓会名簿のコピーと回答を得た。これによると、「卒年」は「昭11」と機械印字による横書きの記載が見られる。修了か卒業かは判明しない。局長氏によると、「これ以上の資料」はなく「不明」とのことであった（平成二四年九月時点）。記載の数字そのものについては、冒頭での経緯から昭和一〇年四月入学を覆すべき検討考察の余地は大きくないと考える。ただし、数字の根拠や記載の事情等は推察がなされるべきであろう。

因みに「ゆきのした」（昭和一二年五月）は、前述『稚児ケ淵』の初出一覧には「《弘高》」とあるが、平成一五年頃に弘前大学名誉教授小山内時雄先生（故人、稿者の恩師）から、コピーを引き継いだ時「『北溟』第18号（昭12・5・11）」と先生のメモが記入されていた。「北溟」（稿者注――「ほくめい」）は官立弘前高等学校北溟寮文芸部が当時発行していた雑誌である。しかし、当の第一八号は散逸して弘前大学附属図書館では蔵されていないため確認できていない。弘前市立図書館・青森県立図書館にもなく、県立図書館の係員が国立国会図書館にも蔵書がないことを調べてくれ、確認作業は頓挫している。なお「校友会誌」第二五～三二号、「北溟」一七・一九～二一号では「ゆきのした」は見つからなかった。後述する「琴雄と姫鱒姫」についても同様の結果であった。大方のご教示を得たい。

一 小山正孝の前景

小山正孝は大正五（一九一六）年東京に生まれ、後に官立弘前高等学校文科乙類に入学し、「校友会誌」などに小説を発表していく。昭和一四年三月卒業して東京帝国大学に進んだ。その後中学以来の盟友山崎剛太郎が所属した同人誌「阿房」や小高根二郎主宰の「果樹園」等を主な発表誌として、沈黙の時期を含め、昭和五一年一〇月「傘の話」まで小説を創作していくことになる。

現在、小山正孝は四季派の詩人としての仕事が評価され、小説の評価は今後に期待される部分が大きい。処女詩集『雪つぶて』（昭和二一年六月）から『十二月感泣集』（平成一一年八月）まで八冊の詩集を公にした。

ただし、この稿では小山正孝の文学活動のうちの小説に限定して何ほどかのアプローチを試み、詩の成果については捨象する。その理由は稿者が、小山の文学において小説がもう少し顧みられる必要があると考えるからである。詩の分野の考察との融合は後日を期したい。すなわち、本稿でいう「小山正孝」はほぼ小説作家を指し、詩人の意味は従属的である。

さらに東京府立四中在学中の文学活動についても詳らかに知るところがないので、本稿では小山の文学的出発を仮に弘前高等学校入学後として話を進めることとする。

その小山文学の出発期は日本近代文学史において、〈昭和一〇年前後〉、〈昭和一〇年代〉という事象と重なっている。昭和一〇年前後は、いわゆる文学史上の転形期と言われる。年代や詳細を省くことにして、事項や用語を思いつくままに拾い上げてみる。

〈特高による小林多喜二の虐殺、プロレタリア文学陣営の衰退、文芸復興、シェストフ的不安、転向文学、横光利一の純粋小説論と第四人称の提唱、新心理主義と意識の流れ、饒舌文体、小説の小説〉。

もちろんこの文学事象の流れは、昭和六年の満州事変から大東亜戦争の敗戦までの一五年戦争下の左翼思想弾圧と直接に関与を有しあるいは間接の影響を受け、全く無縁でいられたと言い切れるものはない。小山の生涯の少年期から青年前期は、杉浦明平《みんぺい》が「小山君たちの世代はたとへ希望しても薔薇の内側に潜んでゐることさへ許されず、荒々しい戦争の中へ引きずり出された」（「小山正孝の詩」昭和二五年一〇月）と言うとおりであろう。

曽根博義は、〈昭和一〇年前後〉の、特にモダニズム文学について「戦前・戦中の文学――昭和8年から敗戦まで」の中で次のように論述している。

……横光利一らの新感覚派が小説を知的、観念的に構成することに努力したとすれば、伊藤整（一九〇五～六九）や阿部知二や堀辰雄に代表される昭和初年のモダニズムは、外国小説の技法を取入れて小説の内面化、意識化をいっそう推し進めたといえるだろう。……しかしモダニズムにおいて表現の対象や文体はたしかに意識化されたが、表現の主体や表現行為そのものは十分に意識化されないまま残った。それが昭和十年前後になって私小説的な一人称文体のなかで明瞭に意識化され、小説の自己意識化とでもいうべき現象が現れてくる。

（『昭和文学全集別巻』小学館　平成二年九月二〇日　〈……〉は中略）

曽根がこの直後「ジイドを中心とする西欧現代の自意識の文学」という評言を用意して、小林秀雄「私小説論」（昭和一〇年五月）がジイドを強調したことに触れるが、アンドレ・ジイドはこの時代の文学に影響を与えた作家の一人であった。

小山正孝は昭和一三年二月発行の「弘前高等学校校友会誌」第二九号で、三頁半にわたる長い編集後記を書いている。それに「よくジイドを讃める人があるけれど、世の中に彼の本を読んだおかげで迷はされた者が何人居る事だろう」という言葉がみえる。ここでは他にフィリップ、ドストエフスキー、モリエールなどの外国作家名も挙げている。また、同誌第二七号の「同人雑記」欄には編集委員らしい「西野」という署名で、「最近ジイドの「ユリアンの旅」を読んで、その中に「貝殻に海の響を聞いた」と云ふ様な事が書いてあつた」と記してあり、ジイドが文芸部委員あるいは委員以外の生徒にも読まれていた可能性を示唆している。さらに憶測を広げれば、文学に関心を持つ生徒は西欧を中心とした外国作家、翻って当時の我が国現代作家の作品に無関心でいられたとは到底思われない。前述の〈昭和一〇年前後〉に関わる作品等にも触れていたであろう。

後年の太宰治、津島修治が在学していた当時（昭和二年四月～五年三月）、弘前高等学校は福岡高等学校と並んで左翼活動の拠点と言われた時期である。正孝が入学する頃は打ち続く学校当局の大弾圧のため終局を迎えていた。昭和七年六月末〈赤い太鼓事件〉が起こり、ガリ版刷り新聞「赤い太鼓」を発行していた社研グループの生徒のうち、七月にかけて検挙引致される生徒が総勢四〇名前後を数えた。八月末、諭旨退学六名、無期停学五名を始め、処分者三〇名にのぼった。全国に目を転じて、昭和八年の滝川事件、佐野学・鍋山貞親の転向声明、弘高出身の田中清玄の転向声明が続いた情勢は、弘前高等学校における左翼活動をも退潮させた。昭和一〇年二月、左翼活動を理由に諭旨退学二名その他の処分を以て、弘前高等学校における活動は終わりを告げたとされる。[2]

因みに青森県の文芸状況をみると、昭和四（一九二九）年一二月、県下統一文芸雑誌「座標」が創刊された。しかし左傾とその揺り戻しの狭間で衰え、昭和七年廃刊となった。津島修治の「地主一代」（昭和五年一月～）「学生群」（昭和五年七月～）はこの雑誌に発表されている。東奥日報社が五年間発行した日曜文化版「サンデー東奥」も、昭和九年一月休刊。「座標」に代わる県下文芸総合誌をということで「東北文学」が創刊されたが、一二年八月に終刊となった。以上の状況は、プロレタリア文芸の全国的な衰退とほぼ対応する動きである。(3) ただし、各年度の『県勢総覧』の文芸回顧欄には「弘前高等学校校友会誌」の掲載作品に触れる記事は見当たらない。

二　小山正孝の初期作品――視点・語り

二―0　時期区分

坂口昌明の区分(「編者識」『稚兒ケ淵』)によれば、昭和二三年から三五年を中期、四〇年から五一年を後期、中期以前を前期とするようである。習作を前期に含むのかどうか判定できかねているのだが、本稿では弘前高等学校時代の習作を〈初期〉作品としたい。そうすると「臨海学校」(昭和一二年一二月)までとなる。しかし、「鰯雲」(一四年七月)が「臨海学校」の続編的内容であること、また「紙漉町」(一四年五月)「遅花」(一四年一一月)が弘前を作品の舞台としていて、この二篇も正編・続編のようなつながりがみられることなどの点から、本稿ではその三編にも触れる程度で見ることにする。

稿者は坂口が編んだ小山正孝著作集全四巻とくに『感泣旅行覚え書』(平成一六年六月二九日　潮流社)と前掲『稚兒ケ淵』に収録されている小説作品と、後者の未収録作品一覧にあるものしか知らない。未収録作品にも直接あたった結果、現段階で「琴雄と姫鱒姫」(昭和一二年一月)一編のみ未見であり、諸学兄姉のご教示を待つものである。

二―1　「ふるきず」と「ゆきのした」

小山正孝の文学への志向が、詩作と小説とどちらが早いのかは、これも推測しかない。「弘前高等学校校友会誌」等を発表舞台とした高校時代においては、「ふるきず」が最も早く発表された小説になる。〈邦保〉の一人称「私」語りによるこの作品は、「涙、涙の暗い状況設定には、定番的な疎外の主題のはしりが観察できる」(坂口「編者識」)内容であることは間違いない。

邦保は父と姉とともに、資産家である新しい母の家で暮らすことになった。継母は姉には愛情深く接する一方、邦保には冷淡に応ずる。母親の愛情を求める「私」は、その継母の態度の理由がわからず、さらに苦しむ。ある日「私」は父から、父本人が経済的に失敗して没落し、実母が邦保を連れて逃げた後、孤児院に捨てられていたのを父が見つけ、連れ帰った過去の経緯を聞く。そしてその〈ふるきず〉が継母と親族から忌避されていることを告げられる。自身の知らぬことで術がないことに苦悶する「私」。ある晩、酒に酔った姉が、お前のせいで結婚話が破れたと「私」を責める。姉を愛する「私」は、継母の家から去ることを決意する。一人称の語りは整っていて、「〈意識の流れ〉とは一線を画」(國中治「小山正孝における立原道造と詩と小説」『詩人薄命』平成一六年一二月二〇日　潮流社)していても「私」の自己心理の表出はかなり上出来と言える。「校友会誌」の「編集後記」では編集委員の山口孝一と思われる「山口」が、長めの批評を載せている。「小山君の〈ふるきず〉はよく書けて居る」と全体的な好印象を述べた後、「「悲劇」は悲劇に存する時悲劇なのではなく全体的なもの(無理?)に存するときに効果的悲劇となるのである。此の点で「父親」の描写は失敗して居る」と苦言も呈している。しばらく、この辺りのことを見ておくことにする。

たとえば「ゆきのした」(昭和一二年五月)は、高等学校の生徒「私」と農家の姉妹「かつ」「みつ」との三人の物語を、一人称「私」が語る。「私」とみつは互いに好意恋心を持っているのに、告白などの発現とはならない。姉のかつは二人の学歴格差を理由に、かつに来た縁談の相手にみつを嫁がせてしまうのである。この三人はだれも幸福になっていない。悲劇と言えば悲劇である。「私」とみつの二人はもちろん、かつも「私はみつを悲しさに落としても末はあの子の好きな様なハツピイエンドよ」とみつに差し向けた結婚を、結局「かつの目は泣いていた」となるのは、単にみつが離れていくためではない。かつはみつの不幸を願ってそうしたわけではないとしても、みつの気持ちを知っていたのであるから、かつもその意味では「ハッピイエンド」たりえない。この姉妹の境遇は「親のない二児」という設定がなされている。語り手「私」はその事情をはっきり語ることができないが、悲劇的雰囲気は漂っている。しかし、この小説が「ふるきず」ほど「暗い状況」を感じなくて済むのは、「津軽野」の林檎園を中心とした情景に置かれているからであろう。ただ、その背景の開放感は三人それぞれの立ち位置に対して、より読み手側の哀切感を高めるアイロニカルな表現構造となっている。

「ふるきず」は邦保の現在と過去という大枠そのものが悲劇であり、父親も邦保との関わりの上では安住には遠く、継母に愛されるとはいえ姉もまた有頂天では居られない。しかも、父姉いずれも邦保の不幸と引き換えてでも自分たちの幸福を目指す無慈悲ではないのである。つまりこの三人の図式は、最外枠に家族そのものが悲劇である円の内側にさらに個の悲劇が同心円を形作って位置していることになる。邦保の悲劇は、父親の大きな円に囲繞されているため、「ゆきのした」のようなアイロニカルな悲劇性は小さい。小説内部の場所もほとんど家の中で邦保が思い悩むという閉鎖的空間にとどまっている。此の点に限れば作品として「ゆきのした」の方に、より高い評価がなされて然るべきである。「山口」の評は、以上のような点への苦言だろうか。

「ゆきのした」にもうひとこと触れておく。先行の「白い本屋」(昭和一一年六月)「凍日—弱い男の日日の一話」(一一年一二月)に比較すると、この小説は少なくとも視点、語りの面ではかなり進歩している印象を与える。完全な一人称視点である。もちろん単に一人称視点の選択が「進歩」だというつもりはない。この視点だと「かつ」や「みつ」その他の人物たちの心の中は「私」の推測としてしか語れない。読み手側としては「どうしても結婚する」みつの理由というか真意をわかりたいし、伯父伯母なる人物たちの、みつの結婚に関する意向も知りたいところである。しかし、それがわからないまま、みつは去っていくことになるので、淡い青春の恋心、失恋の物語として成功しているのではないか。

二—2 「白い本屋」「凍日」

さて、前項でみてきた二作品の間に「白い本屋」「凍日」が創られる。初期作品群は、確かに「目まぐるしく作風を変えて」（坂口「編者識」）いるといえる。これは大きくは〈文体〉、細かくは既出〈視点 points of view〉の問題になるだろう。繰り返しになる。「ふるきず」は第一人称視点として統一されている。しかし、ここでの後発の二作は第一人称視点による小説ではない。

先にも引いた國中治は両作品から用例を一箇所ずつ取り上げて、「白い本屋」から「凍日」までの半年間の進歩に感嘆しておられる（前掲論文）。しかし全編を通しての文体印象は、國中も言うように「戯作調の軽薄さ」のある「凍日」に比べ、先行作品である「白い本屋」がより整理された表現方法を採っていることになるだろう。

「白い本屋」は、本屋白雅堂の青年店員である杏次郎が、小説家を志望していることを交えながら、先輩店員である新助の独立につき従うか白雅堂に残るか迷って、結論に行き着く物語である。新助はもちろん、店の主人、叔父の助言を受けて新助とともに新しい本屋を立ち上げて、「白雅堂はこれでやめるのが本当なんだ。文学をやるんだ、体中に何か、力強いものがこみあげてくる」と決意して収束する。大きな挿話として、須村という小説家志望の青年の話が織り込まれ、須村は病気となって帰郷した後まもなく死ぬ。その後須村の弟が杏次郎へ手紙をよこす。この小説の作者らしい語り手は、杏次郎の心中にも新助や主人の心中にも入り込んでいるが、須村の心中には入り込まず、それは杏次郎あるいは弟によって語られる。不完全な制限付全知とでもいったらよいか。この視点による語りは、新助や主人が杏次郎の道は彼の意志を尊重して「口出し」をしないように努めるという表現内容を支えているかもしれない。叔父も最終的には杏次郎自身に任せる。「白い本屋」は次のように終わる。

　中目黒の練兵場から、須村さんが居なくなり、杏次郎も来なくなるのだ。渋谷の地を離れては、しばらくは来られない。二人は低い丘の続きをいつまでも〳〵歩き続けた。夕方だ。空がまつかだ。やがて夜が来、明日が来、九月が来、十一月が来るのだ。

「二人」というのは、新助と杏次郎のことである。この語り手は厳密にはやはり作者らしき人物というしかない。「二人は……歩き続けた。」はこの作者らしき語り手が語っている。「夕方だ」以降はこの「二人」の語りと重なっているような錯覚を与え、印象的な終わりになっている。

「白い本屋」の「白」は、直接的には白雅堂の壁が「白い」ということを指示している。そのうえで須村の文学に対する純粋な姿勢を含めて杏次郎の小説家への意欲と希望、今後の彼の精進次第で成し遂げられる可能性をも象徴しているだろう。

「凍日」はサブタイトルに「弱い男の日日からの一話」とあるように、かつて小説家を目指したものの断念して今は「ジヤーナリズム」の仕事をしている青海鷗二の、回想と現在の呟きめいた独白が中心の小説である。中心というのは、たとえば冒頭部分の「星あかりの夜空の下、すつくりと空にのびた電柱……俺もわるい男になつた」までは独白とみてよい。しかし次の文「青海鷗二といふ二十二歳の青年が感じた事」は作者の語りによる説明である。これを鷗二が自身を客観的に第三者として物語るという読者への提示と解してもよいが、同様の他部分では同じようにはとらえられない。続く「四年振りで会ふ人に、……」からは独白に戻る。この小説は、鷗二が四年ぶりに牧子と会い、一週間後の再会を約して牧子が去った後、偶然湯見春平という旧友と出会って作中作の小説の話となる。翌日、仕事を辞めてもう一度小説を書くことを決心して、湯見の家を訪問する。

もう一例みておきたい。①②の文番号は稿者が仮に付したものである。

①俺から三輪を奪つた牧子。②俺から牧子を奪つた三輪。③鷗二として三輪を憎む心はそれ以外にあつた。④ずつと年上の人三輪は彼に常に恋愛は決してするな、と彼を監督して得た。⑤同じ下宿に居た二人で、二人は共に恋愛をしないといふ誓をたてた。⑥鷗二は牧子への感情は姉へと同じ思ひであると思つてゐた。⑦ある日、それを突然三輪から非難された。⑧その日もくらい日で、原つぱの真中辺まで行つた時突然むんづと肩を捉れて、もうやめてしまへやめてしまへ女々しい事だ志を立てた者がそんな事に心を、だが、充分知つてるだらうなんと誓つたつけ。⑨仕方ない、俺は弱い。⑩負ける。……

第三文から第七文は全知の語り手である。第八文目の「……肩を捉れて、」までは全知かどうか判然としないが、「もうやめてしまへ」以降は、鷗二の独白にもどる。作者の意図だと考えても内容の読み取りにかなり骨が折れ、表現上の効果は高くはない。「凍日」の視点は成功しているとは言い難い。因みに、この小説の会話に相当する部分は地の文に組み入れられるか、〈――〉を用いて示される。ただし、〈――〉が会話を示すためだけに使用されてはいない。この符号による表現は独白体であることには効果的な表現と言えるだろう。

しかし、次に示すような戯作調（擬戯作文体とでも呼ぶべきか）は現在の読み手ほどではあるまいが、同時代でも読みの作業に好結果を与えたとは思われない。

家の事は、日記はこの頃つけてゐない遺書は今すぐのむと死んでしまふわけであるまい少し少なすぎる本でもあるとわかる牧子がにくらしい三輪の面三輪にくびり殺されるよりましだが、ぐうつと元気に英雄であり損ね美衣をもち、つと東京へ出た農村の子供が秀才も天才もなまつちろい死と、三輪の争ひも、だが、待て待て、思ひつめてもしやうがない。死んでどうなる。

このような戯作調が篇中の随処に見られる。

次は、鷗二の友人で文芸雑誌に小説が載った湯見春平が、鷗二に話している場面の語りである。「僕」春平はその自作について創作の秘密を語る。

僕は君と牧子さんといふ女性と三輪といふ男との関係を書いた。四年前、君が十八、あの時君は僕にだけそのことを話してくれた。僕はそれをあの文「自動車が谷に落ちたのだ」と結びつけて小説にまとめあげた。事実は歪められてゐる。……ねえ、青海君、僕が君の生活を取扱つた事を今更ら言ふのもをかしいがゆるしてくれるだらうか。……

「僕」は「凍日」の一登場人物でしかないので、この表現は作者が直接作品の表層に現れて、その小説自体について述べる等のいわゆる「小説の小説」や、本稿の「一」で引用した曽根のいう「小説の自意識化」には当たらないかもしれない。しかし、作者にはそれに近い認識がある印象を与えている。それにしても、小山の初期作品には、小説家志望や小説に関わりを持つ人物の設定が多い。「ゆきのした」の「私」も小説をよく読み、たまには書く人物であることが窺える。小山の同時代は、中野重治「小説の書けない小説家」(昭和一一年一月)に代表されるような小説家が語り手である小説が書かれた。小山が小説を志望していた証左である、と同時に時代性を備えている文学的出発をみることができる。

二―3 「臨海学校」その他

初期の最後の作品「臨海学校」(昭和一二年一二月)は、いわゆる〈青木もの〉の嚆矢となる小説である。小学校五年生の青木が級友たちや「沼先生」と、七日間の夏を過ごす間の幼少年なりのさまざまなことが、三人称限定視点で描かれる。語り手は、冒頭(第一日目?)と最終章(「帰京の日」)の途中から沼先生の心中に入り、それ以外はおおよそ青木の心中に入り込んで語る。しかし一人称視点ではない。一般的な意味合いで青木の成長のひとコマと言えるのか微妙だが、貴重な時間、体験が描かれる。注目しておきたいのは、沼先生が初め「弱い子供」「出来がわるくていぢけてる子供」と思っていたのに、臨海学校の終わりには「青木は案外強い」と成長の一端を認めていることである。青木自身の自己評価にはならないが、「白い本屋」「凍日」の登場人物たちの決意や意欲の不分明な形とみておきたい。前述したように「鰯雲」が「臨海学校」と登場人物もほぼ同じで、姉妹編とみられる内容であることを添えておく。

「臨海学校」の次の小説は「紙漉町」(昭和一四年五月)である。この間に小説作品が発表されていないのは、単に発見されていないのか何か小説作家の事情があるのか、ここでは推察すらできない。昭和一四(一九三九)年三月卒業とすれば、進路等も理由の一つだろうか。「校友会誌」第二九号には小説も他の文芸も小山の作品の発表はない。ただし奥付の「編集人」は小山正孝が記載されている。発行人は部長の教授である。第三〇号(昭和一三年一二月)には、詩二編の掲載がある。この号は「編集兼発行人」として前号教授の名が記されている。昭和一三年、立原道造、室生犀星を知ったことから、その詩作への意欲等が高じたか。あるいは官立弘前高等学校時代の作品ではない「遅花」の高等学校二年の語り手は「チブス」となるが、作者自身が似たような境遇にあったのか。休学と考え合わせながら今は想像しておくしかない。

前期の作品で、弘前高等学校時代が題材と思われる

「紙漉町」と「遅花」に触れて、本項を終えたい。
「紙漉町」は、小山の小説の中で異色異質といってよい。初期作品の中でということではなく「傘の話」（昭和五一年一〇月）まで眺めてのことである。弘前が舞台となっている作品は、「秋色」（昭和一五年三月）「晩秋の回想」（一五年一〇月）も書かれるのに、それらは全く「紙漉町」的な筆致ではない。「紙漉町」は詩的という評が確かに似つかわしい小説である。しかし、あくまでも小説であって詩ではない。何が「紙漉町」に詩性を与えているのか。もちろん二編の詩の挿入は、この問題を解決することにならない。「紙漉町」は「僕」と恋人「とし」のみが主要登場人物である。病気のため「冬近い日」に去った「僕」が、病気が治って「紙漉町」に帰り、としと恋愛関係らしい日々を送り二人で町を出奔する物語と解してよいなら、この物語には安住はない。

この小説が詩的だという点を挙げるとすれば、①具体的な筋が書き込まれていない（敢えて別言すれば、筋が読み取りにくい）こと。物語の表現が象徴性や朧化を帯びていて、小説構成としての具体性がつかみにくいのである。②呼びかけの表現の多くが「町よ」「家家よ」「太陽よ」のように人を表す語でないこと。人を表している場合でも「少年よ」「青年よ」のように一般名詞であること。③比喩的表現、等によるのではないか。他の作品にも、部分的には比喩を用いた小場面や筋らしい筋がないと錯覚させる掌編なども見られる。小説の読みからすると、特異な文体の一つと言えよう。稿者は「紙漉町」を高く評価するものである。だからこそ、このような文体の必然性はどこにあったのか、また同時代評を見つけられずにいるのだが、それはどのようなものであったのか、詩作との関連で興味深い。

「遅花」の作品世界も〈紙漉町〉である。この小説は「紙漉町」とは文体が全く異なり登場人物も違うので、続編などとは言えないが、官立高等学校の二年の「私」が語り手の一人称小説である。小説内の時間は

「遅花」が先行する。「私」は腸チブスに罹患し、入院のため「自動車はそれで紙漉町を離れたのだつた」で閉じられる。「私」は、「紙漉町」の語り手「僕」として「ふたたびする事を天に許されて、僕はふたたびかへつて来た」(「紙漉町」)のである。「遅花」は何も「ない」世界である。そのことは「どこもかもつまらなかつた。……高等学校二年になつて、まだ暮しを何かで満たせないなんて」に最もよく表れているかもしれない。このような設定の人物が、向日性を以て周縁の現実に対峙できるはずもない。「愛してくれる人」「頼れる人」がいないに始まって、同じ下宿の和木は「私」の五円を無断で持ち出して悪所で費消する。その和木のようにはなれない。友人もいない。倫理の先生を訪問してもつまらない。ついでに「星も月も無い」。「好きな女」も見当たらない。裏町のような「きたない」「紙漉町」で、そういう〈ないない〉尽くしの「私」にチブスはやってきて〈ある〉。「紙漉町の人達」はさらに和木と「私」とにある憎しみや親しみさえ捨て去っていると「私」には見える。それなのに、紙漉町の景色が「しきりと」思われるのである。

三　小山文学の補助線として——「下降的方法」

小山の初期小説には幼少年時代が題材の「臨海学校」「鰯雲」を除いて、境遇の恵まれない人物設定が目立つ。「ふるきず」の邦保と父親、「白い本屋」の杏次郎、「ゆきのした」の姉妹は親に死なれた意味で不遇、「没落する一豪農の姉妹の生活」(工藤正廣「「ゆきのした」を読む」『感泣亭秋報　一』平成一八年一一月三日　感泣亭アーカイヴズ)というならもっとあてはまる。「紙漉町」の「僕」の現状把握は難しい。「紙漉町の陋屋よ。お前の住者は生きてゐる」とは、「人々」への物言いではなく語り手自らを貶めている表現と解読しておきたい。恋人の「としの家は破れ板でかこまれ、入口もこはれてゐた」。詩的な語——小説本文の語を用いるなら「美言」(Ⅱ)に満ちているのに、「僕」たちの環境は劣悪である。もちろん当時の現実の紙漉町ではない。作家はそのような境遇を設定している、ということである。「遅花」の「私」は官立高等学校生徒であれば、一般的に類推して社会の下層であるとは想定できない。それが貧窮的な境遇を与えられている。「臨海学校」「鰯雲」では、その設定は見受けられない。しかし、同じ〈青木もの〉の「少年時代」（昭和二五年一月）の青木は、友人たちの父親が「重役」「校長」であるのに、彼の父は「ふつうの給料取り」で「ひけ目」を感じている。別の作品であるが、援用していいかもしれない。

　年譜の限りでは小山の成育にそのような記述は確認できていない。今のところ、これは小山の小説上の設定と考えておかねばならない。かつて磯貝英夫は〈昭和一〇年代〉に「一種の原点探索運動」をみて、「私小説美学の確立」「都会的庶民層への密着姿勢」「一種の全体小説欲求」「美的伝統への回帰運動」及び「下降的方法の登場」を挙げていた。このうち最後の項目は「思想と現実、知識層と庶民層、自分の知的常同体と内部意識等等の日本的分裂をいわばまともにひきうける」姿勢の文学方法と説明している。磯貝は石川淳を例に取り上げて「初期作品においては、高邁な精神をもちつつ俗悪社会の塵にまみれる主人公がくり返しえがかれて」いることに象徴されている、と述べる。[4]この項でみてきた小山の小説設定を、磯貝のいう「下降的方法」そのものに当たると言うつもりはないが、本稿「一」でジイドを例に触れたとおり、時代の流れから小山のみ傍流に佇んだ可能性は低いから、小山の文学を考察するうえでの一つの補助線になるだろう。このことは、太宰治が「下降指向」（奥野健男『太宰治論』昭和三一年二月　近代生活社）を有力な文学方法にして作家活動を始めたことを視野に置けば、小山が太宰の影響を受けたという山崎剛太郎とそのことに疑義を呈した南雲政之の間を大枠で考えることにもなる。いずれにしても、まず一作一作の小説を読み分析をすることが、小山文学の全貌への最も近い道になるだろう。もちろんそれは詩を含んでのことになるはずである。

［註］

（1）年譜は次の三件を参照した。『現代詩文庫　小山正孝詩集』（平成三年六月一日）、「朔百五十一号　小山正孝追悼号」（平成一五年五月一六日）、『感泣旅行覚え書き』（平成一六年六月二九日）、その他、青森県近代文学館検索装置も、坂口昌明「小山正孝と紙漉町」（「弘前市立図書館報」二九〇号　平成一七年三月一日）も弘前高校入学は、〈昭和一一年〉を踏襲している。

（2）『旧官立弘前高等学校　創立五十五周年記念誌』（同校同窓会　昭和五〇年一〇月一〇日）、『旧制弘前高等学校史』（弘前大学出版会　平成一七年五月）、などを参照した。

（3）風穴眞悦『地方文学史愁々』（私家版　昭和五九年三月三日）に詳しい。

（4）「昭和十年代の文学」（「日本文学」昭和三八年九月）

中学生と弘前高校生の小山正孝を想像する
――太宰治の小説に触れて

山崎剛太郎氏に、よく知られている次の回想がある。「彼」とは正孝のことである。

……私は彼の幾篇もの小説を読むたびに、そこに太宰治の影が落ちているように感じてならなかった。彼は早くも中学生時代から太宰の小説を愛読し、太宰文学に心酔していた。作家太宰治への深い思い入れが、東京に生まれ東京に育った小山を、いわば心の故郷に帰るように……弘前へ向かわせたのではあるまいか。

（「「紙漉町」周辺雑攷」『小説集　稚児ケ淵』所収　傍線は相馬、以下同じ）

東京府立四中で、山崎は「二年生か三年生」「つまり昭和七年か八年」にクラスが同じになった。

私たちは急速に仲良くなった。一日でも会わないではいられない親愛の感情を抱き合った。（同）

それほどの山崎の回想だから、仮に細部にあいまいさが残るとしても、枢要な部分――すなわち、傍線を引いた過去の記憶は疑う余地の少ないところ、と思う。

一方で、南雲政之氏によって、次の見方もされている。

> ……何故、弘高だったのか、というのは、よくきかれる質問である。山崎剛太郎氏は、太宰に憧れて、というようなことを述べていたが、どうだろうか。太宰が初めての単行本を出版したのが、この年の十一月である。それまでの太宰は、たしかに一部からは注目の新人ではあったが、憧れるような存在だったとは思われない。しかも、昭和十年三月の失踪事件など、事件を起こす新進作家として注目されているばかりだった。
>
> （「小山正孝伝記への試み（二）」『感泣亭秋報　五』）

南雲氏のこの言も、考えてみると腑に落ちないことではない。このあたりのことについて、私なりの感想と想像を述べてみたい。

いまは仮に正孝の四中時代を、『小山正孝全詩集』の年譜に従って、昭和三年四月から一〇年三月としておく（南雲氏は昭和四年四月入学説を主張、他に五年説もあった。卒業年についても、『小山正孝全詩集』以前の年譜では昭和一一年三月とされてきたが、昭和一〇年が正しい）。

後の作家太宰治となる津島修治は、昭和二年四月に官立弘前高校に入学して昭和五年三月卒業。その三年間に、『細胞文藝』「弘前高校新聞」『弘前高校校友会雑誌』『座標』などに、小説その他の作品を発表していく（『座標』は厳密には、卒業後）。その後、左翼運動にかかわる警察当局へ自首した事件などを経て、いわゆる約二年間の空白の期間の後、昭和八年「列車」（「東奥日報」）を発表し、「魚服記」「思ひ出」（いずれも『海豹』）から実質的な文学活動が開始される、というのが一般的に知られる経緯といったところ。因みに、太宰の昭和九年から一〇年四月までの発表作品は、次のようである（九年の発表月は略）。

昭和九年
「洋之助の気焔」（『文芸春秋』）
「葉」（『鷭』）
「断崖の錯覚」（『文化公論』）
「猿面冠者」（『鷭』）「彼は昔の彼ならず」（『世紀』）
「ロマネスク」（『青い鳥』）
昭和一〇年
「逆行」（『文芸』二月）

「逆行」の次は、一〇月発表の「盗賊」になるので、正孝の昭和一〇年四月の弘高入学と合わせ、ここまで区切りとなって算段しやすいこともある。

　さて、正孝は太宰のどの小説を読んで「心酔し」たのか。以下、「可能性」を想像してみる。大前提は、習作を含むそれまでのどの作品についても読んだかもしれない、ということではある。とはいっても、正孝が読んだ可能性の高いものと低いものには分けられると思う。

　前掲した『細胞文藝』「弘前高校新聞」『弘前高校校友会雑誌』『座標』は、どの程度に正孝の目に入ったか。順に簡単な註を付してみると、一地方高校生の主宰した同人雑誌、旧制高校の学校新聞と校内刊行物、現在よりはるかに北涯性の大きい青森県の翼賛的文芸雑誌となる。弘高入学後というならいざ知らず、中学生時代の正孝には遠い出版物ではなかろうか。『細胞文藝』あるいは太宰中学時代の同人誌『蜃気楼』も、一高校生や中学生の個人発行的な冊子にしては立派な体裁の印刷物であるとしても、である。同じ理由で青森県の新聞「東奥日報」も、東京の中学生の目に触れるとは、かなり考え難い。

　正孝は、「感泣旅行覚え書」の「金木町」で、「どうしてだかはわからないが、僕は高等学校の図書館で、ある日、校友会誌を借りて、太宰の小説を読んだ。」と言っている。この言葉からは、これ以前に「校友会雑誌（校友会誌）」は読んでいないというニュアンスが感じられるが、どうだろう。もっとも、読んだ時点が分からない。入学以後のことと解して差支えがないか。ただし、「校友会誌」での小説発表は「此の夫婦」一作のみであるから、ここには「弘高新聞」あるいは「細胞文藝」も含めていいかもしれない。

昭和九年の太宰小説のうち、「洋之助の気焔」「断崖の錯覚」の二作は、それぞれ井伏鱒二、黒木俊平（目次には「舜平」）の名前で発表された。当時、太宰の作品と知るものは、皆無に近いごくごく少数であったろう。

ここまでの拙い推察想像からは、中学生の正孝は多く数えれば「魚服記」「思ひ出」「葉」「猿面冠者」「彼は昔の彼ならず」「ロマネスク」「逆行」から「憧れ」を抱いたことになるだろう。

「憧れるような存在だったとは思われない」理由が、作品そのものに起因するとしたら、これらの小説群の質量が不足なのかどうかについては、軽々に判定できないような気がする。たった今会ったばかりの異性なりに一目ぼれしてしまい、身も世もない心理情動になることは、劇的とはいえるが、私たちの日常でありえないことではない。卑近の事になってしまった。文学作品においても、同様のことは起こり得る。まして、中学生の多感の時期なのである。さらに南雲氏は「しかも、昭和十年三月の失踪事件など、事件を起こす新進作家として注目されている」ともいう。くり返すが、昭和一〇年三月・四月は、中学卒業と弘前高校入学の時期になる。「事件を起こす」ということについても、人生経験豊かでかつ深い思慮の〝大人〟であれば自明的のことでも、いかに旧制とはいえ中学生や高校新入生にとって、〝大人〟と同じところに落ち着くのかどうか、稿者は疑問とする。「憧れ」を認めがたい南雲氏の見解は、あくまで世間の一般的見方といえると思う。

正孝に限定するということではなく、よく知られないがゆえに「一作」なりの作品で、あるいは風説によってでさえ「憧れ」になることはある気がする。また「事件」などがかえって渦中の人物を英雄視や美化の対象にすることも、あり得ると思う。時間が逆転する。太宰がスキャンダル多き作家として受けとめられた点は否定できまい。しかし、昭和二三年六月の太宰において、最期の心中事件に因る自死が、一方ではその後の作家としての興味や名を高め（広め?）、単に忌避や嫌悪の対象にはならなかったことが想われる。

さてさて、正孝は、官立弘前高等学校文芸部委員を務め、「ふるきず」（昭和一〇年一一月）「白い本屋」（昭和一一年六月）「凍日―弱い男の日日からの一話」（昭和一二年一二月）から「臨海学校」（昭和一二年七月）へと小説を発表していく。もちろん、入学後の「ある日」校友会誌をはじめとする、それまでの太宰の小説の幾つかあるいはすべてを読んだことであろう。

冒頭の山崎氏は、同じ文章で「両者が相似形関係にある」といい、正孝の「どの小説にも一貫して流れている無頼性が私はたまらなく好きだ」ともいう。参考までに、太宰治とその文学が「無頼派」というネーミングが与えられた作家グループに属することは、周知のとおり。

「凍日」について、中嶋康博氏は「中学時代から愛読してゐたといふ太宰治の影響を感じさせる、詩人になる前の知られざる一篇」（「四季コギト詩集ホームページ付設ツイッター」二〇一七年一〇月二日）と評する。「凍日」の最終部分を挙げてみる（漢字は新字体に改めてある）。

春平。どすん、がたんと黒い門を蹴つた。恐ろしい断崖のふちに来て、さうだ、死んでやれ、春平はゐないのだ、走れ、海へ。青海君ぢやないか。後ろから帰つて来た春平が言つた。ふりかへつて、鷗二は声をはずませて、あゝ、春平居たか。一歩手前の気持がはりつめて、ひよろひよろと、抱きついて男泣きにおいおいと声をあげて泣いて、春平の腕をすつかり自分の身のまもりを抱かす様にして、春平の胸に顔をうづめて、泣き、何時までもさうしてゐたかつた。雪の中で、さつきから降つてゐるその中で。二人。あゝ、雪が、雪が。雪が。白く、雪が白く降る。

やはり僕が、こんな……《ママ》要するに有閑階級の人々の遊戯的なナンセンスを鳥渡でもしみじみした気で眺めて居た、その僕自身のプチブル的なロマンチシズムに気付いて、堪らなく不愉快になるのだといふ事が此頃やつとわかつて来たのだ。……《ママ》／おや！／おいツ。鳴つてるぞ花火が！／ほらツ。ほらツ。すばらしく活気のある音だな。ほらツ。又鳴つたぞ！／やあ、今迄あんなにひつそりしたのが急に。――ぞろぞろ皆広場に行ってるぞ。蟻見たいだね。ひどい騒ぎだ。おや、もう労働歌なんか怒鳴りやがつてる奴があるぜ。さあ、大進軍だ。僕達も早く行かう。

後に掲げたのは、太宰の「花火」（昭和四年九月）の最後部分である。任意の部分を取り上げると恣意的部分の比定になると考え、こちらも最終箇所にした。「影」（山崎氏）の印象については、各々の判断にお任せしたい。「凍日」は、全編が一人称視点小説ではないが、主人公の青海鷗二の一人称語りの部分が多い。「花火」は一人称小説の短編で、あとで改変されて「地主一代」の序章に組み入れられる。その「地主一代」やその後の「学生群」から、「凍日」と印象の酷似した部分をさがすのはそれほど難しいことではない。

印象だけで言えば、正孝の「臨海学校」などのいわゆる〈青木もの〉は、少年太宰の「角力」「犠牲」や「負けぎらひト敗北ト」の一部などにいわば前景的なものを感じる。また「紙漉町」の詩的な趣は「葉」と関連するようなものを思わせるのではないか。いずれ、正孝の小説にある太宰文学の「影」を分析的に読みとってみたいと思う。

中学生から高校への時期の、正孝が触れただろう太宰治の小説や作品の関わりを少し想像してみた。

『弘前高等學校校友會雑誌』二九号（昭和一三年二月一七日発行）で、正孝は作品を発表していない。しかし、「後記」は「小山正孝」の署名入りで、約三、四〇〇字の長い文章を書いている。その「弘高」がみえる一節を掲げて、拙考の終わりとしたい。

この雑誌は校友諸君すべての文化バロメーターをなしてゐるのに変りはない。僕はここに入学してこの方、弘高の文化はなつてない、とよく聞かされる。言ふ人は世界の文化を標準としてゐるらしい。僕はなつてゐない、とは言はない。かへつて、弘高の文化にくらべて、少ししか高くない世界の文化を笑ひたい。

［補註］
「後記」は『解釋學』第八七輯（令和元年一一月）に翻刻してあるので参照されたい。

「傘の話」論

――小山正孝の最後の小説を読む

（「編者識」『小説集　稚児ケ淵』所収
潮流社　平成一七年一二月）

一

小山正孝とその文学にとって、最良の理解者が坂口昌明氏（以下、敬称を略す）であることに異論のある人はいないと思う。その坂口は、もちろん小山の小説についても述べている。

……作家小山正孝の本領が心理小説にあったことを仄めかしていないでしょうか。またその強みは少年が主人公である場合に、とりわけ発揮されやすかったのも、必然のなりゆきに思えます。

引用は小山の詩と小説を「巨視的に」述べる一節にある。坂口は例のように、古今東西にわたる深い学識によって評論の解説を展開しているのだが、小考にいま必要なことはこの結論的な部分のみで充分だと考えている。敢えて付け加えるなら、逆に小山小説で評価できないものは「表層的な体験が外在的な描写の次元に止まっている作品」と言っており、難しい評言だが、私なりに単純に解釈して、表現内容が語り手や登場人物の思想を通さずに書かれた小説と言い換えてもあまり怒られないだろう、と思う。さらに私の考えで補足すると、それらの作品は小説の構造からみると「筋（プロット plot）」＝「物語性」がない、あるいはその物語化のレベルが整っていないということのように思われる。もっとも、初期作品「紙漉町」（昭和一四年五月）のように、一読くらいでは筋の把握にたいへん苦労する詩性豊かなすぐれた作品があることも確かである。

二

二―1

「傘の話」（昭和五一年一一月）は、物語性の乏しい小説に分類されても仕方のない表現内容である。場面がほぼ或る喫茶店内だけの、語り手〈僕〉の日常のひとコマを切り取ったスケッチ風の掌編だからである。話の中味も〈小雨の降る〉〈どんよりした日〉のおそらく長くはない、せいぜい数時間のことが描かれている。〈僕〉は喫茶店で同性の友人を待っている。店に向かっている友人の姿を想像したり、後で入店してきた一人の女性客を見て、異性を待っている自分自身を夢想したりもする。これらの想像と、その後にやってきた友人との〈システム〉談義が、この小説の主たる表現内容となっている。後半はこのシステムに関する友人との対話が大半を占めるため、殊に物語としての展開が見られない印象を持つかもしれない。

小説題《タイトル》になった〈傘〉はこの小説の天候に似つかわしい雨傘のことである。〈僕〉はこの喫茶の外の傘立てに差してきた自身の傘の柄がなんとか見える座席に座っている。後の展開から察すると、自分の傘を他人に持っていかれないように警戒してのことらしい。この小説の中で、〈僕〉の傘が雨から身を防ぐ道具としての実用を直接に果たしている描写はないものの、「傘の話」という小説題が文学的主題に直結する重要な一端を表している。これは後で触れる同じ後期の作品「冬の池」（昭和四〇年）「迷路」（四四年～四五年）などでも同様である。「傘（の話）」や「冬の池」が主題そのものでないのは当然だが、間接的に主題を暗示しているのである。つまり、〈傘〉は何らかの表象と理解しておきたい。傘は本文中に、もう一つ出てくる。喫茶の座席テーブルの上に吊るされている電燈の傘である。この傘はテーブルに近い低さにあって、客が立ち上がる時頭にぶつかることが強調されて語られている。こちらも副次的にではあれ、表象としての〈傘〉を支えているだろう。

二―2

〈僕〉は、待っている友人とは〈特別には何の用事〉もないそうだ。ただ〈いったい僕は〉〈友人は〉〈誰なのだろうか〉、〈僕たちは何者〉なのか、などのようなことを話し合いたい、のだという。このことを取り立てて二人で直接話し合われることはないまま、小説の中では〈システム〉に関する話題になっていく。しかし、一般的に考えれば、この自らに対する実存への問いこそはいつでもどこでも哲学上の本質的問題のはずで、むしろ〈特別〉な〈用事〉に相当することを読者に感じ取らせるパラドキシカルな表現になっている。伏線的というと大げさなので、談義への布石の役目と言っておこう。

たとえば、と言って、単に私自身の平凡すぎる日常などを引き出してはいけないけれど、現実の私の知人の彼や彼女自身が心の中で、実存の問題を考えているかどうかはとても判断がつかない。しかし、彼や彼女の話がお金儲けオンリーとか食べ物のうわっつらのお話ししか出てこないとなると、もしかしてこの人は実存の認識などには無縁に生きている人なのでは、と思ってしまう。（実際は、彼や彼女が私自身を無縁と判断して、故意に「オンリー」、「しか」の可能性もある）。そういうことで言えば、少なくとも作中の〈僕〉は、実存的なことを考える、他人と話し合おうとする姿勢を持っている人のようである。

二人は再会の挨拶的会話のあと、〈僕〉が数年前に行ったことのあるジャズ喫茶にまた行き、コーヒーの代金の金額が前と違っていたという話題がきっかけとなって、システムについての話し合いをしていく。〈僕と友人はシステム論を展開するつもりはなかった〉という語りは、やはり言語形式としては逆説的で、〈人間すべてシステム〉などと考えてもいるとおり、〈僕〉は確かに、もしかすると二人ともが〈何者〉かという命題の答えをシステムについて考えることで探ろうとしているのかとも推測させる。

〈システムによって生きる人間〉は〈つまらない〉と言い合いつつ、結論的には、二人は自分たちを〈正統なシステムから外れた方のみじめなシステム〉の側に属していると認める。確認し合って〈弱い〉笑いを見せる二人には、システムへの皮肉と自虐的なあきらめがみられるだろうか。結局、システム談義の結論も、今日の天候にふさわしい暗い気分に沈み込ませるものになってしまった。

帰る時、〈僕〉は以前に、〈傘を店外の箱に入れる〉という傘立てのシステムに従ったのに、喫茶を出たら差し込んだはずの自分の傘が見当たらず、やむなく他の傘を持つ、という行為に及んだことを話す。超システム？　システム無視？　いやシステムにはずされた、という言い方がよいのだろうか。実は、友人は小説内時間の現在、たったいま、同じ目に遭っている。二人で喫茶を出た頃には〈小雨〉も止み加減になっているが、まだ〈どんよりとした〉空が続いている。

二―3

少々システム云々にこだわり過ぎたかもしれない。今も触れたように、この小説の世界は小雨が降っていて、談義が終わったころ止んで〈やや明るくなった〉というものの、最後までどんよりとした暗いイメージに覆われている。小説の現実を超えてしまうが、二人の将来には希望のようなものが感じられない。大雨でもない、晴れではもちろんないけれど、雨だけは降らない曇りというのでもない。このはっきりしない中途半端のイメージが、この小説の主題的なものを示唆しているのでは、ということに触れて一応の終わりを目指したい。

なんでもないことだろうが、この喫茶店は坂の〈途中〉にあって、外の景色や様子がはっきり見えない店なのである。なんでもないと言ったが、要するにそういう小説上の設定を作家がしているということである。実際その店は、そうして友人もこの数時間も作者の人生的現実であったかもしれない。作家の実生活を重視する「文学研究者」の人たちにとっては、当たり前の取るに足らないことかもしれないが、小説作品に書くか書かないか、あるいはどう書いたのかという虚構《フィクション》こそは文学作品とりわけ小説においては重要なことだと、私たちは思う。ついでに、男を待っているのに〈女〉を待っている空想に気を取られるオ間抜けさ。システムの話し合いも、システム自体を非人間的と非難しても、結論らしいはっきりしたものは収穫できなかった。システムに自分たちの関わる立場を中途半端に認めはしても、強い抗議になる評価を発するというわけでもない。現実はそんなものさ、と消極的にでも認めざるを得ない、と二人が考えているのだと受け取るべきかもしれない。

さて、小説本文と順序が逆になったが注目したいことは、どんよりした天候でも、冒頭、喫茶店の外には植物の〈緑色〉、喫茶の前の坂を通りかかる人の〈茶色〉のズボン、〈水色〉のスカート、〈赤い〉ゴム靴などの色彩語が見られることである。しかし、店内からは外の様子は〈黒〉に見えるばかりである、という。店の天井も〈灰色〉である。この色彩語は、店の外は暗いどんよりしたものとは違う何かであることの暗示のように私には思われる。友人を含めて店内はそのような色彩に比喩されるものに乏しい自己内世界。その中途＝境界として〈傘立て〉があり、好む好まざるを別にして、〈僕〉は店外の現実社会とつながっているので傘の〈柄〉の頭部が見える、という立ち位置におかれている。

こうして見てくると、〈傘〉は自己内世界と、社会や人間との接点の表象となっているのではないか。ただし、グラデーションを配したかなりはっきりしない接点域である。自分の〈傘〉は現実社会へでた時にはなくなっていて、ここでも半端な道具でしかない。一言でうまく言えないのが情けない。電燈の〈傘〉も店外すなわち社会へ出ようとするとき打撃になって警告するモノと、こじつけてしまう。要するにシステムに端を発した社会批判めいた作家（作主）の態度が、表層には明確に打ち出されないことを言いたい。結末の最終行の〈縞のシャツ〉ぼめは、かなり唐突で戸惑ってしまう。友人に聞えない時に〈縞のシャツなんか着やがって〉と心内で汚い言葉を浴びせた〈僕〉だったから。これは、消えた傘でシステムにはずされて、逆に「人間らしい」と暗に確認したのではないか。友人はいざ知らず、〈僕〉と作家自身が、である。

三

年譜的に、小山小説の後期（昭和四〇年以降）を眺めてみると、「冬の池」（昭和四〇年六月）「迷路」（四四年九月～四五年二月）と、約六年後のこの「傘の話」しか発表されていない。小説に限っては、小山には「父の留守」（昭和三一年一二月～三二年一月）以降「冬の池」まで約七年間の長い空白期がある。未発表草稿がいつ書かれたかは、今の私には推測さえできないのだが、坂口によれば、この間は「書かれた形跡」（前掲「編者識」）さえ見られないという。完全沈黙の時期といってよい。ただし、「傘の話」の頃には、第六詩集『風毛と雨血』（昭和五二年七月）にまとめられる詩人の仕事が、他の時期とほぼ変わりなく生産されている。

因みに、何度も引く前掲書『稚兒ケ淵』には「冬の池」「迷路」は収録されるが、「傘の話」は見合わせられる。「冬の池」「迷路」は、前者の主人公こそ「少年」ではないけれど、どちらもこの作家にしては長めで、物語としての筋構成の備わった形式の作品である。引きかえ「傘の話」は物語性という意味では見劣りのする小品という見方ができることは、述べたとおりである。この掌編を最後に、小説のジャンルが書かれないという事実も、ある意味ではうなずけるものがある。文学上のレトリックと物語性こそ、小説作家の技量というものだとしたら、以降、小説作家は完全に詩人小山正孝にそれを譲ったのかもしれない。

［付記］

以下のことは前にも少し書いたことがあって、ずいぶん恐縮しているのだが、一〇年以上の昔、小山常子先生が三編の小説のコピーを私にご送付くださった。圓子哲雄氏が発行している詩誌『朔』（青森県八戸市）から依頼されて、大学生時代からの恩師小山内時雄先生の回想を寄せた際、小山正孝のことに触れた。『朔』の同人であられた常子先生から、まもなく小山内先生に関するご芳書等が届いた。その時、常子先生直筆の発表誌発表年月日のメモ書きのある、「傘の話」「英樹君」「小鳥と倫理」のコピーが同封されていた。三編のことには手紙でも一切説明のような部分がなかった。理由があって選ばれたのか、ランダムなのか、今もってわからないが、私への厚意であり励ましであることは理解できた。その後、ようやく小山小説を自分なりに身を入れて読み進め始めた折りしも、その作業を中断せざるを得ない事情ができてしまった。だいぶ間遠になったが、現在環境が緩和してきたので、再び常子先生の「意」に添いたいと思い、時間との兼ね合いで一作のみ読み返してみた。

個人的な事情とその弁解で忸怩たる思いであるけれど、後々作品群の流れに沿った読みの作業をするつもりでいる。そのとき、再考すべきと補足すべき事項を整えたい。

「白い本屋」と「凍日—弱い男の日日からの一話—」について

作者について

小山正孝（おやま・まさたか）は、大正五（一九一六）年東京に生まれ、平成一四年一一月没。詩人、小説家、中国文学（漢詩）研究者。東京府立第四中学から官立弘前高等学校、東京帝国大学へ進む。高等学校時代、「校友会誌」等に小説、詩を発表し、文芸部委員を務めて編集にもあたった。後に立原道造の知遇を受け、詩作に重点が移り、詩誌「四季」に関係したことで、四季派の詩人としての仕事が名高いが、引き続き「傘の話」（昭和五〇年一〇月）まで小説も創作している。小説の他にも、中国唐詩の研究者としての業績もあり、大学で教鞭もとった。

「白い本屋」「凍日—弱い男の日日からの一話—」（以下「凍日」）の二編の小説は、いずれも官立弘前高等学校在学中の作品である。小山は、昭和一〇年四月、弘前高校に入学した。小山の弘前高校への入学年は、長く昭和一一年とされてきたが、昭和一〇年が正しい。また、昭和一一年度を休学していることが確認されている。この間の事情はわからないものの、小説「紙漉町」（昭和一四年五月）に「病んだからだ」を患って回復してくる主人公が描かれており、その一端を読み取ることができるかもしれない。このことの公表を含め、小山の官立弘前高校時代の作品については、既に拙稿「小説家小山正孝の文学的出発についての試み」(『感泣亭秋報　七』感泣亭アーカイヴス　平成二四年一一月)で考察し、後に改稿して『國語學國文學論文集　みくにことば』(中日出版社　平成二七年一月)に同題で収録してあるので参照されたい(本書一二五頁~一四一頁所収)。因みに『小山正孝全詩集』(潮流社　平成二七年一月)の年譜では、「昭和一〇年」と新事実が記述してある。なお、小山の著作集全四巻(潮流社　平成一六年六月~平成一七年一二月)が常子夫人(故人)とご令息の正見氏の尽力により、全巻とも坂口昌明(故人)編集で刊行されている。

『感泣亭秋報』は、小山のご令息である正見氏が、正孝の詩文業を研究し後世に伝えるべく、年刊誌として発刊している。『全詩集』の編纂も同氏による。

「白い本屋」について

小説「白い本屋」は、「弘前高等学校校友会誌」第二六号(昭和一一年六月)六八頁から八二頁に発表された。現在まで、翻刻覆刻はもちろん、発表誌の他に収録されていない作品である。

本屋白雅堂の青年店員である杏次郎が、小説家を志望していることを交えながら、先輩店員である新助の独立につき従うか白雅堂に残るか、迷って結論を出すまでに行き着く、一七歳から一九歳までの物語である。杏次郎は、その新助が独立して新店を立ち上げる話に、店の主人や叔父の助言を受けながら思い悩み、結局「白雅堂はこれでやめるのが本当なんだ。文学をやるんだ、体中に何か、力強いものがこみあげてくる」と決意して収束する。その一方で須村という、これもまた小説家志望の青年が登場し、杏次郎の小説修業に影響を与えていく。須村は病気となって帰郷した後、まもなく死ぬという結末を迎える。その後、須村の弟が杏次郎へ手紙をよこすという挿話が、劇中劇のように物語の展開を副次的に支えている。作家志望の一青年の成長物語でもある。

後で詳述することになるが、官立弘前高等学校在学中の小山の小説は、都合六作である

「ふるきず」（『校友会誌』二五号　昭和一〇年一一月）、「白い本屋」（『同』二六号　昭和一一年六月）、「凍日」（『同』二七号　昭和一一年一二月）、「ゆきのした」（『北溟』一八号　昭和一二年五月）、「臨海学校」（『校友会誌』二八号　昭和一二年七月）、「琴雄と姫鱒姫」（《弘高》一九三七年一月）。

「ふるきず」と「ゆきのした」は、既に坂口昌明編『小説集　稚兒ケ淵』に〈補遺〉という形で収められた。また「臨海学校」は『感泣旅行覚え書』（潮流社　平成一六年六月）に収録済みになっている。「琴雄と姫鱒姫」は後述参照。

「白い本屋」と「凍日」の二作が発表誌以外では見ることができず、翻刻が急がれていた。坂口昌明編『小説集　稚兒ケ淵』の「編者識」では「今回の（『稚兒ケ淵』所収にあたって——引用註）選択の基準は、もっぱら短篇小説として作者の名を辱めない完成度、質の高さ、気迫の充実に置きました」とあり、「凍日」も含め所収となっていないことから、二編は坂口氏の文学的評価の範疇から逸れていると推察される。同じ「編者識」の後半では次のように言及している。

> 初期の習作で弘前高校の校友会誌に掲げられたものの多くは、筋にしろ文体にしろ一作ごとに目まぐるしく作風を変えており、模索がかなり意図的かつ多角的であったしるしを残しています。すでに作家を志向していたのでしょう。（中略）一人称による達者なモノローグ調の実験例もありますが、まだ成功しておりません。　（四四七頁）

「一人称による」「モノローグ調」は、当時我が国の文学と作家に著しい影響を与えた、フランスの作家アンドレ・ジッド文学からの反映の一端と言えよう。「白い本屋」は、主人公杏次郎のモノローグとは言えない。語り手の語りの合間に杏次郎の心内が、語りの地の文と同一レベルで織り込まれている作品である。

だからと言って、いわゆる視点 point of view が混乱しているといったような瑕瑾には当たらないと稿者には思われる。むしろ、何らかの表現上の効果が指摘されるべきものと考える。要するに、坂口氏が「白い本屋」を「短編小説として作者の名を辱め」る作品だと評価していたとするならば、それを全面的に首肯できない。前述のくりかえしになるが、確かに未完成的ではあろうとも、先輩店員の新助の独立にかかわる迷いと並行して、小説作家への道をめざす杏次郎の心内は、一種の成長の物語であり、合わせて小説修業に命を賭した須村という人物を配する構成は、短編として相応の文学的評価を与えられてよいように思われる。

「白い本屋」を含め、初期小説の評価は今後の課題であり、何よりも小山の小説群そのものが文学研究上の方法論や小説技法によって、十分に検討されているとは言えない状況であることを特筆しておきたい。管見に入ったものが僅少のなか、國中治の言及を挙げて、この項の記述を終えることにする。

確かに「凍日」には一見して二葉亭四迷の『浮雲』冒頭の表現を想起させるような、昭和十年代とは思えない著しい古風さがある。そのためかえって新鮮に見える。しかし戯作調の軽薄さが鼻につくことはやはり否めず、読み応えの点では「白い本屋」の方に軍配が上がるように思われる。

（三三五頁　傍線は相馬）

（「小山正孝における立原道造と詩と小説」『詩人薄命』潮流社　平成一六年一二月）

「凍日」について

続いて、小説「凍日」は、「弘前高等学校校友会誌」第二七号（昭和一一年一二月二〇日）一〇九頁から一二四頁に発表された初期小説である。これも、前項の著作集には収録されていない。発表誌の他に収録されていなかった作品であり、現在まで翻刻覆刻も行われていないことは、述べてあるとおりである。

「凍日」は、週刊の新聞社の社員である二二歳の青海鷗二が、かつて恋愛感情を抱いていた牧子に四年ぶりに再会を果たす場面から始まる。牧子は、鷗二と同じ下宿にいた先輩の三輪の妻となっている。当時、三輪は鷗二の牧子への気持ちを知りながら、鷗二に恋愛をやめろと忠告し、その忠告に従って牧子をあきらめ、自殺を図ったという経緯があった。再会で、改めて一週間後に会うことを約し、いったん別れる。その後、偶たま立ち寄った本屋で、旧友の湯見春平の小説が掲載されている文芸雑誌を見つけ、湯見本人とも街中で偶然再会する。この間、鷗二はかつての牧子のこと、三輪のこと、文学をあきらめ新聞社に就職した自分自身のことなどを、次から次へと回顧しながら後悔をめぐらす。一週間後、また会った牧子は十円札を渡し、鷗二の生活困窮を指摘して別れる。様々な思いが流れるなか、もう一度文学を目指そうと決意を固め、春平に会おうと彼の家に向かう鷗二であった。しかし、春平は不在で、ようやく帰って来た春平をみて、雪のなか鷗二が泣き崩れる場面で終わっている。

恋愛に賭し切れない弱さ、文学をあきらめた弱さを主に、自殺にもならなかった結果や新聞社の社長に対する卑屈さ等々、さまざまの弱さが、鷗二の一人称（厳密には、三人称限定）視点によって描かれながら、大部分は鷗二自身の心内が語られる心理小説とみられる。前作「白い本屋」（『校友会誌』第二六号）も、小説家志望の書店員の青年の成長を題材とする小説であった。「凍日」は小説家を一度断念した青年が再起を期す物語で、筋構成はだいぶ異なる感触を持つものの、題材的には「白い本屋」と通底したものが読みとれる。後で書かれる小山の「少年時代」（昭和二五年一月～四月）について、坂口昌明氏は主人公の「「青木」はここでも感受性が鋭敏すぎ極端にいじけやすい少年」（「編者識」『小説集　稚兒ケ淵』所収）と述べた。青木の感傷は、青海鷗二にも設定されている性格規定と言える。「凍日」には鷗二が湯見の小説を批評する述懐もあり、小説内小説の時代的雰囲気も感じられる作品でもある。ただ、春平の小説を知った日、長年会っていなかった本人にも偶然会うという物語内容の設定等には不自然さも感じられ、習作とは言え安易な印象を受ける。

作者は後に立原道造の知遇を得て、詩の分野に文学的な醸成を築いていくことになるが、「白い本屋」「凍日」から、小説にむかっていた現実の小山が想像されるところでもある。

＊

國中治氏が「白い本屋」と比較して「わずか半年の隔たりで、表現方法にこれほどの落差があることに驚かずにはいられない」と述べた後、「凍日」には「戯作調の軽薄さが鼻につく」（前掲引用部分）という表現上の難渋を述べておられる。

「浮雲」以外に挙げるとすれば、たとえば泉鏡花などを一読した際の「戯作調」的な印象でもある。これには、句読点があるべき箇所に打たれず、句と句、また文と文が長く連接していく部分のかなり多いことも起因している。もちろん、現在の句読法と異なっているから当然であるが、ここでの稿者の推察は、「凍日」一編の中でみられる不統一のことである。その破調が、作者の意図的のものかどうかはわからない。ただ反面、自身の弱さを愚痴る内省が効果的に表出されているのではないか、とも思量する。

後年、小山は「誘惑者の日記抄」（昭和一五年四月）を発表している。坂口はキルケゴール「誘惑者の日記」との哲学的な比較検証の上、高い評価を与えた作品であり、「主人公である青年の漁色的振舞いを内面から描いたこの一人称短編は、小山正孝の世界全体の奥行きを知るうえでとくに重要な作品と思われます」（「編者識」『小説集　稚兒ケ淵』所収）と述べている。「漁色的振舞い」を別とすれば、この「誘惑者の日記抄」に結実していくものが「凍日」にも見出せると思われる。

杉浦明《みん》平は昭和一二年二月一日発行「帝國大學新聞」の「高校雜誌評」の中で、「弘高　二七號」を取り上げている（漢字を新字体に改めた）。

（小説作品が二つのうち――引用註）「凍日」（小山）の方がいゝけれど、これは表現の斬新を誇ることと余りにひどすぎる。作者はさういふ意味の通らぬ文章をもつて文学の清新と考へてゐるらしいが、そこに大きな誤がありはしないか。作者自身の内部から生れて来たものなら平凡にしても此れより新しいはずであつたものを。

なお、官立弘前高等学校在学中の小山の小説は、都合六作である。ほぼ発表順に挙げると次のようである。

「ふるきず」
『校友会誌』二五号　昭和一〇年一一月二五日
「白い本屋」
『同』二六号　昭和一一年　六月三〇日
「凍日」
『同』二七号　昭和一一年一二月二〇日
「ゆきのした」
『北溟』一八号　昭和一二年　五月一〇日
「臨海学校」
『校友会誌』二八号　昭和一二年　七月一〇日
「琴雄と姫鱒姫」
《弘高》　一九三七年一月

「ほぼ」という意味は、以下の事情による。
『北溟』は官立弘前高等学校北溟寮文芸部が発刊していた雑誌である。弘前大学付属図書館と国会図書館等をあたったが、当該の一八号が蔵されていないため、原本は未見である。「ゆきのした」の発表誌と号、発表年月日は、本文コピーに記されている稿者の恩師の小山内時雄先生のメモによる。奥付等のコピーは無かった。坂口昌明『小説集　稚児ケ淵』の「初出一覧」には「《弘高》一九三七年二月」とあり、現在では稿者には不明というしかない。また「琴雄と姫鱒姫」については、稿者の調査が及ばず、本文自体が未だ管見に入っていない。坂口氏は同書「未収録短編目録」で表中の記述をしていて、坂口「編者識」には、あらすじと寸評がある。小山在学中の「校友会誌」「北溟」には見当たらなかった。現在は鬼籍に入られている坂口氏は、稿者が小山の小説調査の緒に就いた頃を除いて、以降は残念ながらご教示を受ける環境になかった。

前掲の「帝國大學新聞」昭和一二年五月一〇日発行の杉浦の「高校雑誌評」では「「北溟」一八号」が取り上げられており、「ゆきのした」も「琴雄と姫鱒姫」も同号に掲載されている作品として批評されている。大方のご教示を心待ちにしているところである。

坂口氏には、該博で深い知識と鋭敏な審美眼による評論集『一詩人の追求　小山正孝氏の場合』（假山荘 昭和六二年九月）があり、おそらく唯一の小山文学の研究評論書として屹立している。

杉浦明平の「高校雑誌評」については、杉浦明平研究家の若杉美智子氏に多大のご教示とご支援を賜った。深く感謝を申し上げたい。若杉氏には、『杉浦明平を読む』（別所・鳥羽との共著 風媒社 平成一三年八月）、『杉浦明平 暗夜日記 1941－45』（鳥羽との共編著 一葉社 平成二七年七月）等の貴重なご労作がある。また、杉浦の個人研究雑誌「風の音」を発行していることでも知られる。

［付記］

本稿は、「小説家小山正孝の文学的出発への試み」（本書に収録）と重複する記述もあるが、それぞれの小説に特化している内容もあるので、所収しておく必要があった。

なお、本書二三一頁から「白い本屋」「凍日」の本文を覆刻してあるので、参照されたい。

三浦哲郎「少年讃歌」寸評

――〈血〉への帰還

「私小説」の定義ないし概念を曖昧のままにしておけば、三浦哲郎の文学手法が「十五歳の周囲」(昭和三〇年一二月)「忍ぶ川」(昭和三五年一二月)以来、私小説あるいは私小説的であることは疑う余地のないところである。しかし、たとえば「忍ぶ川」について「この小説全体から受ける雰囲気は、リアリズムと言うより、フィクションであり、作者の美意識によってつくられた架空の作品」(奥野健男)という見方も充分に本質を衝いている。

「忍ぶ川」の二〇年後、三浦は歴史長編小説「少年讃歌」(昭和五〇年六月~五七年一月)の連載を開始する。この作品の執筆に当たっては、数度の現地取材を経ることになる。いわゆる天正遣欧使節の派遣を主題材とするこの物語は、使節一行の九年間の旅と帰国後の一年間が描かれる。

天正一〇(一五八二)年一月、長崎を出港した少年使節一行八名は、風まかせの航海をして二年半の後ポルトガルに到着、さらにエスパニアを経てローマに入府、教皇に謁見して、大友・大村・有馬の切支丹三大名からの親書を奉呈する。大歓迎を受けた一行であったが、帰路は難破に遭う危険な船旅になった。ようやくインド西岸ゴアまで行き着いた一行は、故国日本では豊臣秀吉の天下となっていて伴天連追放令が出されていることを知る。ゴア、マラッカ、マカオを過ぎ、インド副王使節の名目で帰国した一行が秀吉に謁見した時には、出航から九年の歳月が流れていた。帰国後も少年たちには難儀な運命が待ち受ける。

四〇年近く前、大学生になって間もない稿者は、遠藤周作「沈黙」(昭和四一年三月)に心の奥底をゆすぶれることになった。純文学書き下ろし特別作品という箱入りのその本は、何年かの後ボロボロになって、新しく買い替えるほどに何回も何回も紐解いた。何かを調べる目的以外の書籍では、最初で最後の経験であった。今でも最も感銘した、あるいは自分に影響を与えた一冊には、躊躇なくこの小説を思い浮かべる。セバスチャン=ロドリゴ司祭の〝弱さ〟は、私の内面を律し、責め、罰し、ある時には共に打ちひしがれる重い無力となった。

稿者は昔も今も、三浦哲郎文学のよき読者ではないので、「少年讃歌」を、それ以前に読んだ「忍ぶ川」等の作者の小説というよりは、「沈黙」や芥川龍之介のキリシタンものを呼び起こすような印象から手にしたのであった。しかも単行本ではなく文庫版が発行された時だったので、昭和六〇年代のことだったように記憶している。

この大作は「郷里の人々とりわけ母親を中核に据えた一族の人々が作り出す〈三浦ワールド〉」を「相対化」する作品(栗坪良樹)という読みがある。個人の血の問題ひいてはそれが主人公自らの血縁共同体、血統に及ぶとしても、世界史に一頁を刻む出来事ないし西洋対日本、西洋と日本という題材の限り、「少年讃歌」が相対的な座標に位置する作品であることは間違いのない見解である。その点を充分首肯したうえで、稿者は此の寸評において「少年讃歌」に流れている三浦文学的背景を読んでみたい。

この物語の語り手は、コンスタンチノ・ドラードという、おそらくポルトガル(葡萄牙)人の父親と日本人の母親との間に生まれたグローバルな血を持つ少年である。ただし、序章と終章の語り手は作品世界の外にいる人物（作者らしき語り手）である。

ドラードは少年使節一行の従者の一人ということになるが、彼に与えられた使命は活字印刷技術と活字鋳型の製造法を学び、印刷機を持ち返ることであった。また、往路マカオで一〇か月近く、船を運ぶ風を待っていたある日、同行する日本人修道士のロヨラから、遣欧の旅の見聞を手控帳に書き留めるよう勧められ、記録係の役目を果たすことにもなった。このような語り手の設定は他作家にもみられるもので、特に独創的な発想などとは言えまいが、この小説にふさわしい文学的造型と言える。

さて、ドラードは出立の朝に有馬の学問所の院長メルキオル・デ・モーラ神父からある忠告を耳元に囁かれるのである。「世間がおまえの父親の国だといっているポルトガルへいっておいで。こんな機会はもう二度とあるまいから、ヨーロッパの国々をよく見ておいで。でも、父親を捜そうなどとは思わぬ方がいい」。モーラ神父はこの後、大事な使命が優先される意を述べる。このモーラ神父の口を借りた忠告は、結局ドラードにおける〈父親〉の問題を取り上げる布石の文学表現である。

既に出帆前、ロドリゲスというポルトガル人修道士との会話の中で、父親が話題となっている。旅程が進んで南蛮に近づくにつれ、ドラードは「おかしな夢」をみると語る。男が向こうから近づき、いきなり「わしがおまえの父親だ」という夢である。男はよく見ると、巡察師父やカピタン・モールやその他の見慣れた人であり、そのことに気付いたところで醒めるのである。また、リスボア（リスボン）に滞在中、語り手は「二つほど気掛かりなこと」があり、印刷術の習得が捗々しくないことを憂えた後、次のように告白している。

もう一つの気掛かりというのは、ほかでもない、私自身の父親のことである。グラナダ神父に問われるまでもなく、私は上陸以来、なにかにつけて、普段は忘れている自分の生い立ちを思い出すことが多かった。その都度、当然のことながら南蛮人かもしれないという自分の父親のことも思い出され、もしかしたら自分はいま父親の国にいるのかもしれないという思いを新たにすることにもなった。（文庫版一五〇頁）

ドラードは父親の影から解放されることがないのである。父親が急に自分を訪ねてきたら、どのような対応をしたらよいか、わからないので困る、逆に、それなら自分から父親を探し出してしまうか、などと心は揺れ動いている。

往路でポルトガルからエスパニアに入る際、ドラードは心の奥底で述懐する。「明日はもうエスパニアだが、私の父親らしいポルトガル人はとうとう現れなかった」と、安堵の入り混じった「一抹の淋しさ」を自身に訴えるのであった。帰路、日本を目前にしたマカオでモーラ神父に再会した時、ドラードは神父の耳元に「ポルトガルの国を見て参りました。したが、父親は現れませなんだ」と囁き、報告した。

長々とドラードの〈父親〉に対する心象を指折ってきた。血の融合した彼の〈父親〉へのこだわりは、言い換えれば〈血〉〈宿命としての血〉ということになりはすまいか。序章の語り手が、子どものドラードが「異人、南蛮人の子」と周りから揶揄される境遇を述べているように、ドラードにとって、この血は必ずしも安住を意味するものではない。ロドリゲスに「おぬしの目は時々青く見えるが、なぜだろう」と問われて、面食らい困惑するドラードの心中からも、そのことは察せられる。

もちろん、特に世界史の表舞台に登場するわけでなく、作者三浦の故郷らしき港町で暮らす、最初の長編小説「海の道」（昭和四二年一月〜四四一〇月）の主人公母娘のはぎと桜も、ノルウェー人捕鯨砲手と日本人の母

〈祖母〉との融合の血統を引き、ドラードとほぼ似た境遇に生きねばならなかった。

三浦文学の「血の因縁」「個人的な血への執着」（川村二郎）は、当然ではあるが「少年讃歌」にも形象されているのである。そうして、〈血の宿命〉は、故国日本とポルトガルの間で揺れ動く故郷意識、郷愁となってドラードに纏わりつくことにもなる。序章の語り手が「自分はまじりけのない日本人だといい切る自信は、ドラードにはなかった」と述べている。この言説はまた、桜（「海の道」）が戦争中、赤髪を染粉で黒く染めることを強いられた時と共通する感情である。因みに、進藤純孝「『今日も旅ゆく』筆」は評価の高い三浦文学論であるが、特に「ふるさとを捨ててふるさとを思うこころ」に注目し、〈郷愁〉を重要な鍵にして三浦文学を解明したものである。

いかに「東洋の匂い」がするとは言え、リスボア（リスボン）は日本ではない。そのリスボアさえ一年三か月ぶりでは、「私たちには最も懐かしい都」になるドラードたちである。時間が前後するが、往路の途上リスボアにあと少しの時になって、病気に倒れて死にゆく乗客たちを「故国を目の前にしながら」「気の毒で仕方なかった」という同情は、まったく自分たちへの思いでもあったろう。さらに迫真の出来事は、旅も終着、故国九州のどこかに行き着いた（実は五島の島々であったが）後、航海最後の死人が「故国の女たち」の一人であったことである。ドラードは、この「女たち」がどうやらポルトガル商人に売買され、長い間異国のどこかでどうにか生き延びて、自由の身になってか、故国へ帰って来た女性たちだったらしいことを、他の人物から聞く。この女性たちも、故国日本という〈血〉への凄絶な帰還と考えると、ドラードと重ねられるエピソードと理解される。何よりも、少年使節一行こそ、絶えず日本という血への帰還を求める物語だったことになる。

終章の語り手は、千々石ミゲルの棄教に触れた後、「最も身分が低く、最もひ弱」だった中浦ジュリアンの最期を明らかにする。「誰よりも長く生き延びて使徒生活を全うした」彼であったが、遂に幕府役人の手に落ちる。

耳朶に充血死を防ぐための傷をつけられ、腰に重石をつけて汚物の悪臭に満ちた深い穴のなかへ逆吊りにされてから、ジュリアンは、仲間の一人のポルトガル人宣教師が棄教の合図をして引き揚げられたことも知らずに、まる三日の間、死と闘って、遂に力尽きて絶命した。六十五歳であった。

（同　五五〇頁）

日本の切支丹の歴史が、「少年讃歌」の世界から「沈黙」の現実に移りゆく〝かはたれ時〟の到来である。

芥川龍之介「蜜柑」に関する覚え書き

――「僅に」にこだわって

はじめに

芥川文学論は、多くの場合、〈挫折、敗北、エゴイズム、狂気、不安、自殺〉など限りなく、人生の暗い面から検討されがちである。確かに、芥川文学には、そうした要素が満ちている。しかし、裏返せば、それはみな、人生を明るくするものへの、芥川の激しい希求の表現だったのである。

（鈴木秀子「芥川文学作家論事典」の「人間愛」解説[1]）

「蜜柑」（大正八年五月）は、高校国語教科書に取りあげられており「広く読まれる作品の一つ」[2]（海老井英次）である。また、「「羅生門」ほどではないにせよ、印象的にはそれに准ずるぐらい、芥川作品の中で論文・言及が多い方の一本である」[3]（五島慶一）ともいう。ただし、手許にある芥川の研究編著をみてみると、たとえば『批評と研究　芥川龍之介』『作品論　芥川龍之介』『一冊の講座　芥川龍之介』や『日本文学研究大成』『日本文学研究論文集成』等の芥川の巻には、「蜜柑」を単独で取りあげた作品論・作品研究は見当たらない。大学（院）紀要類、学術学会研究誌への発表論文に支えられてきた作品と言えるかもしれない。短編作家芥川の中でも、かなり小品なので、という理由からと考えられるが、注目・解読は比較的後発の作品になるのではないか、と思われる。

「蜜柑」の作品評価は、大まかに言えば「小娘」が蜜柑を汽車から投下する場面での、語り手（主人公）「私」の「刹那」の感動的〈明るさ〉を認めるものと、「私」の現況の吐露から〈暗さ〉を重視するものとに分かれる。ただし、はっきりとした二項対立的状況は呈していない。どちらかというと、前者から後者へ力点が移行してきたようにみえる。作者芥川の生涯を熟知して大正八年前後の実生活を考慮した論考が多いようにも思われる。因みに、最近の論考は〈暗さ〉か〈明るさ〉かという従来の読みにとらわれず、異なる観点でのアプローチが管見され、今後もあらたな解読の可能性が期待される(4)。

改めていうほどのこともないが、稿者は、「蜜柑」の読後に、感動的な印象を受けた覚えがある。語り手の厭世的な人生観と現実の〈暗さ〉を受容したうえで、それ以上にその爽快感と言ってもよい強い感慨があったことは打ち消せない。それは、現在の読み直しでも同様である。〈暗さ〉を読みとる言及も多い中、このあたりがなぜなのか、稿者なりに、次の言葉を支えに整理確認しておきたいと考える。


テクストの意味と読者の自我とは、パース＝フィッシュが論証するように、相互規定的に育成変化する。だからこそ、いつまでもその豊かさを失わず、人間は読者であるかぎり、テクスト同様、その豊かさを更新しつづけるのである。

（加藤幹郎「読者の自我―解体するデュアリズム(5)」）

一　物語内容と先行研究

「蜜柑」は、ある曇った日暮、隧道の続く横須賀線の汽車に乗った「私」が、自らの心境と、乗客である小娘の蜜柑にまつわるある行為を目撃したことを語る一人称小説である。

次のように書き始められる。

　或曇つた冬の日暮である。私は横須賀発上り二等客車の隅に腰を下して、ぼんやり発車の笛を待つてゐた。とうに電燈のついた客車の中には、珍らしく私の外に一人も乗客はゐなかつた。外を覗くと、うす暗いプラットフォオムにも、今日は珍し《ママ》く見送りの人影さへ跡を絶つて、唯、檻に入れられた小犬が一匹、時々悲しさうに、吠え立ててゐた。これらはその時の私の心もちと、不思議な位似つかはしい景色だつた。私の頭の中には云ひやうのない疲労と倦怠とが、まるで雪曇りの空のやうなどんよりした影を落としてゐた。私は外套のポッケットへぢつと両手をつつこんだ儘、そこにはいつてゐる夕刊を出して見ようと云ふ元気さへ起らなかつた。

冬の夕暮れ時、曇った空模様から始まる、この小説世界の時間と天候から、何らかの予兆を読みとることも可能だろう。「珍（ら）しく」が二度くり返されている。めったにない空間であることの強調表現とみる。「一人」「一匹」が孤絶感を醸し出すこの作品内現実は、表現上の作為ないし操作が目立つと言ってよい。仮に言われているように、作者の実生活での具体的経験に基づいているとしても、かなり虚構の度合が強いと言えそうである。

　人生への悲観的な感覚に覆われる「私」の乗った二等客車に、三等切符を持つ小娘が乗り込んでくる。いかにも田舎娘然とした、その小娘には不快感と嫌悪感が湧いてくるばかり。「私」の読む新聞記事も平凡このうえなく、憂鬱が一層募ってくる。隧道が近づくのに、小娘は窓を開けようとし、「私」は不審でしかたがない。窓が開いた時、思ったとおり煤煙が入ってきてせき込んでしまい、腹立たしい。汽車が隧道を出て小さな踏切に差し掛かった時、そこにいた歓声を上げる三人の男の子の頭上に、小娘は懐から取り出したいくつかの蜜柑を投げ与える。蜜柑が空から降って来た——。その光景で、「私」は全てを理解した。小娘は見送りの弟たちに礼をしたのだ。私は厭世感とともにある人生を、一時僅かに忘れることができたのだ、という心理の語りで、物語は終わっている。

たとえば、前に挙げた海老井英次は、芥川文学の解明に大きな業績を齎している研究者であり、「この寂寥、暗鬱、疲労、倦怠の感じこそが、この作品の〈基調〉にほかならない」と述べた後、次のように説く。

すなわち、この「蜜柑の色」を中核としてこの作品を捉えて、これを佳作とする観点にもとより異論があるわけではない。しかし、そうしたはかない輝きにさえ心を止めなければならない程、現実にはやりきれない生活を続けていること、そうした人間の姿との関係で、この〈基調〉の正確な把握、深い読み込みを欠いては、この小品の読みとしてはやはり不十分だと思われる。(6)

海老井は、他の論考や解説類でも同様のことを説いている。「寂寥、暗鬱、疲労、倦怠」を重視し、海老井と同じような論調に立つ言及は、三好行雄、菊地弘、平岡敏夫などの他、橋浦洋志にも近い言及がみられる。(7)

一方、海老井らの「暗鬱」を主題とせず、小娘が弟たちに蜜柑を投下する場面を重視して、「感動」を読み解く見解もある。吉田精一、川端俊英などである。川端は、前掲の諸家の言及を引きつつ、論述を進めていく。

結びの一文の中の「僅に」の一語に注目し、人生の一瞬を彩った蜜柑の輝きも、所詮芥川の「日暮れの意識」の中におおわれてしまうものでしかなかったとする各氏のよみとりは、的確なものであり、特に異論をさしはさむ余地もなかろう。しかし、その上に立ってあえて強調しておきたいのは、芥川には珍らしく健康な精神の一面についてである。「僅に」もせよ、人生の倦怠を「忘れる事が出来た」という事実である。先刻まで、あれほど小娘を嫌悪し、その「存在を忘れたいと云う心もち」でいた「私」は、蜜柑の輝きを境にして、見違えるような変化をみせている。(8)

海老井・川端の引用箇所からは、それぞれ必ずしも他方の読みを完全に相対化するものでないことが分かり、評価の微妙さが見え隠れしている。また、近来の論考や言及は、海老井ら川端らのように、「暗鬱」「感動」いずれかの側面に賛意を明瞭にするものは少ない。前項で触れたとおり、考察の問題点の多様な展開ということである。

二「私」の心理状況と作調

あとでも触れることになるが、「蜜柑」には、作者の芥川龍之介の実生活、現実に根差した「私」小説という見方がある一方、それに同意しない前提での考察もある。(9) 小稿を進めていく上では、頓着していないとの誹りを甘受しつつ、どちらでもかまわないというスタンスで進んでいきたい。

仮に作者（作主）の実生活上の経験なりの小説表現としても、その実体験を丸ごと形象することは、いかに芥川といえども不可能であろう。物語内容のみを大まかにたどるならいざ知らず、必ず小説表現には人物や場面、筋の設定がなされ、作者の文学表現上の〝分節化〟が行なわれるわけで、実体験を前提としない虚構であれ、文学表現の分析自体は同一の方向へ進むはずだからである。

さて、「蜜柑」の語り手「私」は前掲冒頭部分で、既に厭世的無為とでもいうべき無力感に襲われている、気難しい印象を与える人物であると読みとれる。そして孤絶の雰囲気が漂っていることを前に述べた。

発車後の車内でも、隧道の中の汽車、小娘、平凡な記事ばかりの夕刊を、「不可解な、下等な、退屈な人生の象徴」だと批評し、「一切がくだらなくなつて」「死んだやうに」居ねむりに入っていく。

この隧道の中の汽車と、この田舎者の小娘と、さうして又この平凡な記事に埋つてゐる夕刊と、――これが象徴でなくて何であらう。不可解な、下等な、退屈な人生の象徴でなくて何であらう。私は一切がくだらなくなつて、読みかけた夕刊を抛り出すと、又窓枠に頭を靠せながら、死んだやうに眼をつぶつて、うつらうつらし始めた。

ここまでが「蜜柑」の前半ともいえる展開になる。ここまでの「私」からは、生き過ごすことに意味価値を見いだせず、外界に主体的に向き合わない人物にも読みとれる。

海老井いうところの「〈基調〉」であることは否定しがたい。高橋龍夫が「「私」の「不可解な、下等な、退屈な人生」そのものが作品の〈トーン〉を響かせ、

「私」の「云ひやうのない疲労と倦怠」は心理的色彩のディテールとして演出している」と述べている[10]。この「〈トーン〉」は、「〈基調〉」とほぼ同じようなことを指しているように思われる。ただし、海老名と高橋の「蜜柑」の解析の論旨はかなり異なったものであり、本稿の見解は高橋に近いものになるだろう。なお、稿者は通常「作調」という用語を用いているが、ほぼ同様の定義と思う。

三　終結部と「僅に」について

1　諸家言及の確認

「蜜柑」の終結（結末）は、次のようである。

私はこの時始めて、云ひやうのない疲労と倦怠とを、さうして又不可解な、下等な、退屈な人生を僅に忘れる事が出来たのである。

前掲の冒頭と前半の最後にあった、「私」の〈基調〉〈トーン〉を形作った二つの表現が集められていることは、やはり注目してよいのであるが、とりわけ「僅に」にこだわってみたい。

海老井のもう一つの指摘と平岡敏夫の見解をあげる。これらは先の川端の引用でも要点が触れられていた。

……田舎者の小娘が、車窓から投げた蜜柑によって現前した〈刹那の感動〉はいかにも鮮明である。しかし、作者はそれによって主人公に「不可解な、下等な、退屈な」人生を「僅に」忘れさせているだけなのである。〈刹那の感動〉は、トンネルの多い鉄路を行くが如き明暗交々の日常性の中に溶解し、人生全体と等価であるような質量を失って、その真の意味をもはや喪失している。(11)

暗い人間・人生認識から出発して、暖かな日の色に染まっている蜜柑の発見に至った芥川――。／(中略)「不可解な、下等な、退屈な人生」は依然として存在するのであり、この人間発見の物語も「僅に」意識されるのみであった、しかも、それは偶然おとずれたものにすぎないのである。(12)

平岡は、この論考の最後で「杜子春」(大正九年七月)と「蜜柑」に、林達夫「歴史の暮方」のいう「絶望の声」「痛ましい努力」をみると述べている。

さらには、文庫という一般読者向け解説にも同様の高橋敏夫の見解を探すことができる。

蜜柑という純粋性の象徴は、退屈で認めがたい「人生」を一瞬みごとに切り裂く。これ(小娘の蜜柑投下の場面――引用註)はたしかに忘れられない風景であるにちがいない。(略)しかしこれがあくまでも一瞬の風景でしかないことを、「私」は知っている。そのことがよけいにこの風景の印象を強くしているのである。(13)

いずれも、たいへん悲観的で希望の見出せない語り手、そして作者の人生観、生き方を捉えている。

話が少し逸れる。おそらく作家の多くにとって、書き起こしと書き終わりは、配慮を要する部分ではあるまいか。少なくともこの作者の書き終わりについては、私たちは既に「羅生門」（大正四年一一月）の〈下人のゆくえ〉の改変を知っている。[14] また、冒頭部分に関しては、「蜜柑」と「羅生門」が、同じ「型」による構成がなされているという石井和夫の興味深い確認を思い浮かべてよいだろう。[15]

この項の初めに挙げた「蜜柑」の終結部は、「云ひやうのない疲労と倦怠」と「不可解な、下等な、退屈な人生」のくり返しである。その形で小説の現実（世界）が終わることが、「私」の厭世的情緒の念押しと強調と受け取っていいのか、稿者は疑問とするのである。

2 「小娘」と「私」

その疑問を考えていく上で、小説内時間が行きつ戻りつするが、やはり小娘の物語の描写に返ってみたい。「蜜柑」一編の感動を生む要因がそこにあることは、みてきたように、感動から離れてとらえる論者でも認めている。

発車の笛が鳴ると、「私」の乗っている二等客車に「十三、四の小娘が一人」乗り込んでくる。汽車が動き出した後、「私」はようやくほっとした気持ちになって、「前の席に腰を下してゐた小娘の顔を一瞥」（傍点引用者）する。

それは油気のない髪をひつつめの銀杏返しに結つて、横なでの痕のある皸だらけの両頬を気持の悪い程赤く火照らせた、如何にも田舎者らしい娘だつた。しかも垢じみた萌黄色の毛糸の襟巻がだらりと垂れ下つた膝の上には、大きな風呂敷包みがあつた。その又包みを抱いた霜焼けの手の中に

は、三等の赤切符が大事さうにしつかり握られて
ゐた。

この後、「下品な顔だち」「服装が不潔」「愚鈍な心」に、「私」の評価や心理が発せられて、「存在を忘れたい」気持ちが語られる。「一瞥」にしては随分と細かく見ている」(高橋大助)という指摘がすでにある。(16)「蜜柑」の冒頭部分での「心もち」が具体的に何に因るのか、どんな心理状態なのか、読む側に情報が与えられていないが、とにかくに「云ひやうのない疲労と倦怠」、夕刊を出して見ようという元気もない「私」なのである。全く無気力で生気さえ感じさせないような心理表現。その「私」が「小娘」をこんなにも見てそして思っている。高橋大助は、「小娘」は「興味をかき立てられる存在」と見抜いて、この後「語りの歪み」を精緻に分析してみせる。(17)しかし、小稿では「小娘」への執拗なまでの「私」の観察と語りをたしかめておけば充分である。

たった一人でいた「私」の客車に他者が一人現れた。「私」が無関心では、「蜜柑」という物語自体が始まらない、という起点を、読む側たる私たちは重要視してよい。別な言い方をすれば、書く側たる作者が、その設定をしているということである。

「私」は小娘を「絶えず」意識している。「一切がくだらな」いと語る「私」は「死んだやうに目をつぶつて」転寝となる。この作者は「死んだやうに」の比喩が目立つ印象をもつ。この部分も、すべてに意欲を失ったかのような語り手の心理をよく表しているだろう。数分後「脅されたやうな」何かを察した「私」は、小娘が窓を開けようとする様子を見ることになる。目をつぶって眠る「私」が、そのまま「死んだやうに」眠ってしまったとすれば、小娘が窓を開けようとする姿に気が付かないことになる。そうすると、当然、蜜柑投下にも遭遇できなかったのである。その時に、急に目覚めたとすれば、「私」には何が何だか「一切を」理解できず、ということになるだろう。

稿者が意味もない仮定をしたのは、この稿で述べてきたこれらの設定は、「私」の感動ないし感慨の場面につなぐための装置のパーツと考えるべきだ、と言いたいからである。ただし、このことは「蜜柑」が作者に何もなかったことからの空想的な虚構の話だとする考えではないことを述べておきたい。(10)

3 「空から降つて来た」

さて、小娘の蜜柑投下の場面になる。ここがこの小説のいわゆる感動の中心であることは言うまでもない。

それが汽車の通るのを仰ぎ見ながら、一斉に手を挙げるが早いか、いたいけな喉を高く反らせて、何とも意味の分からない喊声を一生懸命に迸らせた。するとその瞬間である。窓から半身を乗り出してゐた例の娘が、あの霜焼けの手をつとのばして、勢よく左右に振つたと思ふと、忽ち心を躍らすばかり暖な日の色に染まつてゐる蜜柑が凡そ五つ六つ、汽車を見送つた子供たちの上へばらばらと空から降つて来た。私は思はず息を呑んだ。さうして刹那に一切を理解した。

この部分には、フライングを指摘する論者もいる。(19)もし、その効果を広く考えれば、この場面までにあった、次のようなことにも援用できる。

まず、小娘と直接の関係にないことかもしれないが、「私」が「ほっとした心もち」になって(続いている?)から、娘の顔を見ている。汽車の窓を開けるために苦心している娘に「幾分ながら同情」を禁じ得ない。そして娘の開窓で煤煙に苦しむ「私」が、「叱りつけ」たかもしれない前に、窓外が「明るく」なったのである。これらの表現は、「私」の前半部の小娘評価と蜜柑投下からの評価との落差をつなぐ意味があろう。また、娘に対するばかりではなく、それまでの「うす暗い」「どんよりとした影」あるいは「暮色」(=「日暮」)の作調とイメージを打ち消す表現作用を果たしているのではないだろうか。

「蜜柑が降つて来た」という表現には、視点の破とか混乱とかにとらえる指摘がある。[20] 稿者は、作者が必然と判断して、視点の統一に抗したという発想に駆れる。仮に「破」だとして、ここに読む側の気持が集中することで充分な効果を果たしていると考える。[21] たとえば田島俊郎は、弟たちや蜜柑が「象徴」であるとし、小娘は「マリヤ」で、蜜柑は「恩寵」と説いている。芥川とキリスト教の関係性に疎い稿者には、残念ながら同意も反意も示せない。少なくとも、「降つて来た」が何らかの象徴作用を持っているとは理解している。「私」にとってその蜜柑は、突然に出現した未知の感覚そのものであったに違いない。そのことを作者は「降ってきた」と「私」に語らせたのではないか。蜜柑の投下（それに代わる行為）のことを徐々に感じ取っていく予覚があったとしたら「投げた」になって普通であろうか、それに「心を躍らすばかり」は「私」なのか、「子供たち」なのか、「小娘」もなのか。もちろん、その全てと解した方が「蜜柑」は救われるはずだ。

この部分では「日の色」についても、疑問が知られる。すなはち「日暮」で「曇天」だったのに、つまり太陽が出ていないと思われるのに、「日の色に染まつてゐる」表現はおかしいのではないか、の類である。

「日」＝太陽は、「蜜柑」への発言によくみられる実証的な読解なのだろうが、[22] 作品の表現解析や修辞技巧で説明できることに、〈実証〉が重大な射程となるのか。作者の実生活上のある場面時空間を移したと確定する必要があるのだろうか。確かに、芥川は当時横須賀線の乗客であったと思われるし、また菊地寛の回想があるとしても、である。「日の色」を「蜜柑の色」ミカン（オレンジ）色そのものと受け取ってよいのではないか、日中の陽光が輝いていなくても、私たちの感覚は、ミカン色をそれなりに判別して認識しているはずである。「私」が、小娘の「暖な」思いに染まったと感じた蜜柑である。「鮮」でも、文学の表現においては何の不思議もない。[23]

4 「僅に」

さてさて、蜜柑投下の場面から「私」には「或得体の知れない朗な心もち」が起こり、「別人を見るやう」に小娘が映る。その小娘は、一見投下前と変わらないでいることが語られ、前掲の最終二行に移っていく。

稿者は「僅に忘れる事が出来た」という語りは、パラドキシカルな表現と考える。「私」は自らの心理状態の物言いを繰り返しているが、小娘の行為を見、「疲労と倦怠」「不可解な、下等な、退屈な人生」から解放された喜びを示した余韻、叙情空間と理解したい(24)。ただ、その喜び、感動が永続して「疲労と倦怠」「不可解な、下等な、退屈な人生」が霧消すると言っているわけではない。ここの表現が、文学の技術的にどう考えることができるか、ということである。

海老井その他の冷静な見方は正しいであろう。しかし、この「僅に」から、これからの「私」の人生と小娘の境遇に希望のない空虚さえみるのは、作者芥川の実人生をよく知り、自死／自殺までの生涯をたどったゆえの研究者の透徹眼のなせることであろう。ただ、逆にそれゆえのインテンショナル・ファラシー(intentional fallacy 作者の意図による文学作品の誤謬)はないのか、という恐れもなしとしないのである。

稿者には、この二行なかんずく「僅に」に、「感動的」クライマックスの表現をした作者の、表現上の揺り戻しの形をとった「てれ」さえ、こめられているようにも思われる。王朝ものやキリシタンものにはそぐうはずだった表現技巧、しかし「私」小説的題材をとったがゆえの——。

おわりに——付加的に

「蜜柑」を〈私小説(的小説)〉として読み解く人はいる。作者芥川は、大正八年三月まで、横須賀の海軍機関学校の嘱託教授をしていて、創作活動の妨げと思い、かなり苦痛に思っていたことが知られる。「蜜柑」の作調が、このことの形象化であること、そのことから「蜜柑」一編は、実生活上に起こった（見た）状況を書いたものとして「私小説」であるとする人は、珍しくはない。仮に「蜜柑」が私小説だとしたら、「一種の自動作用」（随筆「芸術その他」大正八年一一月）に象徴的な、大正九年あたりからの芥川龍之介の転換期と関わる事項ということは、研究者ならずとも常識のようである。ただ、それが作家の退行であるのか新境地であるのか、稿者には全くわからない。さらには、いわゆる我が国近代文学史の〈転形期〉とも二重写しになる、大きな時期の作品になるらしい。〈文学史〉の識見に乏しい稿者は遠望せざるを得ない。

また、「蜜柑」は当初、「私の出遭つた事」という題で、「一、蜜柑」「二、沼地」として発表されている。「はじめに」で挙げた五島慶一は、同じ解説を「この年、「私」＝芥川が何に「出遭った」（と認識もしくは主張されている）のかが、従来論とは別の視覚・枠組で問われてもよい」と終えている。稿者は五島の本格「蜜柑論」こそを早く拝誦したい（もう既に発表済みかもしれないが）ものだと切望している。

［註］

（1）「別冊國文學№２　芥川龍之介必携」所収（学燈社　昭和五四年二月）

（2）『芥川龍之介論攷―自己覚醒から解体へ―』（桜楓社　昭和六三年二月）

田島俊郎は所属学生にも触れて「よく読まれているか、そうでもないらしい」と言っている。（「なぜ蜜柑は「空から降って来た」のか」（「言語文学研究」二一　平成二五年一二月）

（3）「芥川龍之介ハンドブック」（鼎書房　平成二七年四月）

（4）菊池由夏が、既に次のように述べていた。「そうであるなら、従来の研究の中で読まれてきた、どちらか一方に比重を置き救済について論じたり、作者の人生における苦悩を読むことは、この作品の場合さして重要ではないだろう」（「芥川龍之介「蜜柑」論」「近代文学論集」二五集　平成一一年一〇月）

（5）冨原芳彰編『文学の受容　現代批評の戦略』（研究社出版　昭和六〇年五月）所収論文。

(6)(2)と同じ。
(7)三好行雄「作品解説」(角川文庫『舞踏会・蜜柑』昭和四三年一〇月)
菊地弘「芥川龍之介『蜜柑』」(『芥川龍之介作品論集成 第五巻』翰林書房 平成一一年七月、初出は昭和四四年四月)
平岡敏夫『〈夕暮れ〉の文学史』(おうふう 平成一六年一〇月 初出は昭和五一年九月)
橋浦洋志「「蜜柑」から「秋」へ―書かれなかった小説」(「茨城大学教育学部紀要」四一 平成四年)。橋浦は「……「乱落する鮮な蜜柑の色」に焦点を当て、〈刹那の感動〉に比重をかけて読むことは抑制されなければならない」と述べているが、「感動」を否定するわけではなく、それは「「光景」そのもの」だという。
(8)川端俊英「芥川龍之介の『蜜柑』」(「国語教育研究」二六巻上号 広島大学教育学部 昭和五五年一一月)
吉田精一「解説」『芥川龍之介全集 第三巻』(角川書店 昭和四三年二月)は「作者はここに人生における一つの明るく朗らかな発見をした。……作者はこの貴重な感動をいたわり、それを定着しようという積極的な意欲をもち得た」と説く。
(9)吉田精一、海老井、芦澤光興(「「蜜柑」論への一視角」「日本文学」五一号 立教大学 昭和五八年一二月)らは、直接経験の作品、三好行雄、高橋龍夫(↓註10)らは、虚構を重視した解読を主張している。岩佐荘四郎は「私小説を擬装」した作品と言及している(「『旅する心』と「蜜柑」」「日本文学」平成一五年七月)。
(10)高橋龍夫「「蜜柑」における手法―「私」の存在の意味」(『芥川龍之介作品論集成 第5巻』初出は平成六年三月)
(11)『鑑賞日本現代文学 第11巻』(編著 角川書店 平成五六年七月)。『日本の作家100人 芥川龍之介 人と文学』(翰林書房 平成一五年八月)にも同様の言及がある。
(12)(6)参照。
(13)高橋敏夫「解説」(集英社文庫『地獄変』平成三年三月)
(14)たとえば松本常彦「一人の下人が」(『日本文学研究論文集成 第33巻』若草書房 平成三年一〇月 初出は平成八年三月)。
(15)石井和夫「芥川龍之介の小説の型の問題」(「香椎潟」33 新潟大学 昭和六二年四月)
(16)高橋大助「象徴としての蜜柑、身体としての蜜柑」(「國學院雑誌」九二巻一〇号 國學院大学 平成三年一〇月)
(17)(16)と同じ。
(18)江藤茂博に「「私」のこうした「疲労と倦怠」に覆われている「現実」世界とは、作者自身のペシミズムを示しているというよりは、こうした「小娘」への悪意を許容する装置」の言及が見られる。(「芥川龍之介「蜜柑」と「沼地」」(「武蔵大学人文学会雑誌」三六巻三号 平成一七年三月)、岡崎晃一も「「蜜柑」の少女を〈下品・不潔・愚鈍〉」にした点に、「蜜柑投下の行為を効果的」にする「作意」をみている。(「解釈」第四九巻七・八号 解釈学会 平成一五年八月)

(19)伊土耕平「芥川龍之介『蜜柑』に見られる〝フライング〟」(「解釈」第四八巻七・八号 解釈学会 平成一四年八月)によると、「するとその瞬間である」から「刹那に一切を了解した」の部分以前では、「構造」上、子供(弟)たちは「〝悪印象〟」で統一しなければいけないのに、「いたいけな喉を高く反らせ」て「喊声を一生懸命」に」挙げるという、「好感的な表現」になっているという。原因は、「作者の感動」が「意外に強」いことにあるともいう。

(20)「不自然に視点が移動し、一人称の語りが破綻している」(高橋大助 註16)、語り手が「子供たちの視点と同化」して「〈混乱〉」ともいえるが、「美しい一瞬の風景」を「こう描くしかなかった」佐藤義雄「都市・都市文化と日本の近代文学」(「明治大学人文科学研究所紀要」第七二冊 平成二五年三月)などが見られる。

(21)田島俊郎 註(2)。

(22)「蜜柑」論では、とりわけ高校国語科の教材研究として、実証的研究が盛んのようである。近くにおいても、亀井久美子「芥川龍之介「蜜柑」の「小娘」再考―大正時代の鉄道を視座として」(「柴のいほり」三八号 平成二三年二月)などがある。実証的言及では、二等客車の座席がボックス型ではなくシート式であったという鶉生川清(「国語通信」)の調査が、読解の上で最も顕著な収穫だった。実証とアプローチの仕方が異なるが、註20の佐藤論文にはさらに有益なものがあると評価したい。

(23)高橋大助は「「蜜柑」は〈真実らしさ〉だけに支えられ、「日の色」に輝く」(註16)、宮坂覚は「が、〈私〉にはそう映ったのである」(「芥川文学にみる〈ひとすぢの路〉」「玉藻」二五号 フェリス女学院大学 平成二年三月)という。

(24)外山滋比古「修辞的残像覚え書」(『修辞的残像』みすず書房 昭和四三年一〇月)で唱える「叙情空間」を参照されたい。

*「蜜柑」本文の引用は、『芥川龍之介全集 第四巻』(岩波書店 平成二九年四月)に拠った。ただし、ルビは省略してある。

第三部　研究ノートの余白

――逢いたい人びと

江連隆《えづれたかし》先生のことを中心に

上梓のこと

平成二三年の初め、身のほど知らずにも著書なるもの『太宰治の表現空間』（和泉書院）を出版するという僥倖にめぐり会った。発行月日は平成二二年の一一月と記されたが、実質的には二三年一月末である。この経緯についてはその本の「あとがき」で触れたので書かない。ここでは、出版の後で生じたさまざまに感じたことや考えるべきことを綴ってみる。

恐れ多いながら本を謹呈した方々の中には、私にとっては高額のお祝いやお品を送ってくださった方が多数いらした。まず、このことで簡単な気持で送り届けては、かえって迷惑をかけてしまうということを今更のように知って反省させられた。自らは著作や論文を賜った際には、なるべく葉書一枚だけでも差し上げることにしてはいるが、御礼のお品などをお返ししたことは、それまでにない。そのようなことは、学術的なことには無縁だと思い込んでいた。

私としては、ご高覧を賜ってできればご叱正ご助言なりを、というそれだけの思いからのことであった。あまり親しくなくてもお名前だけを存じ上げの場合でも、研究者や先輩の方々に拙著を差し上げるのは、当然の礼のつもりでしたことであった。それが今回、思いもよらずお祝いを賜ったり土地の銘酒や銘菓をいただいたりしたことで、パニック的になった。けっして大仰の物言いではない。嬉しい気持がなかったとは言わないが不要なお気遣いをかけてしまった、という呵責に近い気持の方が強い。だからと言って、著書をお届けしないという気持ちにはなれないだろう。「パニック」状態といってよい。

書評のこと

幾人かの方が書評してくださった。北海道大学名誉教授の神谷忠孝先生のご高批が、峻厳であった分とりわけ自分の実になった。

神谷先生のご叱正は大まかには二つである。一つは、文体論的な調査考察を作家研究の方向と関連させて、もう少し深く考えよというもの、二つ目は、せっかく郷土の作家を対象としてその郷土にいるのだから地の利を生かした研究に仕上げるべきだ、という意味のことであった。私の読んでいるのは太宰治の小説になる。

一点目は確かにそのとおりと省みることしきりである。恩師の江連隆先生の日頃の教えが、——大言壮語になるな、評論的な字句は慎め、勉強して一〇を知ったら一を書きなさい、というものであったので、その教えに沿ったつもりで抑制的な言説に努めた点もあるが、本質的には中途半端に理解していたのだろうと思っている。何よりも、自らの考察のレベルが低いことに尽きるのだから。

二点目に対しても一言の弁解もない。研究は足でするものというのが、文学研究とりわけ文献学的研究学徒のスローガンである。何回も当該の地に通ううちに作家の新しい手紙や未発表稿などが見つかり、研究に多大の寄与をする。これは一般的にはもちろんのこと、文献学的な方法を採っていない私などにも若い頃から充分に戒めとなっている。郷土はそういう意味では地の利であること明白である。

しかし、私には苦く感じる疑問もあった。いつ頃からそう思い始めたのかはっきりしないが、誤解されることを恐れずに言えば、それは「郷土」には太宰治研究家なるものが出現しやすい、ということである。ここからは全く不遜の物言いになるので御寛恕を願う。

研究の方法は多様である。このことは認めざるを得ない。けれども、太宰について自身の記憶や思いを文章にしたからといって、また或る作品について雑学的な逸話を書いたからといって、太宰治研究や研究家に適うのだろうか、という疑問である。こういう漠とした思いが不惑近くまで消えなかった。地元の新聞等でご自身のその種の文章に「太宰治研究家」と記す人がいる。私のほんの少しばかりの経験からいうと、この多くは書き手側が示した乃至受諾した注記であろうと思われる。疑問は、こういう末節に私を苛立たせたのである。若いというのは、物を知らないというのは恐ろしいことである。文学散策的な紹介は、郷土を武器にした真骨頂といえるだろう。たとえば作家が過ごした当時の街並みを想定し、佇んだ現在の場所を示して行く。もちろん今もたいへん意義の大きい作業であることを認めているけれど、世に研究者と言われる人たちが、このようなことをどこまで「研究」と注視しているかは別のところであろう。そのようなこともあって私は太宰と郷土を同じくするという姿勢から、むしろ遠い位置を眺めたように思い出す。このことには私が選んだ文学の読み方、方法のことの方がそれ以上に大きく関与したことは言うまでもない。

神谷先生は気の毒に思われたのだろう。最後で一言、小著の研究方法に「文学史への挑戦の意思がある」と励ましてくださった。

江連隆先生のこと

これも若干あとがきで触れていることになる。

私の文体論的関心は、学生時代に江連隆先生のご薫陶を受けたことから始まっている。先生は文章心理学的分析も熱心にご教示くださったので、そのような関心も付加されるかもしれない。拙稿をご高覧くださった中には、私の〈読み〉に作中人物群への心理的な解析を汲み取ってくれる方々もいる。口幅ったいけれど、それでもあくまで「文学研究」の分野を踏み出していない姿勢のつもりである。仮に文体論としての評価であっても、なんとか「文学的文体論」にとどまるくらいのものでいる。国語学的、言語学的な文体論のつもりは少しもないし、そのような認識は斯界の方々に失礼この上ないと承知している。一般的な文学研究の論考やエッセイに比し用例を多く取り上げているが、計量的文体論の調査考察の用例数には及ぶべくもない。そういう言い方よりは考察の観点自体に彼我の相違がある、と考えている。

小山内時雄先生が近代文学研究そして太宰治研究という根と幹を形作ってくれたとしたら、枝と葉は江連先生が成長させてくれたのである。両先生とも既に天上におられる。とりわけ江連隆先生のご帰天は、私にかなりの心理的な衝撃を与えた。そのことを知った前後の時期に比べ、短いとは思えない日数が経ったいまも哀しみが深化し続けている気がする。

高校の教育現場に出てから文献を取り寄せるにあたって、江連先生には大いにご面倒をお掛けすることになった。先生は、公設図書館で頼まなくても何かにメモして自分のところへ持って来なさいと仰ってくれ、先生御自ら手に入れてくださったのである。それも一度や二度のことではないし、先生は頑としてコピー代等をお受けになることはなかった。一度ささやかな額を差し出したことがあったが、先生は別な何かに使いなさい、と話題からはずして触れなかった。

また江連先生は学生時代の講義でも、就職してから訪れた際の研究室で「何か勉強するべき本をご教示ください」と伺った時でも、ご自身のご高著を挙げられたことは少なくとも私にはなかった。いま、私の粗末な蔵書棚に先生のご高著は一〇冊以上並んでいるけれども、それは先生の言い付けなどによるものではない。御論に限っても私が就職してかなり早い時期に、先生のお若い頃に研究誌に寄せられた漢文教育の上でのご自身の実践に基づく教育工学等の紹介をしながらまとめた論文と、鎌田正先生編の『漢文教育の理論と指導』(大修館書店　江連先生も同じ書店から『漢文教育の理論と実践』を上梓された)に収められた御論の抜き刷りとをご恵与ご送付くださったことを、たった一度だけ憶えているくらいである。恥ずかしながら私はそのとき初めて「恵存」という言葉を知った。

必読の文献は勉強していけば自然とわかってくる、という教えの一環だったと思う。他人から教えられることはたやすいことであるが、悪銭身につかずとでもいうべき教訓と理解している。どんなものでもいいから、まず関連書を一〇冊まとめて買って読みなさい、とおっしゃられていた先生が目に浮かぶ。

——そして先生は、私の記憶するところ、あるいは人伝てに知ったところで言えば、ある疾患で入院された後それとは別な病勢に襲われた。たぶん、その入院の数か月前が研究室で先生のお姿を見た最後となった。

例のように研究や小説から世間話への話題になった。先生はいつもどおりに自分の勉強を続けて励むようにと諭され、そしてその時いつまでも高校の現場にいると思わないでいるように、と付け足しをされた。私はその時は何のことかわからないまま、他人事のように聞き流して生返事をしていただろう。先生は、残念ながらそのあと一〇年近く経って天に帰られてしまった。その時の先生を思い出すごとに、先生は私の将来を心配してくださっていたのだと確信するようになった。ご自身も都立高校その他でご勤務され、都内でというより全国的に名高い進学校で長らく指導に当たられた先生は、現場での苦労も熟知されていたはずで、私の身を顧慮していてくださったのだ。言葉の外延をつかめないことを何よりも嫌われた先生は、直接の具体的な言葉を用いることなどなかったけれど、その言葉の直前の話題や言い方を思い返すと、そう思われてしようがない。私は、そのことを自らの一番の矜持としている。

これも一度だけ、病勢と対峙している先生を学生時代の仲間数人と見舞ったことがあった。先生は一方の腕が若干不自由になっていたものの、会話はいつものとおりメリハリの利いたままであったのに、なおかつ私はそれまでこちらが気を落としてはいけないと自分に強く言い聞かせていたのに、そのお姿を見てすぐに動揺が走り言葉がぎこちなくなって、その場の話を友人の一人にまかせてしまう体たらくであった。幼稚な私には、あのしゃんとしてカッコイイ先生が倒れるなどということとは、万が一の想像にもあり得なかったのである。江連先生には学恩に止まらない感謝でいっぱいである。

後日のこと

昨今、といっても五年一〇年よりもっともっと時間を遡らねばならない話だが、文学研究の射程が広がり、あるいは他分野の研究との境界が低くなって、たとえば大学生時代から三〇代前半ごろには文学研究から逸脱しているとも見られた研究主題とよく調和融合して優れた発展的な論考が多く、古くさい中味の詰まったアタマが痛くなる「昨今」である。学際的な論点と言い換えてもよいのだろうか。

記憶にズレがなければ「学際」という言葉が、新聞等あちらでこちらでにぎやかになったのが一九八〇年代だったか。また話が逸れるけれど、私たちは学生時代既に江連先生から「学際」「学際的」という用語を、国語科教育の観点からご教示を受け、文学研究にも援用して学んだ。本来のところは、その逆が正しいのかもしれない。周りの知友たちが今更にしたようには特に驚くこともなく、妙な感嘆に浸っていたものだ。江連先生は、学際的考察の利点と同時に「自分が始め何を勉強していたのかわからなくなってしまう」害を説くことも忘れなかった。用語ついでに思い出すと、「文学理論」は文学研究の上でかなり以前から一般化しているだろうが、あの頃、江連先生は「文学理論」を超えて「理論文学」の研究をしていこう、と熱かった。もともとは小西甚一先生からのご薫陶と仰っていた気がする。

文体論も文学研究と言語学の学際的分野ともいえる。私自身は文学作品（テキスト）特に表現内容と表現形式の一致を分析考察する「伝統的」スタンスに立っていたい。もちろん本文校訂その他の調査研究ということではない。テキストを離れて、人（作家）と人との関係や事件的なこと、文学史的背景を飛び越えた政治的社会的な背景を探る研究は、少なくとも今の私の目指すところではない。そういうことを調べたり考えたりしている研究者には心から敬意を払っているけれども、最終的にテキストへもどらなければ「文学」の研究とは言えないのではないか、と自らには戒めを課しているつもりである。

出版後、特に最初のそれには達成感と虚脱感の入り混じったような心理状態が訪れる、ということを巷間耳にしたことがあった。もちろん自分に二度目の出版なんぞはないのだが、このたび自分でその状態ではないかと思う感じに襲われている。二〇〇九年の太宰治生誕一〇〇年記念年の前年頃から、太宰治に関係した書籍が陸続と出版されたことは記憶に新しいところである。その中の研究書の類いは読み終えたものもあるが、多くは横積みになっている。太宰文学を〈卒業〉などということは少しも思っていない。本人はむしろ今後こそ神谷先生のご教示の方向に視座を拡げようと、いたってイキケンコウのつもりでいるのだが、いまいちの状況に置かれている。一方で、郷土にゆかりの深い別の作家や詩人に向かって一から出直すか、なども考えて焦点が定まらないまま約一年経つのである。

五里霧から脱出できないでいる。しかし、江連先生の許で文学研究の真似事を始めたことを誇りにして、今後も文学性、文学的価値の一端を探る仕事にしがみついていたい、と思っている。

櫻田俊子さんの心象風景

機会に恵まれず、一度もお会いしたことのなかった彼の女性《ひと》は、今は、会えなかったからこそ、私の中で強烈に「生きている」のだと思っている。お写真も一葉しか知らない。

私の知る櫻田さんは、芥川龍之介の作品や私小説関係にも業績を挙げているが、当然のこととして太宰文学研究者その人である。櫻田さんのお手紙には、いつも丁寧すぎるほどの言葉でこまやかな感情がこめられていた。理知と気品の女性が想像された。

私たちの小さな文学研究会の機関誌『郷土作家研究』第三四号（平成二一年八月）の発行直後にも、櫻田さんは何度目かのご芳書をくださった。冒頭に、真っ先に相馬さんの論考を読んだ、という心遣いの一言を忘れなかった。同じ号に櫻田さんの新入会員としての紹介記事もある。入会の意向を受けて連絡を取り合ったのは、その号に向けて編集作業の段取りを考えていた頃、たぶん平成二〇年から二一年頃のことと思う。調べればもう少し正確なことはわかるのだろうが、年月日等は今の私には、たいして意味のあることに思えない。それよりは櫻田さんそのものだけが重く感じられるのだ。

事務局の仕事をしていた頃の話になる。現在の事務局氏から、青森県郷土作家研究会（郷土作家研究会）に入会したいという研究者がいる、と知らされた。当該会員から入会希望の件を引き継いで櫻田さんと手紙類で連絡を取り合った。経緯の詳細は、だから忘れたことの方が多いのだが、太宰治の作品研究――それも〈語り〉に着眼した研究課題とわかって、事務局としても個人的にもたいへん嬉しい気がした。

櫻田さんのお名前を知ったのは、この時が初めてではない。入会云々の二、三年前、大塚甲山の研究で世に知られたI先生から、たまたま櫻田さんの論考のコピー二編をいただいたことがあった。I先生は小田切秀雄先生に学んだ人で、院生時代の櫻田さんと同じ学窓だったと思う。そのことも思い合わせ、『郷土作家研究』誌の有力な書き手を得たことに、百人力の思いを感じていた日々であった。何よりも、青森県出身の研究者で、主たる研究対象が青森県出身作家とその作品であることが、安堵感に近いものを私に与えた。また前で少し触れたように、太宰文学研究という、私自身と同じ解読に主力を注ぐ櫻田さんの入会は、心底、私を包むような何かを与えてくれた。

『郷土作家研究』は、草創のころ、太宰治研究史において〈実証的研究〉で画期的業績を挙げた、相馬正一先生の研究上の根拠地の一つであった。雑誌『北』、後には「陸奥新報」紙などとともに、初期の研究が発表された牙城ともいえるのが『郷土作家研究』であったと自負している。正一先生が、開学した上越教育大学に招聘されてからは発表が他誌になったため、『郷土作家研究』での太宰を対象とした研究や論考は散発となった。

私は第二六号から太宰文学の表現論的な分析とその愚考を掲載しているものの、稚拙さは覆いがたく、他会員の方のものを合わせたとしても、『郷土作家研究』における太宰研究は、〈学術研究〉という土壌から遠ざかっていくばかりであった、と言わざるを得ない。このような中での、学術的文学研究の素地に立つ櫻田さんの参画は、太宰研究の専門的本格的追究の躍如たるを周囲に知らしめ、紙価を高めることになった。櫻田さんは、その後も作品論作品研究を寄稿し続け、研究はいよいよ光輝を帯びて、あと一歩で高みに昇りつめようとしていた。他の研究論文に、引用あるいは参考文献に挙げられてもいる。また、ある女性研究者たちの研究会にも入会したことをHPで知って、私の中ではこれまで以上に広範囲での活躍の期待が確かに高まっていった。

その後も手紙やメールでのやり取りが続いた。或る年、全く想像を絶する事が起こってしまった。櫻田さんは、いつものとおり丁寧な文字で書かれた手紙を私にくださった。それには、自分の論考をまとめた著作を刊行したいので、ある出版社に頼みたい旨が書かれてあった。そして、私がご指導を賜っていた山内祥史先生にお願いしてみてほしいともあった。その文面に、ある重篤の病気で長く生きられない、という字句があった。衝撃などと言うは易い。その時はもっと即物的な圧力というか底の見えない大きな深淵に落ちるような感覚であった。勤務している職場の養護教諭にこの病気のことを聞くと、若いと進行がかなり早いことがあり得る、ということだった。それでも、である。あんなに早くこの世から離れていくとは、全く慮外である。

私はすぐに、博士論文やその他の論文をさまざまな資料とともに、私への依頼の書かれた当該のご芳書そのものも同封して、山内先生にお頼みした。利他の人である先生は委細承知と、すぐに出版社にお願いしてくださった。結果は残念ながら櫻田さんの意向希望が叶わなかった。出版社側の事情による結果としか言えないが、山内先生と同様に、私もまた申し訳ない気持ちでいっぱいであった。何よりも落胆したのは、当の櫻田さんとご夫君であっただろう。病勢悪化後は、ご夫君と他の出版社なりでの上梓について私見を述べてもみた。

後に、私は会運営について考えるところあって、郷土作家研究会の事務から身を引いた。

現事務局氏から櫻田さんのご逝去を知らされ、前に述べたとおり、あまりの早さに、不条理のような感覚ばかり湧き出て打ちのめされている。業績もない私では全く笑止だが、『郷土作家研究』での、自分の後継者的な、出藍の誉れの役目を果たしてくれると、内心で期待していたように思う。青森県人あるいは出身研究者による文学研究、もっと言えば郷土と郷土出身に関わる文学の調査研究にとって、大きな損失だと思っている。もう少しで、さらに大きな研究者として雄飛が待っていたであろうに、神様も酷な御計画を、としか言いようがない。どんなに無念だったことだろう、どんなに切なく哀しかったことだろう。こんな物言いさえ、空しくなんだか腹立たしい。

　私たちの青森県、とりわけ津軽一円には、自称他称を問わず太宰治の研究家が多い。地元のメディアで、エッセイ等に太宰についての自己体験の感想記憶を書き留める人は、その幾十倍も現れる。太宰を書くと文学的嗜好のうえで何かが充たされるのかもしれない。あるいは、太宰とその作品には人びとに表出を促す神通力が内在しているのかもしれない。いずれにしても太宰の地元のこと、ではある。その地元の研究家諸氏の文筆は、太宰の人と為りや人物の面を中心に述べるエピソードがほとんどである。

　もちろん文学の世界への入り口は多様であるべき、と考える。作家のことを知り、それぞれの作品の魅力に浸って、研究家的に評論家的になる人が多数いるのもよいこと、とも思う。

　けれど、その一方でやはり大学や院の然るべき学部学科で文学研究の方法や態度をきちんと学んで身につけて、学術の一分野として作家や作品を解き明かしていく人がいなければ、文学の古典として承け継がれていかないのでは、とも私には思われる。その一人として櫻田さんは、学術研究の立場からの太宰治への、とりわけ作品へのアプローチで、私には強い印象と安堵感を与えてくれた。学術的な文学研究を学んで斯道に入り、それも、敢えて高校教諭の身分を捨ててまで純粋学問を志した櫻田さんであった。

日本近代文学会東北支部と青森支部の合同研究集会が弘前市で行われたある年の夏、私は参加を見合わせなければならなかった。それより二か月ほど前、激しい帯状疱疹に襲われ、職に就いて初めて「病休」一週間となった。医師の言葉を借りれば、あと少しで入院のところ、よく来た、ということになる。そういえば前年の秋頃から小さな変調を感じ始めていたのだが、疲れとか加齢のせいにして、あまり気にしないようにしていた。病休のあとも毎日のように通院し、主治医からはとにかく安静にして外に出歩かないよう求められた。かなり長く倦怠感のような不調にまといつかれ、そのため研究集会出席はままならなかった。この時、櫻田さんは研究発表に手を挙げて、ご夫君と一緒に出席していた。そのことは、もともと櫻田さん本人からその意向を知らされていたし、案内等でも確認していた。どうにもならなかった。この頃、櫻田さんが自らの異変を知っていたのかどうかは、私はわからない。その後、ここで記したようなことになったので、本当に悔やまれる。後悔ばかりの櫻田さんへの想いの中、直接お会いしたことがないままに逝かれてしまったことが、特に自身の中に澱として沈んで痛い。

病気で苦しんだ櫻田さんには〈安らかに眠って〉と願う。しかし、そのこと以上に、研究者としての櫻田さんには、天上より転生して早くもどってきて欲しいと叫びたい。

——櫻田さん、まずは安らかにひと休みをしていただいて、でも、ひと息ついたら、また文学研究者、太宰文学研究者として、必ず地上に転生して来てください。いつまでも待っています。今度こそ——、あなたの活躍を祈るばかりではなく、時間も空間も共有して直接に仕事の進行を話し合って切磋琢磨する研究者仲間になりたいと願っています。

病勢に襲われた櫻田さんの傍らにいたご夫君と、私もひととき同じ空間に佇んでいた、真の意味で……。

小山内時雄先生を思い出す

最晩年の先生

——同人は、昭和三十四年青森県郷土作家研究会を設立してその代表理事となり、同年に研究誌「郷土作家研究」を創刊して研究成果を発表し続け、特に地域の文学及び文学者の発掘とその研究に専念するとともに、学生の教育と研究者の育成とに情熱を注いで、地方文学研究の在り方と方法とを全国に知らしめた。

——その研究方法は、テキストの一字の異同もゆるがせにせず、あらゆる資料を博捜して全国を巡り、膨大な資料を参着・収集し、本文校訂の決定版を作成したうえで作品の研究を行うという精密かつ実証的なものであり、同人の編纂した諸作家の全集・作品集及び同人の発掘した資料、執筆した研究書は、以後の研究者のための必携・必読、基本文献となっている。

先生の叙勲の際の「功績証書」の草稿のコピーから、一部省略しながら抜粋した記事である。先生が天に帰られた後、私たちは機関誌『郷土作家研究』第三一号で追悼号を編んだ。その時、先生のご経歴を略記するにあたって、参考にしたものである。記述者はどなたか、私には不分明である。

せっかく機会を賜ったが、先輩諸兄姉と違って小山内時雄先生の「学」「人」の全貌を十全に述べる備えが整わず、ここでは主に先生の最晩年の教えとお姿を思い起こしてみる。


平成一五年の初夏頃から、郷土作家研究会事務局として先生の御許にたびたび参上する機会を得ることになった。その最も大きな用件は機関誌の発刊と内容、研究例会のことであった。世間話めいた話題や雑事的な言い付けもあった。世間話といっても、著名の研究者のこと、青森県内の文学と研究調査の状況、結社やイベントのことなどで、先生が挙げる名称や個人名について見知った覚えはあっても、なかなかお話の具体的中味を理解できず、情けない感を強くする日々が多かった。

先生は『郷土作家研究』第二六号に、四六頁にわたる大作「俳誌『ハマユミ』細目」を発表し、第二七号「矢田義勝（挿雲）書簡」、第二八号「俳誌『ハマユミ』細目補遺」を寄せてからは、投稿なさらなかった。おそらく体力的な変容が主な因だったと思う。しかし、会員の掲載論文等の内容は勿論のこと、誌面の構成、寄贈先など、かなり細かくご指導の言を発せられた。

研究会を創設し研究会誌を創刊した先生であったからこそ、研究活動の最も基盤の場所として、何かとご憂慮があったに違いない。私たちにしても、寄るべきは研究の学徒として育ててくれた先生と郷土作家研究会の学恩であることを改めて訴えたい。

さて、『朔』誌から小山内時雄先生の思い出を求められたことには、ありがたい縁を思わないわけにはいかない。小山常子、坂口昌明の両先生を初めとして、小山正孝に関する評論や回想を拝読してきたからである。

先生の御宅に伺い始めた頃、書棚に幾冊かの「小山正孝」が列座してあるのが目に入った。小山正孝が、旧制弘前高校に学んだ詩人、中国文学研究者であることは知っていた。先生はその時、「お前は小山正孝を知っているのか」と問いかけてこられ、私の知らないことを説明された。私が太宰治について研究の真似事を弄していることをご存じの先生は、旧制弘前高校を共通項になさって、自分が調べたいことが山積みの作家の一人だが、年齢的にとても実現は無理だろう、お前に興味があるなら、これを二、三日貸してやるから、コピーを取ってくるとよい、と仰せられた。一瞬、幾冊かと見えた小山正孝のものは、実は「幾冊も幾十冊も」で詩集やら論文集やら、とても二、三日借りたくらいでコピーを取り切る事は不可能だと、すぐ予想できた。

先生が蔵している書籍や文献資料は、先生がたいへんなご腐心で捜し出し、かつ慮外の対価だったものが多かったので、門外不出の感があった。小山にそれほどの執心が残っていた証しだと理解している。

その時、私は申し訳ないと思いつつ、先生が国会図書館や弘前大学とその附属図書館等から捜し求めてきたとおっしゃった、初期の小説類をコピーさせてもらった。私の関心の領域が詩や詩論でなく、小説分野だったからである。その中には後に坂口昌明先生がまとめた『小説集　稚兒ケ淵』におそらく「完成度、質の高さ、気迫の充実」（同書「編者識」）の評価の観点から問題あり、として収載されなかった作品もあった。いつか〈小山正孝の小説〉について考えて、小山内先生のご恩に報いるように努力だけはしたいと誓っている。因みに私はその後、坂口先生を知り、ご編著のご恵贈を初め、何かとご教示を賜っている。

いつのことだったろう、弘前市立弘前図書館で、お帰りになるところの先生とばったり出会った。その時先生は「君は今、自由になる時間があるかね、実は中央のある出版社で津軽書房版の善蔵全集の復刻をしたいと言ってきた所があって、ひとりでは無理だから手伝って欲しい」と仰せられた。もちろん快諾し、次の連絡を約して辞したが、その後、遂にその件が出ることはなかった。有名な大手の出版社であったが、あれはどういうことだったのだろうか。

出版に関することと言えば、もうひとつ思い起こされる。先生はその『葛西善蔵全集』（津軽書房版）の編集刊行で名高いうえ、大著『近代諸作家追跡の基礎』（同）も公にした。善蔵全集の別巻は特に高い評価を得たと認識しているが、これには先生ご自身の研究成果は所収していない。『近代諸作家追跡の基礎』も、郷土作家群の年譜や著作年表等が中心内容で、これもまた論考集ではない。そのことに先生は、何かしらやり残した思いがあったに違いない。一度ならず、「自分の論文をまとめた一冊を出したかったのだが、今もって実現できない」と悔やまれていた。

振り返れば、四〇年近く前、家庭の事情で地元の大学に進学することは決めていたものの、学部学科に踏み込めないでいた高校三年の若葉の頃、加賀谷健三先生が、――教育学部に自分の恩師である小山内時雄という先生がいる、近代文学を勉強したいのだったら、その先生の所がどうかと勧めてくださったのが、小山内先生を知る始めであった。加賀谷先生は、青森県近代短歌の黎明期の研究や『大塚甲山遺稿集』（同編纂委員会　上北町文化協会）の編纂で知られ、「雪泉」を号する書家でもあられる。加賀谷先生には今も直接に何かと励ましを賜っていて、深く感謝を申し上げている。

弘前大学名誉教授にして八戸大学名誉学長、小山内時雄、平成一八年三月二七日、午後五時四五分、ご永眠。行年九二歳。

ご冥福をいつまでも祈りつつ――。

昭和四〇年代末期　弘前大学教授の先生

古い話になる。

私が大学生だった昭和四〇年後半から五〇年初め当時は、研究に注力している先生は講義が下手で、それは致し方のないこと、という暗黙の了解のような学生側からの先生評があった。ただし裏返して、講義の上手な先生が研究に不熱心だとは聞かなかった気がする。

小山内時雄先生は、講義〝上手〟な先生派には属していなかったように思う。訥々と語っていく〝津軽弁式抑揚〟の先生の講義は、特に広い講義室では私たち津軽の地元出身者にもかなり聞き取りにくかったから、津軽域外からの知友はもっと慣れなかったはずである。黒板に書くことも稀で、私たちはひたすらに先生の講義をノートに文字化していく。

この作業を面倒がる学生には、先生の講義時間は苦痛で退屈のようであった。もっとも出欠を厳密にいちいち確認していくタイプの先生ではなかったので、そのような学生たちは早々と出席を回避していたと記憶している。私は一応出席した方ではあるが、必要はナントカの方で、顔を知られていたり単位を落とすわけにいかなかったりの、いささかサモシイ背水の陣であって、特に真面目だとか積極的の態度ではない。当時、大学では全国的に一年は教養課程で二年から専門課程に進む、という形が多かった印象がある。小山内先生式の講義は、ノートに書く事に集中して、内容をその場でほとんど理解できていないながら、二年進級直後、いかにも専門的学問をしている大学生かくあるべしの気概だけは味わうことができた。

国文学概論の講義は、久松潜一博士の東大UP選書とかいった新書版の本がタネ本らしかった。たまたま書店で見つけて手にして読んだら、どこかで見聞きした内容で、後で先生のノートを広げてみると、ほぼ同じ大意であった。全く浅はかな意味合いで小躍りして、少しの間ノートがいい加減になったが、定着も中途半端になったことに気付くのに多くの時間は要らなかった。一見、単調に思えるノートでの作業に大きな意味が充分にあったと思っている。先生の講義ノートは、国文学史なども取って置いてある。

さて、小山内先生の試験は甘くなかった、と思っている。真っ白のわら半紙一、二枚を配布して、「——

について論述せよ」という設問が印刷か板書されればいい方で、たいてい口頭で知らされ私たちが論題から書き始めたような気がする。長い文章の答案を作っていくのは、それまでの勉強の蓄積がないとすぐに行き詰って、日頃の地道な勉強の大切さを知ることになった。あまりよい点を与えられたことがなかった。

伝統的スタンスの先生であったが、こんなエピソードも思い出す。漢文学教室の江連隆先生が挙げた参考書に『文学の理論』という筑摩叢書の一冊があった。文学の本質とか研究方法を学ぶように、とすすめてくれた研究文献である。ある時、江連先生が言われた。「相馬君、今度小山内先生の研究室に行くことがあったら、書棚の最上段をみてごらん、『文学の理論』の真新しいの（最新版と仰ったかもしれない）が置いてあるから。知ったことをきちんと受け容れていくあの態度を私たちも見習わなくては、ねえ」と。ご多忙な小山内先生が、実際にその本をご高覧したかどうかはわからない。しかし、購入して手元に置くということ自体が、先生の研究に対する姿勢そのものと思われる。

こういうこともあった。二年生の時だったろうか。先生に呼ばれて研究室に行くと、何かの印刷物を渡されて、この部分を原稿用紙に引き写してきなさい、と言い付かった。四枚くらいになったと覚えている。後で、先生から「君には四箇所の書き誤りがあった。なるべく間違いをしないように気をつけないといけない」と注意を受けた。あれが何のために頼まれたのか、今もよくわからないのだが、こういう地味なことが研究の手始めなのだと緊張したことを覚えている。そういえば、その後長い間何かにつけて、「自分の若い時、コピーはなかったから、本文でも文献でも、とにかく長い時間をかけてノートに引き写すしかなかった」ということを先生は仰り続けた。

私たち学生に向かっての大きな声やきつい言い方など一度も記憶がないが、他大学の研究者の先生方から「古武士のような」と形容された先生のお人柄には、浮薄を許さない怖さがあった。それは「学」も「人」

もであり、それが先生の「徳」そのものなのだろうと思う。先の江連先生は「君たちが今の僕くらいになった時、僕を超えていればいいんだから、焦らないでじっくり勉強しなさい」と、よく私たちの勉強不足を慰めてくださったものである。小山内先生の享年である卒寿くらいまでは生きることを目標にして、いつか少しでも先生に近づきたいものだと思っている。私が学生だった当時の江連先生の齢をはるかに過ぎ、また小山内先生の歳もまもなく過ぎようとしている我が身をかこつばかりの昨今である。

多くの方々から小山内先生のこれまで知らなかったことを教えられる機会が増えてきて、心苦しい気持ちながら要請のままに大学生時代の先生を思い起こしてみた。

追悼　小野正文先生

小野先生ありがとう存じました

平成三年のことだったと思う。四月か五月頃だったろうか、弘前市立郷土文学館の吉村和夫氏からお電話をいただいた。——本館では展示作家のパンフレットを作成中である。太宰治に関しては汝が担当することになっていると、小野正文先生より承っている。ついては早急に取り掛かるがよい、との仰せであった。本当の話、私には全く寝耳になんとかで、この電話で初めて知ったことであった。何よりも小野先生とそれまで、特に直接個人的のご厚誼らしい機会を賜ったことがなかったように思う。

どのくらい時間をかけたのか、二ケ月は過ぎたようなかすかな記憶。書き上げた後、小野先生に見てもらってから提出しようと思い立って、ある夕方お電話を差し上げた。ああ、ソーマ？　そーまって、あきふみくんか、先生は、こちらの不安を打ち消してすぐ名前の方で応対してくれた。

私は大学四年の時、卒業論文のため、当時弘前大学医療技術短大（現在の弘前大学医学部保健学科）の教授であられた先生にご教示を賜ったことがあった。そして、昭和五一年三月の卒業と同時に、小山内時雄先生に郷土作家研究会への入会を許されたものの、当初は生意気にも自らにわずかばかりある研究方法らしきものとの間に、方法論上の疎隔を感じて熱心な会員ではなかった。もちろん、いま改心しているわけでもないから、思うたびに背筋が冷たくなる。それでも一回くらいは、小野先生と研究例会で同席させてもらったかもしれない。それが、小野先生は自分を覚えてくれていたというので、まず驚き、続いて感慨に近い気持ちがあった。――原稿を郵送しなさい、その後のことはまた連絡するから、とのご指示であった。

それからどのくらい経ったか、やはり思い出せない。小野先生は、私がその当時勤務していた高等学校の、それは私の母校でもあったけれど、初代校長であった。その頃記念周年事業があって、学校にたびたびおいでくださっていたと思う。そんなある日、先生は私のために小一時間ほど早く来られ、添削した原稿を取り出してご指導くださった。特に二点は、その後の私にとって苦い誇りとでもいうべき複雑な記憶となった。このとき私は小野先生の太宰治論をいくつか拝読していた。しかも先生が、存命だった太宰を直に知る数少ないお一人であることも分かっていた。

その私の草稿では最初の妻(入籍はしていない)小山初代とのいわゆる水上心中のことに触れていた。そのことで先生は少し声を荒げ、自分の奥さんが他の男とそのようなことになったからといって死んだりするか、おまえだったら死ぬのか、別れてしまえばいいことじゃないか、そんなことで人が死ぬものか、ここは削除してしまいなさい、と諭された。この添削の後もさまざまなことでご教導を賜ることになったのだけれど、一度もこんな御様子を見ない。

太宰の母親たね(夕子)が病弱だったことが、後の作家太宰治の女性観あるいは母・女性を慕う親和感を形成した意味のことも記していた。小山初代の件も含め、何かの本からの引き写しである。先生は、今度は穏やかに、この頃の大家《おおやけ》では自分の生んだ子どもでも、母親が直接育てるという方が珍しいので、こんなことは普通のことなんだ。後年の太宰の性質や心をつくる要因になった、というならそうにはちがいないが、だからと言って太宰に特殊なこととはいえない、他の作家にだって言えることだ、とおっしゃって少し字句を手直しなされた。

人間太宰治あるいは年譜的事項を取り上げるとき、慎重のうえにも慎重であるべき態度を教えられたように思う。可哀想に思われたのだろう、最後に、先生は私の原稿の結語にあった「二十一世紀旗手」を、これはしゃれていてすごくいいなあ、とひとこと褒めてくださった。

小野正文先生、その他のいろいろなことも、本当にありがとう存じました。彼岸で太宰とお話をなさっている場面を想像しながら、しばらくお別れを申し上げます。

小野正文（おの・まさふみ）

郷土文学・太宰治研究家、教育者。生前の太宰と交友があり、早くから太宰文学の擁護者を任じた。大正二年一月四日〜平成一九年九月一一日（一九一三〜二〇〇七年）。岩手県久慈市に生まれる。盛岡市、青森市の小学校を経て、旧制青森中学校で太宰の弟礼治と同学年、弘前高校を卒業。高校在学中から詩・短歌・小説などを創作発表した。昭和九年四月、東京帝国大学法学部に入学し、同年、太宰治が所属する「青い花」の同人となって斧稜《おのりょう》の筆名で作品を発表。太宰治とその文学については、昭和一八年一月「太宰治の文学」を嚆矢とする論文、『太宰治をどう読むか』（弘文堂　昭和三七年二月）『入門太宰治』（津軽書房　昭和四一年一〇月）等の著書がある。小野の太宰論の特徴に、後輩、同郷同時代人として回想を駆使し共感あふれる持論を展開したことが挙げられる。大学卒業後、青森市に帰り、九月青森高等女学校と青森県女子師範学校の教諭を兼務。その後青森県教育庁で要職に就き、青森県立弘前南高校の新設に携わり、昭和三八年の開校と同時に校長に就任した。引き続き県内で高校校長、短大で教授を務め、昭和五七年四月、青森中央短期大学学長。平成一八年、太宰治研究の業績顕著により弘前大学名誉博士号を授与された。他に青森県褒賞、勲四等旭日小綬章など多くの受賞がある。青森県の文学と作家群にも深い関心を寄せ、昭和三七年から「文学のある風景」を四三回、四一年から「北の文脈」を二百回にわたって地域情報誌に連載して発掘紹介に努めた。昭和四八年一一月『北の文脈　上巻』（北の街社）上梓を皮切りに、平成三年までに全四巻を刊行完結した。平成一九年、急性肺炎のため死去した。

（『東北近代文学事典』から　相馬執筆）

坂口昌明先生のこと

坂口先生のご逝去がすぐにはわからなかった。自分を厭う。もちろん口惜しいことではあるけれども、先生が天上に昇られるなど想像すらしたことがなかったから、というしかない。追悼の文章が目に痛い。『朔』の前号は本当に痛かった。他で読んだものも、そうである。当然ながら、坂口先生の詩や詩論、民俗学的な面でのご業績に触れるものが多かった。私は、坂口先生のお仕事の分野には全く通暁していない素人なので、それらの文章で触れられていないことを想い出してみる。それは、私の読んでいる太宰治とその小説に関わるエピソードでの先生である。

坂口先生に私はここ何年かご厚誼を賜ったことになる。お目にかかったことは二度しかない。とにかく数年前にしておこう。恩師の小山内時雄先生から小山正孝のお話を承って、少し自分も正孝のことを調べたかもしれない。そのうち、どなたからか坂口先生のお名前を教えていただいたような気がする。当時、青森県近代文学館にいた畏敬すべき後輩のK君に尋ねた記憶がある。『北奥気圏』の詩人、F先生にもなにか聞いたと思う。そのあたりの詳細がもうわからなくなってしまったが、そうこうしているうちに、その頃私が編集担当だった『郷土作家研究』という研究同人雑誌をおそるおそるお送り申し上げるようになった。事実なのかどうかはわからないが、坂口先生は初めて目にしたという一通りの礼状ふうのことに加えて、よくもわるくも小山内門下らしい論文集だ、という御高評をくださった。どうしたことだか、その時私はいくぶん揶揄されているような感じを受けた。どちらの方が上等ということはないにしても文藝評論と学術研究は同じではないだろうな、と奥底で少し思った。後から考えてみると、坂口先生はストイックすぎる、あるいはマニアックすぎるのでは、と仰りたかったのかもしれない。それから発行のたびに、太宰治関係の拙稿が掲載された数号をご送付し続けている。そのころ、弘前の喫茶店で開かれた小さな講演会があったので、行ってひとこと「相馬です」と御挨拶を申し上げた。この時はご講演が終わった後、すぐ懇親会に移るという主催側の指示があったから、懇親会に参加できなかった私はほんの数分程度しかお話しできなかった。

さて、太宰治について、はじめ先生はあまり読んでいない、というような言い方をなさっていたと思う。次いであまり好きな作家ではないだろうとなって、それから何回目かを謹呈した後に、太宰治は読む価値がない、文学は読み手に何らかの希望や幸せを与えるはずのもので、太宰は性格やら成育やら、何よりも自殺心中を何度もして、それを主な題材にして書いた小説には、人に不幸を与えこそすれ人間の尊厳のかけらもない、文学とは認められない、そういうものにいくら鋭い分析のメスを入れても意味がない、という内容の一面ビッシリ書き連ねたお葉書を拝受した。今は私の思い込みが少し入った言い換えになっているかもしれないが、たいへん語調の厳しいご文であった。ただ謹呈自体については歓迎すると丁寧なお言葉だったので、世間知らずの私は、先生は送付をするなというのではなかったと思っている。

それまでどうかすると聞いておきます風だった内なる私は、さすがにこの時はそうとばかりでは、第一に何よりも自分自身に、第二に太宰治の文学に、第三に同志的太宰研究者に申し訳が立たないと感じ、先生にお手紙を書いた。――作家本人と作品を混同してはいけないのではないか。頽廃的な作品は半数以下でしかない。仮に作品の内容が頽廃的でも、読み手が〝反面〟と受け取って、逆に佳きものを探り当てるかもしれない。数多ある作家から五〇人や一〇〇人ほどしか選抜されない文学全集に、現在まで太宰治は必ず一巻なりが入れられている。それこそ価値を認められている証左ではないか。そんな意味のことを便箋三枚くらいに書いて〝抗議〟したと思う。

それからどのくらい時間が経ったか、長くはなかったと思う。やはり弘前で出版記念会か何かの大きな会があって、席順に先生のお名前を見つけて、乾杯が始まった後にご挨拶というかお詫びというか御席に出向いた。先生は私を覚えてくださっていて、遠目のうちから私の顔に合図らしい視線を送ってくださった。たいへん失礼なことを書きました、くらいのことを申し上げたら、いや言い返してもらってよかった、自分の〝嗜好〟的感想なので、君の勉強から出るようなきちんとした考えとは言えない、太宰に対するこういう見方もあると受け取ってもらえればそれでいい、ともったいなくも仰られたのである。

二〇一一年になってひと月経った頃、拙著『太宰治の表現空間』(和泉書院刊)をお送りした時、先生は、作家としても人間としても太宰治を認める気にならないのは変わらないが、せっかくだから君の本の考えに沿ってもう一度太宰を読み返してみよう、とご返事をくださった。あのお手紙から半年ちょっとで逝かれたことになる。何かにつけて申し訳なかったという思いが一番強く残っている。

過日、私は小山正見(小山正孝令息)先生からご恵与のあった『感泣亭秋報 六』を拝読して震え上がってしまった。私が小山正孝の「研究」を小山内先生から委託されたという、南雲政之氏の玉章に空おそろしい文字をみて口は災いのもととはこのことだ、と反省する日々である。

正孝とのことで言えば、思潮社の現代詩文庫の詩集は備えてあったけれど、まずは坂口先生のご高著『一詩人の追求　小山正孝氏の場合』を買い求めたのが先か、出版社に問い合わせて正孝の『感泣亭旅行覚え書』（潮流社）を頼んだのが先か、そのあたりが最初だったろう。小説のことは少しかじった覚えがあると言っても、詩についての深いものは、ほとんど三〇年ぶり近い読みだったので、正孝の詩に感想を持つことが出来ても、『一詩人の追求』の方は読んでも全く頭に入っていかなかった。次の正孝の著作集『詩人薄命』も出版社に予約しておいたのだが、編著者の坂口先生の寄贈のリストに入っていたから代金は不要、との編集担当の方の丁重なご芳書が入ってあってびっくりした。その前か後か、これもはっきりしないのだが、坂口先生に思い切って手紙を書いて、正孝についてご教示を願ったはずだ。先生はその思潮社の詩集を先ずしっかり読むようにということと、自著や御論のたくさんのコピーを送ってくださった。その中に小山正孝に関することはもちろんあった。とにかく詩、詩人、詩史などについてお書きになったものをあふれるくらいの量であった。これにも少し目を通したものの私の知見ではほとんどわからなかった。ただ、旧制弘前高校時代のことを調べる「大研究」というのではなく、正孝の作品それも初期小説についての〈読み〉を試みる、という「小論」はいつか自分にでもできるだろう、と思っている。

小山正孝を通じて、主にお手紙でのやり取りではあったが、いろいろ強烈な印象を与えてくださった先生のご冥福を祈ります。

娘さんに先立たれて少し参ってしまっているとお葉書をくださったことがある。私ごときにおっしゃるくらいだから、ほんとうにお心が擦り切れたのだろうと、心痛いことであった。

坂口昌明先生の御霊に安らぎを。

（平成二四年三月末　記）

常子先生

いつのことだったでしょう、詩誌『朔』から、大学時代の恩師である小山内時雄先生の思い出を何か書け、との依頼が来ました。ここから私の常子先生が始まりました。

青森県郷土作家研究会の事務局を引き継いだ時から、『朔』という同人詩誌が送付されて来ました。送付の最初の号は一五七号くらいだったと思います。届くたびに一読後、なぐり書きの葉書一枚であってもご恵与のお礼をご返信申し上げていたつもりなので、それまでに「小山常子」という筆者名を見たり御文を拝読したりは、していたことになります。けれど正直のところ、同人のお一人という程度で、あまり強い印象をもって御文に接していたのではありません。

私は詩や短詩型には全くの門外漢というも烏滸がましい徒《やか》らなので、本人は懸命に努めたつもりでもほとんど理解できていない、ということになります。

『朔』は圓子哲雄《まるこてつお》先生が編集発行なさっている伝統と由緒ある正しい詩誌です。それなのに、ご恵与に預かるまでその誌名も圓子先生が著名の詩人であることも全く知らないという能天気さでありました。圓子先生と『朔』は、あの「四季」の流れにある詩人と詩誌であることを後で知ることになりました。もっと後に必要に迫られて水谷洋治『堀辰雄と開かれた窓『四季』』（竹林館　平成一三年四月）を読まねばならなくなったのですが、この本の「序章」は、〈東北では「朔」が（「四季」の――引用註）流れを受け継ごうとして活躍している〉と説いています。

その小山内時雄先生の回想の中に、私はかつて先生から小山正孝という名を聞いたエピソードを挿みました。名前だけは、二〇歳代前半の頃に有精堂の『昭和文学史』か何かに見つけた記憶がありました。小山内先生のお話というのはこうでした。

――小山は中国文学研究者でもある詩人で、青森県にゆかりのある人だから、興味があったらいつか研究対象にしてはどうか、……。太宰治の卒業の五年ほど後に官立弘前高校に入学した人だとも付け加えました。もちろん、これは指示とかではなく希望といったニュアンスでした。何となれば、大学生時代から太宰治の研究書や論文等を漁っていた私をご存じの先生は、太宰はお前ではものにならないからそろそろ目先を変えていいのではないか、と暗にご忠告くださったのだろうと思っています。

常子先生は、その小山正孝の配偶者、というよりも正孝が詩にうたった〝最愛のひと〟と言った方が適確な表現になるでしょう。

常子先生は私にとって大きな課題から小さな用事まで、幾葉かのご芳書やお葉書をくださいました。いつも、エンピツでごめんなさい、と申し訳なさそうに書いてくださった常子先生、情味あるお人柄と気品を想いました。私にとって最も意味のあったのは、やはり恩師の小山内時雄先生と小山正孝との関わりをご教示くださった最初の頃いただいたものでした

さて常子先生から大きな封筒の郵便物が届いたのは、その「小山内時雄先生追悼号」と銘打たれた『朔』が発行されてまもなくだったように思います。今も確認してみましたが、残念ながら封筒やその中の長文のご芳書に年月日の記入はありません。そのご芳書には、小山内先生と小山正孝は官立弘前高校文芸部の先輩後輩で、常子先生のお言葉によれば「仲の良かった」間

柄だったことが書かれていました。私は、小山内先生が若かりし頃に短歌の詠み手として鍛錬されていたことは知っていましたが、正孝とのそのような間柄を全く知らなかったのでただ驚いていました。

小山内先生は正孝の帰天後、正孝というか常子先生の御許を訪れていたことも書かれてありました。それどころか、その時正孝の書斎で、同行した小山内先生の御令嬢が撮った先生の写真を二葉も同封してくださり、私に預けるとのことです。そして常子先生は、正孝の小説のコピーも三篇同封してくださっていました。昭和三〇年前半のもの二篇と五〇年代のそれが一篇でした。これらは坂口昌明先生編の『小説集　稚児ケ淵』（潮流社）をはじめ、著作集には本文が収録されていないものです。同書の「編者識」で坂口先生は、小説の価値の低いものを収載していない方針を述べていましたので、この三篇もご高眼にそぐわなかったのでしょう。しかし、公設図書館を通じて正孝の小説を探索した時、かなり回り道をしたものもありましたから、たいへん重いコピーです。

コピーについては詰めいたことが一言も触れられてありませんでした。私は『朔』のその小文に正孝の〝詩よりも小説に関心を持つ〟の意味の自分に不相応のことを書いてしまっていたので、常子先生は励ましてくださったのだと思っています。

きっと『朔』の誓いを忘れるな、という戒めのおつもりなのだと、その時も現在も張りにしています。というよりも一種の「畏れ」として私の中に長くあります。あの時の目標を未だ果たしていませんが、愚公の故事を胸に今後も課題としていきます。

小山内先生御宅でのご教示からはるかな時間が流れ、常子先生のお志からでもかなりの歳月が経つのに、私はと言えばほとんど常子先生に応える仕事ができず、忸怩たる日を送るばかりでいます。たった一つだけ申し訳の立つことは、ご令息正見先生のご配慮で『感泣亭秋報　七』で、正孝の官立弘前高校時代を中心とした初期小説群を読んでいったこと、特にその作業の中で弘高への入学の年がそれまで知られていた年は間違いであったことと、一年間の休学があると分かったことを明らかにできたことです。私が私自身に課している仕事の真似事は、作家の人間像や生活面を探るアプローチを二義的な作業に置いているので、皮肉的な思いを禁じ得ませんが、これはこれでよかったと思っています。作家や詩人群の伝記的研究をしている知友からは、年譜の修訂が世間に受容されるには長い時間がかかるので焦るなと励まされました。有難いことです。

さてさて、私は常子先生のことを、ほぼ初めから「先生」とお呼びしてきたつもりです。封書等の宛名に最初こそ「様」としたように記憶していますが、後で、常子先生が長年英語の私塾を開く「先生」だったことを知って、我ながら〝炯眼〟だったかなと妙な納得を味わったものです。

鶴の舞橋（青森県鶴田町）の出てくる御文が一番好きだった私は、常子先生が今後は正孝と一緒に自由に縦横に北辺の地も雄飛してくださることを、ただ祈ります。そして、直接お会いできなかった常子先生、いずれ天上でお目にかかります。

（平成二六年五月）

おわりに

――戦略を超えてあるいは顔回の如くに

太宰文学の主人公や作中人物、語り手たちの向こう岸に、顔回（字《あざな》は子淵、顔淵とも）が見えてくるというのは、あまりの思い違いだろうか。あまりに的を外しているだろうか。

孔門十哲の、あの顔回である。同門の端木賜（子貢）をして、「一を聞いて十を知る」（「回也聞一以知十」公冶長第五）と言わせ、孔先生に同意させた、おそらく一番弟子その人が、である。

顔回が泉下の人になった時、孔先生は「天は私を喪《ほろぼ》した、もう終わりだ」（「顔淵死、子曰、噫、天喪予、天喪予」先進第十一）と嘆き悲しみ、その夭逝を惜しんだ、という。恩師の江連隆先生のご専門は、古代中国思想、漢文（科）教育であったが、残念ながら稿者は無縁の不肖であるので、ここでの顔回も孔子も自身の中にあるぼんやりしたイメージ（人物像）でしかない。この後は、その上での呟きである。

もちろん、顔回のイメージは、既に述べた彼の天性の才能とそれに反するかのような薄命という逆説的な悲劇性である。そのような属性が日本人のひとりとして、判官贔屓のような感覚に触れたのかもしれない。しかし、そのこと以上に、顔回が「陋巷」に住まいして粗衣粗食を普通のこととしていた生活感、庶人のイメージが植え付けられている（「子曰、賢哉回也、一簞食、一瓢飲、在陋巷、人不堪其憂、回也不改其楽、賢哉回也」雍也第六)。

ただし、稿者にあるこの顔回像は、かつて読んだ酒見賢一の『陋巷に在り』(新潮社刊)からの感覚が大きいかもしれない。青年顔回が活躍する長編伝奇小説で、たいへん面白く読んだ。正統的には、「知十」の人を想像している方が正しい。陋巷路地の生活そのものに満足していたわけではないだろうし、全く気にもしていなかったかどうかもわからない。それよりは孔先生の許での「学」の修養の努力を楽しみ、人としての甲斐に思っていたということだろうか。これはずいぶん前に、吉川幸次郎『論語』(朝日新聞社)にご教示の一端を得たように思う。

さて、「人間失格」の大庭葉蔵が、自分を「敗残者」「廃人」と自己評価するまでの〝現実〟はおどろおどろしい嫌悪感や顰蹙を与えるかも、である。他者とりわけ「堀木」と知り合った後の葉蔵は、心理的な弱者である。ほとんど他者に自己主張できないからである。遡って、食事を摂る風景や人間の営みに不安を覚え恐怖する幼少年葉蔵には、何かの精神的なストレスが高じてなどと仮定したとしても、生活者的な面での弱者が垣間見える。「斜陽」の直治も、一言で言ってしまえば似た心理下にある。「葉桜と魔笛」の妹は重篤の病気ゆえに、健康な人に対して弱者的な立場と言える。「右大臣実朝」の実朝は、政治的な権勢の面では、弱者そのものである。太宰文学の文学的主題のひとつのステレオタイプになってしまったが、他にも、他者相手が違っても、似た心理状態が引き出せる作中人物は、多数見られる。

ただし、稿者は必ずしも、この人物たちの属性や境遇を以て「不幸」だなどと決めつけているわけではない。物語の流れ(筋)を追うと、確かにこの人物たちは、読んでいる自分には訪れてほしくない訪れることがないと思い込んでいる、不幸の〝象徴〟のような人たちにも見えてしまう。しかし同情という形で共感することはあっても、傍観して哀れんだり目を背けたりはしていないつもりである。葉蔵は「神様みたいないい子」

とマダムに思い起こされ、直治も薬物の高額の借金の件で、「不良とは優しさ」と姉のかず子に認識させることになるし、上原を知ることになったのも直治のおかげともいえる。「葉桜と魔笛」の語り手は、妹の病死後の手紙を見て「神様は、在る」と思う。限定された人たちにという条件付きながら、他者に希望のような気持ちや共感を与えているのではないか。他の作品の人物たちも然りである。

顔回についての単独の書物を紐解いたことがない。顔回が陋巷に住まって、儒家（大needs）の修養、「学」をどのように勉強していたのか、その現実感というか映像感覚というかが、長く全くイメージできないでいる。顔回は、陋巷で原需の仕事をして生活を立てていたのではないか、と何かで知った記憶がある。こちらは理解できそうである。仮にそうだとして、陋巷の住人と周縁の人たちに、いわゆる〈仁〉を以て接していたか、と。

このような意味合いで、太宰文学にある弱者への共感が稿者に顔回を思わせるのである。太宰文学を創った其の邦は、四分の三世紀を経ても、老、病、は言うまでもなく、貧、未来への希望のはずの子さえ、見方によっては弱者感が一層ひどくなって、権力側や富裕の階層に見放されている感が払拭できない。「形」に見えない心理的な弱者はなおさらであろう。周辺にまならない人たちは少なくはない。今こそ、太宰文学はこのような人たち、弱者と共に嘆き哀しみながらも、落ち込むばかりではなく何らかの未来志向に連なる共感を与える存在として、意味を持っているのではないか。表層的な思考であるが、敢えて発出したい。

気が付けば――、顔回の死は四一歳と言われる。以前のある時期まで、「夭逝」の語感からか二〇歳代での黄泉行をイメージしていた。むしろ「不惑」の言葉がふさわしい。奇しくも、太宰治も三九（数えだと四〇）歳での出立だった回、時と社会構造の違いなどから考えて、二人の「死」に単線的に共通項を見るのは無理があろう。稿者の思い付きは、作家その人にではなく、あくまで作中人物たちとのことである。

孔先生の嘆きは、もちろん顔回の死に対する直截の悲嘆はあるだろう。しかし、思うに、この高弟に孔子が希望――たとえば自らの学の系譜の後継とかもっと大掛かりには顔回によって理想の国家社会が実現されるとか、そのような希望を感じ取っていたとすれば、いかに大賢人であったとしても、いかに顔回に匹敵するすぐれた門弟たちがいたとしても「ああ、もう終わりだ」と孔先生が絶望してもおかしくはない。そうして、先生自身は不遇をかこつ身が長かったとは言え、いつかまた顔回のような秀でた高弟が現れるという一抹の希望も失われなかったのではないか。この「希望」という点でも、いつごろからか太宰の文学と顔回が、稿者の勝手な空想のなかで結びついている。

かつて何となく目にした心理学や社会学の本には、偶然だろうと思うが、何かの説明のために太宰の小説の場面や一節が引かれていた。『嘘とだましの心理学』（本書四六頁）での「斜陽」、『まなざしの心理学』（福井康之　創元社　昭和五九年六月）では「道化の華」の一節、『「私」とは何か』（浜田寿美男　講談社選書メチエ　平成一一年一一月）には「桜桃」の「子どもより親が大事と思ひたい」と語り手が吐露する場面がある。

太宰文学の最も大きな鍵は、対他意識、他者への複雑で微妙な心理の形象化である、という読みに変わりはない。彼や彼女自身がわかるようなわからないような気持の中で、他人と自分とを見合っている小説。自意識、といっても結局は同じことかも知れないが。

短編のなかでは「眉山」（昭和二三年三月）が好きな作品である。若松屋というお店で働くトシちゃん、小説が好きだったというトシちゃんは、小説家の語り手「僕」と飲み仲間を精いっぱいもてなしてくれる。けれど、「僕」たちは、トシちゃんの話に割り込んでくる厚かましさや、トイレが近く、二階からバタバタと階下に駆け込んでいくことに辟易して、小バカにしていた。結果的にトシちゃんは店から急にいなくなり、語り手たちはその時トシちゃんが腎臓結核を患っていたことを知る。語り手たちはそれまでの自分たちの対応に何とも言えない気持ちを味わい、店を変えることになる。

大きな出来事ではない。このような日常の小事は誰にも起きている。だからこそ長く覚えて、自分の教訓にする人は少ないのではないか。佳品と思う。トシちゃんの心は小説では分からないが、そんなにも、そばにいたかった気持ちがいたわしい。普段感じていてもうまく言い表せない、あるいは様々な意味で他人の前で口にすることに戸惑うことが多くなったと感じる昨今、この作家の小説の語り手や人物たちは、隣りに佇んでいてくれる気がする。

さいしょにはただふたりでいる世界がある。たとえば、ふたりでいっしょに鳥を見ているような。それが、よく似たふたりの場合も、まったく違うふたりの場合もあるだろう。そこから、わかりあう方向や愛しあう方向に進むこともある。また、わかりあえず、愛しあえないから、いっしょにいられなくなったり、なぐりあう方向に進むこともある。しかし、わかりあえず、愛しあえないときも、なぐりあわずに、ただいっしょにいることもできる。質問しあい、説明しあい、話しあうこともできる。そうしたやり方をできるだけ開いておこう。わかりあうこととなぐりあうことの往復ではなく、同じだからわかりあう、違うからなぐりあうのではもちろんなくて、よく似た他者とも違う他者ともいっしょにいる技法を（もちろんわかりあうことも含めて・でもわかりあうことに囚われずに）開けるだけ開いておこう。そこにはたくさんの居心地が悪い世界があるかもしれないが、どうやらそもそも他者といるということはそういうことなのだ。そして、それができることは、他者といるということを、もっとずっとゆたかなものにしてくれるように、私は思う。

（奥村隆『他者といる技法　コミュニケーションの社会学―』日本評論社　平成一〇年三月）

［「論語」関連の手元にある参照文献］

吉川幸次郎『論語』上中下　朝日新聞社　中国古典選3～5　昭和五三年二月～四月
鈴木修次『文学としての論語』東書選書39　昭和五四年七月
加地伸行『鑑賞　中国の古典②　論語』角川書店　昭和六二年一一月
同　『沈黙の宗教　―儒教』ちくまライブラリー99　平成八年七月
浅野裕一『諸子百家』講談社　平成一二年四月
同　『孔子神話』岩波書店　平成九年二月
澤井啓一『〈記号〉としての儒学』光芒社　平成一二年三月
謡口明　他『研究資料漢文学1　思想Ⅰ』明治書院　平成四年一一月

付録1 「竹青」の終結部についての試論

——「杜子春」との同調（一部抜粋）

〈三、魚容の故郷と性格〉の一部を再録した

一方の魚容は、竹青が故郷へ帰ることを勧めたとき、「あんなに乃公を誘惑して、いまさら帰れとはひどい。郷原だの何だのと言つて乃公を攻撃して故郷を捨てさせたのは、お前ぢやないか。まるでお前は乃公を、なぶりものにしてゐるやうなものだ」と抗議する。しかも竹青を介しての神の試みが「人間の世界を忘却するかどうか」であるのに「忘却したら、あなたに与へられる刑罰は、恐しすぎて口に出して言ふ事さへ出来ないほどのもの」では堪ったものではない。杜子春の「命を絶」たれる罰でさえ窮極的と思われる。魚容に振りかかったかも知れない「刑罰」とはどのようなものであろうか、言語上のレトリックどおりの不気味な超越者の非情に迫られる。

引き続き竹青が神女として、神が俗世間に没頭する人間を愛していて故郷へ帰るように勧めた後、川の中の孤州に独り立っていた魚容は、近づいてきた丸木船に乗り、舟は魚容を故郷の家に連れて行く。その時、魚容は子春とは異なって、「頗るしよげて、おつかなびつくり」自分の家の裏口から、家の中の様子を覗く。一度目の失敗の時も故郷へ向かう時「悲しさは比類がな」かったのだが、なぜ魚容は「頗るしよげて」いるのだろうか。竹青の諭しの部分から終結部について、次のような言及がある。

たしかに郷試には落第したが神の試験には及第した、という意味は俗世間的な世からは失格者とみなされる者は、却って神の眼には清らかな正しさを持つ美しい人間として認められる、という信念を物語っているのではあるまいか。

（鈴木二三雄「太宰治と中国文学（二）」『立正

大学国語国文』第七号　昭和四五年三月）

人間は一生愛憎の中で苦しまざるをえず、俗世間を愛惜し、そこに没頭しなければならぬのだという真理に気づいた時、現実の妻が竹青そのものであったことが明らかになる。

（「作中人物・モデル事典」『太宰治事典』別冊國文學No.47　学燈社　平成六年五月）

魚容は、神の戒めすなわち竹青の諭しを「信念」「真理」と悟ったのか。悟ったから、結末にいう一生を送ることができたのか。子春と比較しても無意味だろうが、それにしてもこの落ち込みようは気にかかる。仮に魚容が指摘のとおり「真理に気づいた」のだとしても、主体的に理解したり受け容れたりしていないニュアンスを読み取る。むしろ受け容れざるを得なかった、理解せざるを得なかったという言い方が適しているように思われる。別な言い方をしてみるなら、畏怖に近いものを感じ取り、抗しても無駄というあきらめのような心理状態をみる。要するに、帰りたくない故郷に帰らざるを得ないために魚容は「頽るしよげて」いるのではないのか。

では、魚容にとって故郷とはどういったものであっただろう。

親戚一同から「厄介者」扱いを受けて、故土にいながら天涯の孤客のようで、心は渺として空しい魚容である。竹青には「人間界でさんざんの目に遭つて来てゐる」と吐露する。故郷に帰れば、またどんな目に遭うかわからない。つくづくこの世がいやになった、とも言う。「この世」とは、親戚のいる「故郷」と同義であろう。だからこそ、竹青に「故郷の親戚の者たちの前で、いちど、思ひきり、大いに威張つてみたいのだ」ということになる。不遇から生じた魚容の自己認識は、見返したいという強い希求欲望と裏表の関係になっていることがわかる。魚容は、故郷に対して怨みに近い感情を抱いていると読み解くべきである。「竹青」一編の主眼を、魚容の故郷意識において読む考察が既にある。

太宰作品の中の魚容は故郷との《ママ》風土と対立し、それに圧迫され、受け容れられなくて、故郷を出て、科挙《ママ》試験に参加したのである。それにもかかわらず、度々落第して、いよいよ簡単に帰れないようになった。そこで彼一人で他郷を漂泊し、故郷を懐かしむ時、その心情はかなり憂鬱で辛いに違いない[4]。

（祝振媛「無限の郷愁―太宰治の「竹青」の特色」『中央大学大学院論究　文学研究科篇』平成一〇年三月号）

池川敬司も、身内世界に固執して外の世界に出て行かないとする魚容に注目している。

それにしても、冷遇され不遇をかこつ身内世界に、なぜ魚容は見切りをつけなかったのだろう。作中で〈天涯孤客〉と魚容は己の不幸を嘆いているが、しかし外部世界でのそれではない。つまり身内世界にいてそういうだけで、決して外部世界に出て行こうとはしないのである。それは何より魚容自身が、身内を失うことを最も恐れていたためではなかったか。

（「太宰治「竹青」を読む―魚容の〈身内世界〉への執着」『太宰治研究』第一二号　和泉書院　平成一六年六月）

故郷喪失は、望郷懐郷と一体の心情であろうから、特に異議をはさむ余地はない。ただ魚容が、いかに衣錦還郷を考えていたとしても、そして後述するように消極的な対他的行為ともいえる「決意」「青雲の志」（「竹青」本文）であったとしても、郷試に挑んだこと自体は、故郷を出奔するためだったと解釈すべきである。一時の思いだったかもしれない、しかし「見切りをつけ」たから「故郷を出」たことは一言しておかねばならない。その出奔が失敗に終わったために「他郷を漂泊」することになって望郷の念が湧き、結果として「憂鬱」になったのである。小説表現から離れる解釈は望むところではないのだが、及第していれば「憂鬱」になるかどうかはわからない。はじめに望郷の悲しみありき、ではないのである。前項でも挙げたとおり、魚容は二度の失敗とも死に接近し、二度目は竹青の世界を希求している。落第により感情が高ぶって自暴自棄になっていると仮定しても、死や神烏界の竹青を想う心情は望郷と同質ではない。また、この死を口にする魚容に人間太宰が生死の間《はざま》を往還したことを掬り合わせる分析[5]は、当然といえば当然に思われるけれども、性急な一致は避けねばならない。

故郷とも密接に関連する問題であるので、魚容の性向も確認しておくことにする。「厄介者」魚容は、「伯父の妾」

という噂のある無学の下婢を妻に押し付けられる。そのとき、魚容はこう対応する。

魚容は大いに迷惑ではあつたが、この伯父もまた育ての親のひとりであって、謂はば海山の大恩人に違ひないのであるから、その酔漢の無礼な思ひつきに対して怒る事も出来ず、涙を怺へ、うつろな気持で自分より二つ年上のその痩せてひからびた醜い女をめとつたのである。

この妻は結婚後、魚容の学問を軽蔑はする、女の汚れ物を顔には投げつけるの性悪な女であるのに、魚容は言い返すことが出来ない。親戚どころか妻にさえ、心中では不満を持っていても自分自身を主張することなく、他律的あるいは受動的に彼らの言動と存在を受け容れるばかりである。郷試受験は自らの意志には違いない行動であるが、故郷における自分の卑小な状況から迫られた選択であって、積極的に醸成された方向ではない。このことは、郷試受験が「故郷を出奔するためだった」という前言と矛盾するものではない。なんとなれば受験などせず、故郷を出ることなく一生耐え続ける選択も魚容に許されていたからだ。しかし物語世界の魚容は、故郷を出るという現実を選び取らざるを得ず、「この世とは、ただ人を無意味に苦しめるだけのところ」「この世には鉄面皮の悪人ばかり栄えて」と被害妄想的な責任転嫁を漏らすことになる。それは故ないことではないのである。祝は「故郷を離れる姿に後ろ髪を引かれる悲しさ」「他郷に出なければならない主人公の姿はなんとも哀れなもの」（前掲論文）を感じると同情している。ここでの考察を進めるうえで、必ずしも全面的に首肯するものではなく、この「悲しさ」「哀れ」は、出奔の際よりは郷試失敗後、一回目も「比類」ない「悲しさ」でもちろんだが、特に二回目「悲しげな顔」で「大きい溜息」をして「力無く」故地に帰らねばならない足取りの重さにこそ当てはまるのではないかと思量する。

話が前後することになる。二度目の受験も「身辺の者から受ける蔑視には堪へかね」てのことで、計画的に自発的にしたことではない。結局は受身の行動と言える。失敗後、竹青と再会して「あの人たちに、乃公の立派に出世した姿を見せてやりたい」といった時、竹青に「どうしてそんなに故郷の人たちの思惑ばかり気にする」と見透かされたとおりなのである。また、このとき、魚容は竹青を故郷へ連れて行こうとしていたのに、このひと言で「やぶれかぶれ」になって竹青の漢陽へ向うという自我の不安定さであって、魚容は対人関係上、常に他者に左右される性質の持ち主と言えよう。魚容に「甘え」を読み取っている言及があることも、充分納得できるのである（角初子「太宰治攷――甘えについて」「山口女子大国文」平成元年一二月）。

もう一度「頽るしよげて、おつかなびつくり」にもどる。「わが家に」であるからには、妻を敬遠あるいは恐れてのことになる。一度目も「どんなに強く女房に罵倒せられるかわからない」ことを思い「精神朦朧」となった。他律的受身的性質で、妻を始めとする故郷の人々に対して恨みがましい気持ちを持っている魚容は、竹青に強く諭されたため、帰りたくない故郷そして家に帰ることを受容せざるを得なかったのである。

不如意な帰還の直接の要因は、漢陽の家でつい魚容の口から出た「くにの女房にも、いちど見せたいなあ」という一言であった。この言葉は竹青が受話したように「本心の理想」から発せられたものなのだろうか。直後の「思はず」という語り手、そして魚容の否定を示す「狼狽」からすると、故郷に帰りたいという深い意味合いをもつ発話ではなかったのに、魚容の心に反して大仰な事態を招いてしまったと考えられる。ただし、このことは物語世界において「深い意味合い」がないということと同じではない。作者の設定としては、結末へ続く筋を導くための重要な一行になっていることは疑いない。

［註］

（4）祝氏には、引用論文の他に同主旨の次の論考もある。
「太宰治と中国―太宰の「竹青」の中の郷愁の世界を中心に」（「解釈と鑑賞」平成一〇年六月）「「竹青」の中の女性像」（「解釈と鑑賞」平成一九年一一月）

（5）大塚繁樹「太宰治の「竹青」と中国の文献との関連」（「愛媛大学紀要」昭和三八年一二月）

付録2　小山正孝「白い本屋」翻刻

凡　例

翻刻にあたって、本文中の字体・用字・かなづかい・おくりがな・句読点などは、原則として稿本のとおりとしたが、次のように適宜処理した場合もある。

一、漢字は、旧字体と新字体の字形変化の小さいものについては、新字体で表記したものがある。

［例］「文」「父」「使」→「文」「父」「使」
「記」「包」→「記」「包」
「望」→「望」

一、二三八頁下段一四行目「聯兵場」は「練兵場」、二四八頁下段一三行目「奉行」は「奉公」と表記すべきかもしれない。

一、二三九頁上段二行目「思ひ初める」は、「思い始める」と表記すべきかと思われる。

本　文

鈴懸の緑が美しい。しづくがきら〳〵と日にかがやいた。これですつかりすが〳〵しくなつたんだ。見上げながら杏次郎はさう思つた。初夏の日の朝、街路に水をまきながら、ふつと思ひついて、すぐざぶんとばかり並木に水をかけた時、皆驚いたし、彼も驚いたが、見ちがへる様に美しくなつた鈴懸の木を見て、そこに居た皆がうれしさうに笑ひ出した。水の觸感に爽やかさを感ずる位寒さは遠のいて居る。ぴち〳〵と水を街路にまき終へると白雅堂の小店員達は今度は店内の掃除にかかるのだ。杏次郎は皆といつしよに働きながら、どん〳〵大きくなつてゆく白雅堂の姿を胸に描いた。十七歳から十九歳までの彼の成長よりもつとこの本屋は發展してゐる。都會の手がぐん〳〵外へ向つて延びて居る頃白雅堂は澁谷の此處に開店したさうだ。たとひその時分から榮えて居たとは言へ今の何分の一だつたらう。インテリ層を目當てにする必要があると見込んだ主人はそれに受ける様に經營した。店内の裝飾、小僧の教育、圖書の仕入れ方、配達區域の擴大等々、及び立讀み自由に、そして讀み易い様に工夫して、それが大いに當つたのだつた。また、杏次郎が來てからの二年間に、澁谷には電車が新らしく一つ出來、學校が三つもふえた。こんな事が白雅堂をどん〳〵膨脹させて行つたのだ。ぎつしりと本のつまつた幾段もの本棚をそろへてゐると、店の奥から新助が彼をよんだ。

「須村さんの所配達たのむよ。」

　と言つた。うなづいた。新助の顔を見返した。二十三でこの店をきりまわしてる新助の姿を賛仰したい氣もした。彼は須村さんだと必ず自分をやつてくれる新助に内心感謝した。そんな事二人の間で口にするのは水くさいのだ。二人は店内誰も知つてゐる名コンビなのだ。兄弟の様に仲のよい彼等だつた。文學が二人を結び合はせてゐるんですよと主人は人に訊かれると何時もさう答へて居た。新助を信頼してゐる主人は、杏次郎を特にいたわつた。彼の境遇が遂に學校を止めて本屋の小僧にならねばならなかつたといふ不遇を同情する氣持もあつたが、新助との關係の方がより多く主人の心を動かしてゐた。主人は新助と杏次郎を離すのは可哀さうだと思つてゐた。新助に新らしく店を持たせる事を前から考へて、この頃はもう目當《ママ》もついたので新助と相談しようと思つてゐたが、その時は杏次郎の事も話しておかうと考へてゐた。

　自轉車に乗りながら杏次郎は須村さんとどんな話をしようかとか、今日こそもつと、積極的に須村さんに話をしかけようとか、色々の事を考へてゐた。白ズボンが草とうつり合つて彼の目を刺戟した。須村さんの家は中目黒の騎兵聯隊の聯《ママ》兵場の側にあつた。ほこりのいつぱいある中を走らせたり、綠の草の上を行つたり、それは樂な事でなく洋服はよごれるし、汗は出るし、ほこりで息づまる思ひもするのだが、杏次郎は何とも思はない。早く行きたくつてよけいに埃を立てる位の事はする。配達をする先の家で時々菓子をくれたりする、杏次郎にはそんなものより須村さんの様な家に行つて文學の話を聞かせてもらう方がいい。須村さんの室から見える欅の大木の下に來ても彼は休まないで、やつと須村さんの下宿の二階が見え初《ママ》める所まで來た。小さく見える白い障子が開いて居るのがわかつた。もつと進むと須村さんがそこに立つて手を振つて居た。笑つた。須村さんの文學青年らしい姿が見えて、彼の長髪がゆつたりとゆれてゐる。さん〳〵と降る日の下で杏次郎も手を振つた。ごくらうごくらうと言つて杏次郎を二階の彼の室にあがらせた。杏次郎は、色んな事を話してるうちに須村さんがい丶着物を着て居り、荷物がすつかり片付かつてるのに氣がついた。思ひ合はしてみると、さつきからの話しぶりも何時もとちがつてゐた。杏次郎を可愛がりきつてしまひたい様な、あたたかい情と欲望が杏次郎をつつまうとしてゐたのだ。

「すつかりつかれてしまつたのですよ。生活に。體が弱いのでね。故郷へ歸るのは今の僕は辛いけど、結局仕方ないんですよ、もうあきらめてます。しかし、こんど出て來るまでには君も進歩してるだらうなあ。僕は文學に負けてるけど、君は勝つてくれたまへね、新助さんといつしよに居ればきつと成功するよ。あせらないでね。自分を守りたてたまへ。うんと勉強して、いいものを、數少なくていいから書きたまへ。この道は學歴もなんにもありやしないよ、精進と才能だけだと思ふな。ね、學校やめた事にくよ〳〵するより、もつと他にその力を使つた方がいいんだよ。新助さんといつしよに居れば、ほんとに、君、小説家にならうとするんなら相當都合いいと思ふな。二人で仲よくやりたまへ、僕も、體がなほつたら捲土重來するよ。」

　須村さんは話しつづけた。杏次郎はだまつて聞いてゐた。一語も逃しちやならないんだ、こんな大切な時に何とか答へる事が出來ないのか、須村さんは親切だ、その須村さんが故郷へ歸つてしまふんだつて、と考へつづけてゐた。何故須村さんが荷物をまとめたか、何故いい着物を着てゐるか、何故杏次郎に對する態度が何時もよりはげしかつたか、みんなわかつた。須村さんは、杏次郎に會ふ爲にこの家に殘つて居てくれたらしい。友達がやがて來て荷物を運んでくれる、と言つて居たが、その友達の來るのを杏次郎の爲に後らせて居たのかもしれない。杏次郎は顏をあげた。まつさきに外山さんの視線と會つた。すぐそれを逃げる様にはづした。騎兵が窓から一寸離れた所で走る練習してるのが見えた。遠くの欅の大木の梢がゆつたりとゆれた。その葉の間からちら〳〵空がちらついて見えた。視線を下げて、障子のさんを見た。もつと下げた時、ぴつたりと須村さんの視線とあつた。だん〳〵須村さんの顔が近づいて來る様に感じた。目がうるんだのだ、須村さんの顔がぼんやりして來た。ぼうつと須村さんの顔が杏次郎の目にうつつた。彼はもう少しで須村さんの視線に吸い寄せられさうになつた。二人はしつかり握手した。須村さんのやせた、ごつ〳〵した手が思ひの外強く彼の手をにぎつたので、彼も思はずぎゆつとにぎり返した。

「しつかりね。」

須村さんがとても低い聲で言つた。

「えゝ。」

杏次郎はそれだけ答へた。長い間手を握り合つてから、二人はやつと手を離した。須村さんは嬉しさうだつた。初めて二人で目と目で言葉を言ひかはしたのだ。二人はお互に忘れ合つちやいけないのだ。遠くの欅の梢をみつめながら、きつと今日のこの事は忘れやしないぞ、と思つた。今目の前に居る須村さんが、自分が歸るとすぐ故郷へ歸つてしばらくはこの家に居なくなるんだなんて言ふ事は信ぜられさうもない。名殘り惜しいが、杏次郎は歸る事にした。

何となく變な感じで自轉車に乘つた。來た道を歸り初《ママ》めた。背中に鋭い須村さんの視線を感じてゐる。しばらく行つた所で自轉車から降りた。思つて居たよりずつと近い所に須村さんの二階の障子が見え、姿が見えたのでほつと安心の様な感情が起つた。手を振つた。それから又自轉車に乘つた。自分の姿は須村さんから見るときれいに見えるだらう。青空の下で、白いシャツ、白いズボン、緑草の上を走つて行くのだ。もうふりかへらない、と考へて彼はどん〳〵ペタルをふんで早くした。背中には何時も須村さんの視線を感じてゐた。店につくまで同じ事だつた。

店へ歸つた時彼は汗びしよだつた。新助が、ずゐぶん急いだんだねえ、と笑つて言つた。須村さんどうだつたと聞かれた時、一寸言へさうにもなかつた事が案外すら〳〵言へるのに驚いた。今日の事を話した。話し終る頃になつて離別の感が深くなつて來て、又、新助にたよりたい氣も出て涙ぐんでしまつた。

「又出て來るんだから、待つてればいいんぢやないか、ね、杏ちやん、須村さんに言はれた事をよく覺えといて、今度あの人が上京するまでにうんと延びてゐる様に努めるんだよ。それより、晝飯でも食べといでよ、汗をよくふいてね。さ。」

　と、肩をたたかれて、彼は店の奥に入つた。何日も憂愁の日が續いた。時々ぼんやりしてゐる事もあつた。新助が元氣をつけてくれてるのでどうにか働いてゐた。朝の水まきの時も、手をぢいつとバケツの中につけたまま考へてる事もあつた。須村さんにすまなかつたと思ひ初《ママ》めたのだ。あんなに、今かんがへて見てもはつきり思ひ出せる位の熱情で愛してくれたのに、いつたい何を報いたらう。最後の別れの日の握手だけ。今はもう故郷に歸つてゐるだらう。手紙をずうつとくれない。體が悪くなつたのかしら。考へても何にもならないんだと思つてからは出來るだけ須村さんの事をさける様になつたので、新助の心配もなくなつた。杏次郎はもとの杏次郎になつたのだ。もう中目黒の練兵場に行かなくてもよくなつたのだが、時々は出かけて行つてあの高い欅の大木を眺めたり、もつと行つて、今は開いてないあの二階の須村さんの下宿の障子を見たりした。元氣になつた彼は前にも增して潑剌としてゐた。きつとえらくなりますよ、と須村さんの事を思ひ出す度にさう言つて、笑ひかける氣持で居た。

　谷の底の様になつた澁谷の驛の側の彼の店から見ると、すつかり坂の並木が見える。この頃は鈴懸の葉が濃綠になつて來た。木蔭が戀しくなる頃になつた。街路のアスファルトが溶け出したのだ、自動車がタイヤをピッチ〳〵言はせて通る。カンカン帽《ママ》を風が悪戯する事も時々あつた。店番をするのも暑く感ずる。杏次郎は毎日日課通りに生活した。體は丈夫だ、きつとえらくなつてみせる、といふ氣持が横溢してゐる。その日、彼は主人によばれて、お前は店に殘る氣か、新助といつしよに新らしい店をやる氣か、と聞かれた。しばらくの間によく考へておけと言はれた。どうしたらいいか、自分一人としてはわかつてるが、まだはつきりとは言ひきれない。叔父が色々世話してくれた以上彼の意見もきいてみなければならないし、自分自身にも、もつとはつきり聞きただす必要があるのだ。主人は二人を離す事は無理なんだ、と思つてゐた。新助も杏次郎と別れられさうにもない、自分の擁護の下に置いて杏次郎を大成させたい希望があつた。新助は小說は書かないが、文學理解者であつた。行く行く《ママ》は出版の方もやる心構へを持つてゐるので、杏次郎との關係も何時かは二人の爲に役に立つ時が來ると信じてゐた。杏次郎が小說家として立つ氣持があるならいつしよに來いと彼は言つた。本屋をやるつもりなら、まだ白雅堂に残つて居て數年後に一軒家を持つた方がいいのだ。新助はこの事に對してはそれ以上言はない事にした。それ以上言へばかへつて杏次郎をひきずり込む様になつてしまふと思つたからだ。夏になりきつた日の夜おそく、時々すさまじい勢ひでタクシーの通る以外は人も通らない道を代々木の原の方に新助と杏次郎は歩いた。板草履の音が金屬のするどさでひびいた。月の光が晝間のあの强烈な太陽の様にくつきりと二人の影法師を並べた。白いシャツと白いズボンの二人はお互の顏を何時もより黑く健康さうに感じてゐた。家の屋根の瓦が光つてゐる。こまつてしまつた杏次郎は何か、他人の助けを借りたいとさへ思つてゐた。新助が一言でもいつしよに來たらいいぢやないかと言つてくれればいいのだが、と思ふが新助は一言も言つてくれない。自分の意志と思考とで行動しろと命じてゐる。叔父に手紙を出したのだがその返事は、店に殘れと言ふのだ。反對してもかまはないと思つても、自分の考へがはつきり言へない。行きたいのだが、行くといふ時になつてみると未練が殘りさうな氣がしてならない。二年間を小僧して暮して、小僧の生活と小說家志望の生活と一致出來るものでない事がわかつた。本屋の小僧と小說家志望者と一致出來さうに思へたが、案に相違して反對の結果だ。他の職業の方がいいらしい。新助の様な者には本屋は適業だが、杏次郎には適業とは言へない。このまゝ本屋をやり續けるのもいやになつた。氣持が本屋を止めようといふ方に傾むいて、彼は今はかう思つてるけどと新助に言つた。新助が一寸言ひたい事があると彼を連れだして代々木の原の方へ歩きながらの事だつた。改正道路が原の手前でグーッとカーブして道はガードの下をくぐつて居るのだが、そのガードを恰度省線電車が大きな、しかも引き緊つた音を立てて走つて行つた。杏次郎の話しの終りの方を打ち消して、その間に新助に今ここで言つてしまほふと決心さす暇を與へた。

「杏ちやん。須村さんは死んだんださうだよ。今日あの人の友達が來て言つてたよ。この際杏ちやんは自分の考へをしつかり建てなきやいけないんだから、須村さんの事もよく思ひ合はせて、その上まだ自信があつたら僕といつしよに來るといいんだよ。僕は杏ちやんを信じてるけど、杏ちやん自分自身を信じてない様だねえ。叔父さんだつて杏ちやんがしつかりした考へと決心を見せれば承知してくれると思ふよ。でも、ねえ、小說家志望といふ事が第一に位するのぢやないよ、今の場合、本屋をやるか小說家になるかつて二つの事を並べて考へる可きだよ。本屋をやらうと思へば必ずやれるんだよ。小說家にならうと思つても、杏ちやんは一寸損な立場にあるんだよ。まだひまはあるからゆつくり考へてくれなきやこまるよ。杏ちやんが好きだから僕は杏ちやんを無理してまでつれて行きたくないんだよ。須村さんは文學青年で上京してゐて親の財を使つて結局は病氣と不遇と死とだけだつたからねえ。いい人達の方ばかり考へてちや駄目だからね。わかつた、え、僕、これだけ言ひたかつたんだよ。もう、代々木の原まで來ちまつたんだねえ、何時だらう、二時頃かしら、ここから見るとデパートが魔物の様だね。原つぱはほこりつぽいから足がきたくなるぜえ、も少し散歩しようか。」

「いい、もう歸りませう。僕今晩ねられるかなあ、心配だなあ。」

　二人は今度はおしやべりをせずに歸つた。月が二人をみつめて居た。杏次郎は月にぴかぴか《ママ》光つてゐる並木の葉の夜露を見て、あの日の朝の事を思ひ、月の喰ひ入る様な光を見て、須村さんと合《ママ》つた時の視線を思ひ出した。あれが最期だつた。須村さんの愛情をあんなに素直に受け入れたのはあの時が最初で最後だつた。自轉車で歸つて行つた自分の姿はこんな風に見えただらうか、と想像もして見た。新助は須村さんの姿から負けた者の姿を見出せと言つてゐる、しかし、杏次郎は須村さんを尊敬する氣は出ても同情する氣持なんかは出て來ない。須村さんがえらい故に、杏次郎の同情なんか必要ないのだ、と思つた。盛り場の二時は、ある區域をのぞいた以外は皆戸を緊くしめてしまつた、街燈だけがぼんやりあくびをしてゐる。おしつける様な闇が屋根の上に低徊するのは月が雲に隠れた時で、月が出て居る時は晝間よりずつと爽やかな暑さを感じた。表通りをまわつて白雅堂の正面を見た。直角を基礎とした設計なので見ててさばさば《ママ》した感じがする。それに、白い色なのでますます《ママ》さう感ぜられる。いままでは、何といふ事なしに働いてゐた自分ではなかつたらうか。小說家になる希望はあつても、ずつと未來の事の様にばかり思つて、夢を見ると同じにその事を考へてゐたんぢやないか。今まで書いた小說を讀んでくれたのは新助と須村さんと叔父だけだつた。それでいいんだらうか。もつと自分を賣り込まねば駄目ぢやないか。だが、賣込《ママ》んで、買はれる自信があるかしら。もう、いやだ、今晩はねよう、家へはいつてねよう、もしかするとこの白雅堂ともあと何ケ月かでお別れなんだなあ。さう思つてくると、杏次郎はどつちとも氣持がわからなくなつて、まどろつこしいと胸の中からゆつくり湧き出る氣持でしめつけられる様になつてしまつて、何も考へたくなくなる。早くその苦しみから逃れたいのだ。新助は杏次郎の側に立つて白雅堂をみつめて居た。何か彼の自分の本屋について考へてゐるらしかつた。顔が光つて見えた。かうやつて居る二人は二年の間親しかつた。思ひ出せば皆思ひ出せる位の短い間だつた、これだけで二人の親しい關係は駄目になつちまふのかしら、新助さんの親切に報いる爲にも白雅堂をやめた方がいいのかしら。新助への愛情がせまつて來た。だが、新助は義理なんかにしばられる二人の間の愛情ではいやだと思つたので、あくまで杏次郎を一人ぽつちに突き離して、そこで杏次郎の自分自身の考へを定めさせようと思つたのだ。杏次郎は、もし、新助がいつしよに來いと言つてくれたら簡単に定まるのになあ、と今さらながら感じた。裏口からそうつと家に入つて、二人は自分達の六疊に歸つていつしよにねた。つかれてゐた爲だらうか、杏次郎はぐつすり氣持よくねた。

須村さんの弟から手紙が來たのは須村さんの死を知つた日から三日たつた朝だつた。兄と違つて家庭で眞面目に働いてゐるらしい弟は、兄と杏次郎の關係を兄の日記によつて知つて心を打たれたのだ。貴方だけには自分みたいな文學の苦道を歩ませたくない、貴方はすくすく《ママ》と成長した作家となるべきだ、貴方は天分に相當賴つて行くべきだ、と兄は言つてゐた。貴方は兄の最も信賴し、希望をかけた方だ、それは　兄自身の未來を思ふより、貴方の未來の事を多く思つてゐるのでもわかる、と書いてあつた。その他兄の日記の一節だと、たくさん引例して、弟としての兄を思ふ情をあらはしたものだつた。兄が家業を營まず、父母には不孝の兄だつたのだが、どうしても兄をうらむ氣はしないのみならず、兄が戰敗者として歸郷したのを迎へた時には、この兄をもう戰場には送りたくない、自分の所であたたかく一生を送らせたい。それほど力弱く、又みぢめに見えた兄ではあつたが、反面に自分の信念に基いて戰ひ又、文學への熱望を最後まで守り通したといふ勇者の姿も見出した。その兄は弟を弟として取扱つてくれずに、對等者、時には目上の者として對して、弟を心苦しくさせてゐたが、そんな點から弟は兄を勞りたい氣持も起つて、兄の死ぬ時には二人は兄弟以上の關係にあつて、實に本望だつた。だが、兄の日記を見た時、初めて兄には他に弟と思ふ人が出來てゐた、それが杏次郎さん貴方だつた。兄は二人の弟を近づけて考へようとしたらしかつたが結局それが出來ず、二人の立場が兄にとつて一方は世話になる人であり、一方は文學の後輩者の爲、杏次郎をより多く弟と思ふ様になつて、實に弟の地位を奪つたのは貴方だ、おかげで、二人は兄弟以上の愛を得られたのだ、と書いてあつた。須村さんは新助と杏次郎の二人の結合は杏次郎の一生の爲に善い事だと言つて居た。須村さんが彼を弟として思つてゐる事でも、如何に眞実にそれを言つたかわかる。杏次郎は手紙を讀み終つて、はつとした。迫力のある須村さんの弟の文に驚かされたのだ。返事を書かねばならぬと思ふのだが、これ以上のものを書かねばいけない。須村さんの弟の頭に須村さんの日記から受けて殘つてゐる杏次郎の姿を、杏次郎の自身の筆で生かさねばならぬのだ。氣持がいつぱいにあふれて書いた時にいいものが書けるので、彼はそれまで待つつもりでゐた。いつしよに、彼の身の振り方と、希望をはつきり書き送りたかつた。窓が一つ西側にある彼等の部屋の机に腰を下して、ぼんやり考へ込んでしまつた。赤い太陽がやつきになつて熱を杏次郎の足下に送り込んだ。古い疊の汚みを見たり、やぶれを見たりすると、この室に來てからの二年間の生活を通じての雰圍氣がはつきりと彼を包んだ。その間に得た二つの大きな愛を思ふと、このまま新助に飛びついて行きたくなる。その昔に得た思ひ出を辿ると、父の愛は勿論、父の死後の叔父の愛を考へて、叔父が彼を愛する故に白雅堂に止る様に言ふのを思つて、義理の様な氣も手傳つて白雅堂に殘らうかとも思ふ。主人は杏次郎を勝手にさせるつもりだつた。新助も内心やきもきしながらも勝手にさせるつもりだつた。叔父は彼をしばりたがつた。手紙で彼に言つてくるのだつた。杏次郎は自分がまだ本當の解決を得られないのは何故だらうかと心配した。働きながらも、遊びながらも、ふと思ひだすとこの事は解決しなきやと思ひながら、早くそんな事を考へるのはやめようと逃げたがるのは何故だらう。自分の不安定を自分で發見するのが恐ろしかった故にだ。案外俺もずるい人間だつたんだ、自分で自分の本心の強い探索から逃げてゐたんだ。手に持つた手紙がじつとり汗にぬれた。風も入つて來ない、動けば暑い夕方だ、杏次郎は背中にじとじとと《ママ》した汗が流れるのを感じた。全身汗まみれになつて自分と闘争してる彼は、彼の今までの考へ方がまちがつてたのではないかと感じた。自分を逃げてゐた事實をはつきり知つた。だからと言つてどうしたらいいといふ目當もなかつた。この事は彼をもつと苦しめる爲のものと爲つて彼の氣をむしやくしやさせただけだつた。店番に出ても、外の小僧との話しもさけて、お客の應待《ママ》にまで少々だが刺が出て來る様だ。結果は、外の者達皆からおつぽり出されてしまつた。

　杏次郎の落ちつかぬ、とげとげ《ママ》しい行動が主人を心配させた。叔父が白雅堂を訪れた。杏次郎はそれを知らなかつた。配達に出て居なかつた。新助は主人によばれて初めて杏次郎の叔父が來てゐるのを知つた。いつたい杏次郎をどの程度まで愛し、彼とどの程度まで結ばれてるかを聞かれた。新助は、もし二人でいつしよの店を持つ時は例へ杏次郎が小説家として立たなくつても見捨てはせず、二人共力の店を作るつもりなのだ。しかし、こんな事は後の後の事で、杏次郎が作家として立つた事を考へる方が今の新助には嬉しい事だつた。

「何故あの子が小説家をそんなにまで望むのだかはわかるが、私として、あの父の死が彼を學校生活から離れさせたのだからもう文筆の事なんかは忘れてくれた方がいいと思つてゐるんです。才能なんて、ずば抜けた才能の存在もみとめたくありません。努力と環境だと思ふのです。本屋をやつてそのひまに小説を書く事が本當の行き方かどうか、私はそれは嘘だと思ふんです。ずるい。逃げ道をみつけといて、ごそ〳〵やつてるんだと思ふんです。小説家になる希望を持つ者が生活の餘裕を考へるなんてもつての外だと思ふん《ママ》です。杏次郎にふた股をかける様な行動はさせたくないと思ふ《ママ》です。そんなふた股をかけちや本屋の方もうまく行くかが心配になりますしね。」

「僕は杏次郎さんの保護者にならうと思ふのです。だけど杏次郎さんにも僕の保護者になつてもらほふと思ひます。二人が二人の道に戰つて、両方成功すればめでたしめでたしですし、一方がしくじつても保護して再起が出來るわけですしね。僕は心の中ぢや杏次郎さんを無理にでも引つ張つて行きたいんですけど、前から知らん顔して突つぱねてゐるんです。もし貴方もつつぱねてくれると杏次郎さんはあの人の考へで行動出來ると思ひます。」

「御主人はどうなのでせうか。」

「私も口出しはしません。」

「私はなんだか、杏次郎を私の思ふ通りにしていいんだか、いけないんだかわからなくなりました。作家がふた股をかけるのはいけないと言つても、新助さんに言はせれば、白雅堂に未練を持つたままの杏次郎を残すより、二人で互に助け合つて自分達の路に進む方がいいのだといふ事になるし。私は新助さんを信じます。もし杏次郎が貴方にお世話になりたいといふなら、私も喜んでおねがひしませう。」

　杏次郎は叔父にも、勝手な道を取れと言はれたのだ。店内の書棚の間を右往左往する店員と客とにもまれながら、新助は杏次郎に今日の事を話した。杏次郎はその時、これからほんとの自分の心を探求すればいいんだと思つた。働く時は考へない。静かに思ふべき事だと信じてるので一寸した時間の思考は避けた。一度ゆつくりそれを考へ出すと一寸も考への進まないで今迄の考へ通りどうどう《ママ》めぐりをしてゐるので、むしやくしやする。だが、その日彼が自分の部屋に歸つてから考へた時には、今迄のどうどう《ママ》めぐりから抜け出られた。しかし、次のどうどう《ママ》めぐりの場所に到達して、又、そこを抜け出せなくなつてしまつた。

　須村さんは家を捨て、親を捨て、弟を捨てて文學を志した。今自分は叔父を捨てて、あの世話になつた叔父の義理を捨てて文學に志してかまはないだらうか。あの親切な新助の愛を捨てて白雅堂に殘る可きか。あのやさしかつた須村さんの期待を裏切つて文學をあきらめる可きだらうか。かうした考へは過去のなやみの問題で、彼は、叔父が彼を突き放したので、今度は、こんな事よりもつと他の事に迷はねばならなくなつた。親の居た時分の事を思ひ出すと彼は、自分が父にほめられ、先生にほめられた時代の事が子供だましに見えてならない。童謡を作り、戯曲を作り、作文を書いてその中にうまさがひらめいてゐるとほめられたのは、甘やかす親達と、人を見る事のよく出來ない先生に彼自身がごまかされてたのぢやないかしら。他人ばつかしの中に入つて自分の才能を信じて立つて行けるかしら。努力をする。勿論する。努力して得るものが、彼の得た量が他の人が得た量と比して多いのだらうか。才能は得る量を多くし、それを作品の上により有能に使はすに役立つ。自身の考へる事は他人に秀れてるかしら。ある時には自己を小さく考へ、ある時には大きく考へ、うぬぼれと自己卑下とを彷徨してゐるのだつた。昔からえらい人は年少の逸話を殘してゐる。えらくなる奴は子供の時から何か變つてゐる。子供の時馬鹿だと思はれてた人も、その馬鹿だつたといふ點で變つてゐるんぢやないだらうか。彼はずば抜けての才能を誇りたかつた。果して過去にそれを認められただらうか。文才を誇つても彼は最高のものなりの自信は持てなかつた。それかと言つて、馬鹿でありたくはなかつた。努めて、中級の人間たらうとしてゐたのだ。人と變つたものになりたくはあつたが、いざとなると、凡人になりたがつた。自分の思ふ通り行動してみてもそれに責任が持てなかつた。性格によるのだらうか。かへりみても、凡人なのだ。文才はそんなにもすぐれて俺にあるのだらうか。

　俺は天才なのだらうか。

　信じなくては生きて行かれないのだ。と言つて、それ故に白雅堂をやめて、小說家を志望して必らず成功出來ると自信があるか。杏次郎は、白雅堂に殘つて數年後の立派な書店主となつた自分と、小說を書いてる自分とを考へてみる。だが、書店主には無條件になれるものだらうか。といふ心配が出て來た。自信がない。次の考へに及ぼうとした時、彼はふと青空を見あげた。ごみごみ《ママ》した都會の、物干し壹の奥の小窓の中から、黒い目を光らして、ぼんやりしたやうに考へ込んでゐる彼を、空は何と見てるだらうか。ぐるつとかこんだ青空は熱を一寸ももらすまいとしつかり包んで、むしあつくしてる。晝間のあつい時に風通しの悪い室に居た爲か、彼はすつかり疲れてしまつた。青空を白い雲が飛んで行く。雲は涼しさうに見える。氣流の所はもつと寒いだらう。彼はぼんやり、暑いと言つて文句を言ひ、寒いと言つて文句を言ふ人間の生活を考へてゐた。どんな苦しみにでもぶつかつて行くのは、無鐵砲だと笑はれるばかりだらうか。天才だと信じなくてもいい氣がした。努力をすればよい。普通の才能でも、努力次第だと思ひ初《ママ》めた。どうせ苦しむなら、文學をやるのだ。本屋の主人となる事が全く保證出來る事であつても、文學をとらうとした自分だ。もう決つた。が、言へなかつた。まだ頼れなかつた。自分がさう言つて後悔が無いとはきつぱり思へなかつた。彼は、もう同じ事を考へなほすだけだ。店番をしに店に出た。皆働いてゐる。夏は店に客は少ないが、割に配達の注文が多かつた。新助は皆を指揮してゐた。後何ケ月かでここをやめてしまふ。最後の奉行《ママ》だつた。新助の後任ももう定つた。店に出て來た杏次郎の顔が青ざめて見えた。杏次郎のなやみが、ひとりで解決する様にと計らつたのは新助だつた。何日にもなる。杏次郎はだまつて、怒つた様子をしてゐる。充分に苦しんでゐる事はわかつてゐる。それが、叔父が杏次郎の思ふ通りでよいと言つて以來、だん〲と内面的な苦惱に變つて行くのがわかる。杏次郎の苦しみ方がだん〳〵ひどくなり、彼の考へが少しも進まないのがわかるのだ。勿論、新助は杏次郎の一人の考へですべてを決定するのを欲した。内心を割れば、どうしてもいつしよにやりたい。杏次郎の今陥つてゐる悩みはいつたい何だか、と考へると、それが、彼が小説家として立てるかどうかといふ事だとわかるのだ。そんな事を考へさせて、杏次郎自身によい事だらうか。もし、それで杏次郎がいつしよに來るのがいやだと言つたら、新助は杏次郎の持つてゐる才能を捨てさせる事になるのだ。どうしても、杏次郎を小説家にさせて、彼の文才を發揮させたいのなら、何故、杏次郎にさうなる事をすすめなかつたのだ。新助は自分の考へに杏次郎を引きずり込んでしまほうと思つた。杏次郎が可愛くなつたのだ。たまらなく。どうしても離れるのはいやなのだ。もう杏次郎も考へる事だけは考へてる。今彼がひつぱる様にしても、ついて來た時は、それは杏次郎の本心からついて來たのだと解してもいいわけだ。苦しみぬいてる杏次郎を見ての同情心と、杏次郎に別れたくないのに、公正らしく見せかけた自分のたへきれられない心が合致した。

「杏ちやん、いつしよに來ないか。」

だしぬけに、小聲で、悪い事でも言ふ様にささやいた。

杏次郎は初めは意味がわからなかつたが、新助の緊張した顔で讀めた。その答へはその時答へたくなかつた。ふつと、今は答へまいと思つた。

「あとで、夕方散歩しながら。」

と答へて、杏次郎はほつとした。やつぱり行くんだ。白雅堂はこれでやめるのが本當なんだ。文學をやるんだ。體中に何か、力強いものがこみあげてくる。しつかりやつて偉くなるんだとしつかり心に誓つた。杏次郎は自分といふものをその時は全く疑ひ無しに信頼出來た。さうきめてしまへば簡單な事だ。ほつとした。まだ新助に言はなかつたんだなと考へてみて、いつたい、二人はその時どんなにして喜ぶだらうか、と劇的に考へてみたりした。夕方までの店番の長かつた事。彼は心をきめるまでにいら〳〵した以上にいら〳〵した。時に、店の中に居て、二人は目を合はすのだ。その間に充分わかつて居ながら、新助は聞きたがつたし、杏次郎は言ひたがつた。二人はしかし、語らなかつた。その間に無上の樂しみと、期待とがあつたからだ。

夕暮になつた。電車がガードを走る音が聞え、自動車の走り去る音が聞え、豆腐屋のラッパが聞え、自轉車のリンが聞え、谷の様になつた盛り場澁谷は夕方になつて、夏の暑さに息づいた様に活氣にみち〳〵て來た。二人は希望を語りながら、ぼつ〳〵歩いて、中目黑の方へ行つた。新助は今度持つ店をくわしく說明した。何故といふ事をはつきりはわからないが、二人の足は須村さんの家の方に向つてゐるのだつた。騎兵の練兵場に來た時には時間もおそくなつてゐた。夕燒がまつかになつてゐた。練兵場のはじの方の林がまつくろく見え、そのふちは太陽に黃金にふちどられて影繪の樣だつた。杏次郞は、今晚こそ、須村さんの弟に、熱のあふるゝ彼のほんとの心を、心ゆくまで表した返事が書けるのだ、と思つた。影法師がながく二つ綠草の上に落ちてゐた。遠くを自轉車の走るのが見えた。二人はいつまでも立止つた。欅の大木が一寸はなれた所に見えた。梢がゆつくりとゆれてゐた。秋をまねゐて居るのだらうか。十一月には新らしい店に行く事になつてゐる。中目黑の練兵場から、須村さんが居なくなり、しばらくは來られない。二人はだ。澁谷の地を離れては、杏次郞も來なくなるのだ。低い丘の續きをいつまでも〳〵歩き續けた。夕方だ。空がまつかだ。やがて夜が來、明日が來、九月が來、十一月が來るのだ。

付録3　小山正孝「凍日　――弱い男の日日からの一話――」翻刻

凡　例

翻刻にあたって、本文中の字体・用字・かなづかい・おくりがな・句読点などは、原則として稿本のとおりとしたが、次のように適宜処理した場合もある。

一、漢字は、旧字体と新字体の字形変化の小さいものについては、新字体で表記したものがある。

［例］「文」「父」「使」↓「文」「父」「使」
「記」「包」↓「記」「包」、
「望」↓「望」　「朝」「前」↓「朝」「前」
「雪」「急」↓「雪」「急」

一、二五五頁上段一五行目「荷い身空」は、「若い身空」の誤字かと思われる。

一、二五六頁上段一九行目「思つたこをはつきり」は、「思つたことをはつきり」の脱字かと思われる。

本　文

星あかりの夜空の下、すつくりと空にのびた電柱。石垣が身の側にあつて、冷い表情が今日の首尾の暗示してゐる様な。通る人があれば怪しまれまいと靴の底のカネをこつこつとアスファルトにうちつけて空咳をひとつ。ふりかへられても平然と馬鹿野郎然と構へて電柱に倚りながら右手で巧に煙草を操り思ひ出した如くに二三歩歩いてみる。ソフトを深く、外套にくるまつて寒さうにふるえてみたり、いつたい、こちらが邪心あれば向ふも邪心ありか、北斗七星だ、石垣の上からのぞいた星の面構へから、あの男の面を思ひ出して慄然と、俺もわるい男になつた。青海鷗二といふ二十二歳の青年が感じた事。四年振りで會ふ人に、泣きべそも見せられたものでもないが、腹がすいたと言へば自然な言葉でをかしくもなんともない。二圓や三圓どうにでもなるだらうし、こちらも金が入ればうれしい。あんまり早く來るのは氣を持たせないからいけない。恰度待たせて御來光とくれば腹も恰度すくだらう。しかし、今晩の前祝の立食ひはうまかつた。おそい、なんておそいんだらう。八時。七時半の約束。どんな顏をして。くらやみに煙草の火はおどろくかな、ポケットに火さへ無ければ、やがては俺もたのしい生活、不貞、道徳なんて、しかし、恐ろしい。今迄だつて、今後も、女、來るかしら、あの男はあんまり疑ひ深くはなかつた。泣いてみせようか、涙がにじみ出さうだこの所に女が來たら俺はどうしたらいい、女が來れば案外俺も笑つてしまふだらうに。あかりだ、自轉車、小僧か、あれつ、……緊張した唇をなほさらしめて、わく〳〵とした姿をなほさらさうして、電柱にしつかり身を隱す様にして、――暗い横道に恐る〳〵入つて來た二十七八の女にむかつて、ひくい聲で

――おい、

ちやんと待つてゐた如く女は平氣で聲の方を向いて、お互の名をよび合つた。鷗二さんね、牧子さんだね。やつぱり來てくれたのか、鷗二が有難く思つて、ずうつと前からさうしてる様によりそつて歩いた。お互はお互の生活を知りたく、――幸福なのか、不幸なのか？　それよりもつと、お金はあるの？　身持ちはどうなんだ？　必要もない事から始めて、先づ、祖父が死んでね、叔父も死んでね、母がひとりつきりでさびしがつて早く鄕里へ歸へれつて度々言つてこまるのさ。私の方だつて、三輪の父が死んでね、それで、やい、やめてくれ、三輪の事を誰が聞いてゐるものか。惜しげなく、手にした長い煙草を捨てた。怒つた眞似すれば案外多くくれるかも知れない。が、ほんとうに、俺は怒つてゐる。手段ではない、ただ我慢をしないだけだ。恐ろしがつて牧子がごめんなさいねとあやまつた。色が闇ででも白いや。昔の教會へ何氣なく行つて鷗二が發見したのは牧子の姿で。ふつと、何かになるだらうと紙に書いて渡したので今晩はかうして會へる。びく〳〵してゐる。いやなことだ。魚と餌。得るものは。誰か知つてゐる奴が來れば、得意だが。三輪なんかに會つたら面白くもなる。この女に三輪さんとよびかけてやらうか。俺から三輪を奪つ

た牧子。俺から牧子を奪つた三輪。鷗二として三輪を憎む心はそれ以外にあつた。ずつと年上の人三輪は彼に常に戀愛は決してするな、と彼を監督して得た。同じ下宿に居た二人で、二人は共に戀愛をしないといふ誓をたてた。鷗二は牧子への感情は姉へと同じ思ひであると思つてゐた。ある日、それを突然三輪から非難された。その日もくらい日で、原つぱの眞中邊まで行つた時突然むんづと肩を捉れて、もうやめてしまへやめてしまへ女々しい事だ志を立てた者がそんな事に心を、だが、充分知つてるだらうなんと誓つたつけ。仕方ない、俺は弱い。負ける。爭ひたい、ああ、と思つても、星をやつぱり見つめたい光だと思つた。一言だつて許しちやいけない。出來る事か、出來ない事かはわからなくても誓ふ。四年前、それから後牧子に會つた時、彼女はふつと横を向いてしまつてしらん顔をした。三輪さんは貴方よりいい人なのですと言ひたげな顔付、力がありあまつてゐたらなぐりつけてやるのに。植木屋から買つて來て植木鉢を下駄でいくつもいくつもわつた。二人居た下宿で三輪が居ない時、藥局に勤めて苦學してゐた三輪の部屋に入つて、色々と横文字の小さなびんをみつめて、毒藥は、毒藥は、と探し求めて、ヒソをやつと、一びん見つけ出すと知らん顔して自分の所へ持つて來た。忘れてしまつた頃、三輪が無くなつたのを知つてさわぎ出しても知らん顔をしてゐたのだが、——あやふい所だつた。鷗二はもしかすると死んでゐたかも知れない。牧子は三輪氏夫人とおさまる事になつた。ひよう然と下宿を出ると鷗二は牧子の家へ出かけた。少年に訪れられて牧子の母は驚いてゐたらしかつた。牧子には結局會へなかつたのだが、心ばかしの贈り物ですからと、小説本一冊、それを夜店の新品屋から買つて持つて行つた。ありがたがつて少年の贈り物を推し戴いた牧子の母は本の尊さのみしか知らぬらしい。どうしたのだらう。その晩三輪は歸つて來なかつた。夜中にふつと目をさまして鷗二は、ふと、自殺しよう。コツプに水を一杯持つて、ヒソのびんを開けた。白い粒のぢいつとにらんでどこにでもありさうなやつだ。うんと量を少くして、——砂一粒よりもつと、——いや、これでは少し少なすぎる、ほんとに死ぬのか、うん、今死ねば理由がある。家の事は、日記はこの頃つけてゐない遺書は今すぐのむと死んでしまふわけであるまい少し少なすぎる本でもあるとわかる牧子がにくらしい三輪の面三輪にくびり殺されるよりましだが、ぐうつと元氣に英雄であり損ね美衣をもち、つと東京へ出た農村の子供が秀才も天才もなまつちろい死と、三輪の争ひも、だが、待て待て、思ひつめてもしやうがない。死んでどうなる。牧子なんかそんなに戀しくもないあんな女はざらだ俺はまだ十八だ若い、三輪は二十五牧子は二十四大人の中の子供誰か相手にするものかまだ大きくなりきれないのか。色なまつちろい俺、と、俺は花でも夢みて花園に霜の寒さでよびれた赤い花として死ぬ方が白い花として死ぬ方が。ヒソが色を白くするに役立つを覚えてゐたので鷗二はそれに役立てる爲にのむ事にした。恐ろしかつたそれがやすやす《ママ》と胃の中に下つた。一寸、ほんの一寸悪い事を想像してみたがなんのあれつぽつち、何あれつぽつちで四年後まで生きて、牧子とも今夜再會して、來ないと思つたのに來て、思ひがけぬうれしさを味はつて。てれかくしには怒つてみたくなり、何度も同じ事で牧子を責め立てた。歩いて、——さあつと流れた光線が二人の上にかかつた。街がすぐ近くだ。暗い道はこれつきりだ。さつきから二人の後を追ふ足音——その爲に二人は話しをある程度低くし、つまらなくし、少なくした邪魔ものの足音、ずうつと續いて來てゐる。一寸立止つてもそれは迫るがなかなか追ひ越さない。いくらゆつくりしても追ひ越さない。いぢわる奴、鷗二の心をいらだたせても冷くこつこつ《ママ》と靴音——同じ距離に。勿論鷗二の考へちがひで後ろから來た男は街の先の方へ行かうとしてゐるので彼等の事は眼中にない——少しはあるけど、追ひ拔かうか、その際に振り向かうか位は——鷗二はその足音の男に遠慮してひきかへすのをやめて、光の波に入つた。もう。悪い事をしてゐるのだと強く若い心にせめよるのでたまらなくなつて、ねえ牧子さん。別れませう。こんどは何時？　定まつてゐる事の如く平氣な顏で聞いて、早くと返事をうながして一週間後を約して二人は人波に分れた。見送るのはやめようと彼は反對の方に歩み出した。あつ、小聲で叫んだ。金を貰ふのを忘れてゐた。憂鬱な日日を送る。ごまかされた、損をしたあれがあの女の手なのだ結局得たものは。どすんと打ち倒された自分。鷗二は週刊の新聞社に勤めて幸な事に社長にお氣に入り社長が强喝に半分名士の家々訪問の場合同行を缺かした事のないのだが、ライスカレー十五錢也を割カンで食つた後に社長が、インチキ記事のデカデカ《ママ》と書きたててある一號の見出しがあられなくむき出しにしてある一束の新聞をテーブルに叩きつけながらこれからこの男に新聞をと目の荒い寫眞版で表れた鬚の存在以外に確と誰とは見定め難い面を指して新聞を見せつけて全部買はしてやるのだが、あつははつはと白眼に茶色ミが多分に入つて血管が太くひとつひとつみにくい性格を持つ様で、赤バナの穴が天井を向いてあたたかい飯をしばらくぶりで食つた喜びからその鼻は砂の汗を露の如く、あから顔を振りたて振立て、ずる相な表情で赤茶けた得意にのびた頭髪の間から鷗二を見ながら、おだてあげながら、實際鷗二が居ないと相手は最初から逃げを打つ事に定ってゐるので――どうぞ――外面では社長の格式から彼を――今日は鷗二も少し人がちがつてゐるのだつた。昨夜、あれから、三日目。牧子の金をもらひそびれて、非常に殘念がつたあの夜。心が動いてどうしてあんな氣持になりさがりやがつたらう。夜中に冷水を飲みながらつめたさの咽喉から胸へ、腹へと下つて行くのを覺りつつ牧子の顔を腹の中の水に浮べてみながら後悔をしだした。と言ふのも根性が。荷《ママ》い身空の俺をこんなに、悲しくなつて、ひしひしせまる寒さの中で寝巻一枚でしつかり両膝をそろへて、室での唯一の透き徹つたもののガラスのコップをにぎりしめくやしくもあり、無やみに色々の人の面が、次には彼がその人々から說きつけられた理論が面前をすばらしい速力ですつ飛んでいくのを感じた。半分こみ上げた涙が音もなく涙腺にひつ込んで室の隅の机の前にはつた女優の寫眞が身にせまつて牧子を思ひ出させたがもつとよく寫眞をみつめる事によつて今度は牧子の幻想を失ひかけた。驚いて目を放つて天井に向けたが、もうおそいどん〳〵とうすれて行く姿、虹の様に、虹の色が右に少し左に少し切れかけた時から全く失せて平凡な靑空を殘すに至ると同じく牧子は見なれたガラクタを殘して去つた。冷えたシーツに横になり、低いたんそく――若者がひとりつきりで居て絶望を空氣にうそぶく時言ふ言葉人間他人には意味の通じない思ひをありつたけ腹の中から胸から頭から掻き集めて、ああ、あ、ああと體を掛蒲團と闘ふ如くうねらせて手を、右手で左手をぐつとにぎつて頭の上へのばし、蒲團をひつぱり、やるせないたまらない、なぐりつけたい無常。なぐさめの言葉ひとつ――誰かがしたら彼は泣き出すか又はなぐりかかるかどちらかの反應を示すだらう。若さ、――は氣まぐれを許してゐるからぢいつと目をひとつ所に見据ゑて、両足をバタバタバタと上げたり蹴つたり疊が振動してぐらぐら《ママ》の家のゆれる音を感じて少し下の人間の抗議を恐れて靜まつた。下宿。たしかに立派に生活してる。親は金を送ってくれるし。今時専門程度を出て家から補助を仰がなければ乞食同然の生活を東京で送らなければならないのです——母が一番きらふ乞食といふ言葉、武士の家に育つた事を誇りとする彼女が鷗二の手紙を見て驚いて自分の生活を從前以上に切りつめどうか親、先祖様に羞ぢない立派な暮しをして會社の皆様の信用も増して下さい。社長はいつたいどれだけの金をくれたか？小遣錢。社長自身インチキアパートに住んでゐるのに社員を。飛び出してしまひたいが。冷い水をこんどはまづい水だといやいやながらも飲みたい心に押されて飲んで腹をこわしやしないかしらと蒲團をしつかりかぶつて枕に頭をぐうつと押しつけて寝た。頭の後ろの方で考への轉回はなくなつて前頭部で——寒い寒いとくりかへしてゐた。新らしい生活か。ねむられないままに後頭部と耳に大きく空ろに響いた言葉で言つてみた。何か自分が立役者にでもなつたつもりがはつきりと心にあつた。床の中で人に聞かれるのを恐れながら、言つた彼の氣持はいいけど、もう意味ない事を言ふのはやめよう。言ふまい。もうすぐあしただ。明日。明日なんてすぐ來てしまふものなんだ。一昨日俺は明日になつたらかうしようと思つたこ《ママ》をはつきり覺えてゐるが、もうそれは昨日の事になつてしまつて俺は又新らしい明日を待つてゐる。ほんとに明日なんてすぐ來る。明日は、——明日——明日、うん明日——ぱあつと明るい明日を夢みたのに、なんだ。黑々と底光りの食卓と缺けた茶碗にヨレタズボンといやな面の親分様か。今日は少々いつもとは青海鷗二の蟲の居所が違ふ。何事でも出來ない事はない。無鐵砲さをゆるすのは空だ、社長ではない。いきなりぽかあんとなぐりつけてゐる自分を想像して——なんて弱蟲だ、思はずふるえてやがる。圓タクを止めて二人でそろ〳〵出かけようと黑くなつたハンカチで鼻を拭いて立上つた社長の側におづおづ《ママ》と、しわくちゃの帽子を兩手でへそのあたり、まがわるさうにいぢくりながら言つた言葉が、あのう、社長、今日一寸、その一寸。一言言はれれば、ハイと答へ頭を三ベン下げる用意をして言つたりに、言ひかけた途中から心が變つて、とにかく急ぎますから。天井低い安飯屋の眞中邊に立つてぼんやりしてる社長の體と食卓に一寸づつ體をぶつつけながらなんともなかつた様子で颯爽と街に出て。右か？左か？　自動車の來ないのを幸に車道を横ぎつてそこから何處かへ行くせまい横丁に入つて、まがつて、板壁の家、石の家、立派な家、ピアノの家、廣い家と越してまがり道をまがつて、眞直ぐ行つて何の考へなしに歩いても面白く感じてゐるうちに急によく知つてゐる街に出た。歩いてゐる人の顔もよく覺えてゐる様な、ずゐぶん親しみのある街だが、はて、見渡して向ふの方にライスカレーと大旗がひるがへつてゐる下で、社長だ！　取つて返して、さうだ、こんな日に牧子なんかと會へればいいのだけれど。逃れてはみたけれど。金。金。金がないんだ。出かけて行かうか。昨夜なんとなく社長と仲をわるくして彼から離れる事を考へた。社長の許を離れたいが。本屋にぶらり入り込んで、バラバラッとめくつて何冊もの本を手に取つてみる。あれつ。立讀みしてゐる人達の間にやつと身を入れて手に取つた雑誌に。そ奴の顔が本棚の上から身に近く笑ひかけ手をのばしてぐうつと耳元に妖な獣の挽歌を注ぎ込む目つきをして――顔色が變つたのを意識して畜生と心につぶやいた。と同時にかうしては居られない、俺もこれから小說でも書き始めよう、眞面目に。あんな事があつたつけ、こんな事が――例へば牧子についてでも心構へを定めてかかつたら――なんだと、こ奴の小說の書き出しは「自動車が谷におちたのだ。」か。大した名文でもないが一寸いい。あんな男がこんな文を――鷗二と割合に親しかつた學校友達が一寸した文藝雑誌に書いて活字になつてゐるのだつた。生活を知つて作品を讀むのが一番いいのだと作家の門をかたつぱしから訪れた男。負けてゐる。表面では完全だ。表面で堂々と戰ふには鷗二も小說か何かを書かねばならぬ。顧みればなんとくだらなく送つた日々であるか。後悔の念と同じ强さで張りつめた心が彼を追ひかけ始めた。外の本などは目もくれず、友の名の所ばかりを見つめた。光り《ママ》が照りかがやいてゐる。友の名――湯見春平――がぴつたりと紙面に落ちついてゐやがる。立去らう。立去るのだ。一つ書けさうだ。自信たつぷりになつて今にでも見知らぬ家に驅け込んで天才的な頭腦から送り出るままに書きまくりたくなつたり、氣をじつと腹の底に沈めて、音、光、色、を感じようと努め、次から次へと感覺的な文、一つ一つにはつきりしたつながりはないが、美しい雰圍氣を持つた文を浮ばせる。活字面になつた上に浮ぶ牧子の姿。ああ、やつぱり牧子をあきらめられないのか。ギラギラ《ママ》と光る牧子の顔。詩が。鶏の歩み白犬の吠える日の思ひが募つて一歩一歩に言葉ひとつひとつをはぢき出して、嬉しくも街を行く。おい。肩をつかまれて心の中では自分も驚いた程の大聲を、山々にこだまして自分に還つてくるのを感じ、青々と、海をながめ、綠におほはれた山の中で鳥が泣いてるさびしい氣持がぐうつと押へつけて、やつとその男の面をみたのに。おい――も一度さつきの語韻がはつきり聞えた様だつた。たつた一瞬の間なのだが、鋭い鷗二の頭では種々の事を考へて忘却の時間さへ過ぎた様だつた。たしかに、男に肩を捉へられて街に立つて同じ事を思つた事があつた――ああ、この雰圍氣だ――と思ふまもなく湯見春平のやせたするどい目がにこにこと笑ひかけた。親友よ！　親友よ！　お互かう言ひ合つて、いやに年を取つたみたいだなと感じた。若々しさの喪失をお互に感じて、強いてそれを隠して、もし二人が所謂熱血漢であつたら、別の事が想像出來るだらうに、二人は先づお互を探り合つた。だが、彼等は共に歩いた。まつすぐに進んだ男が結局先に達したか。俺はジヤーナリストになつてきつと、と小說をふつつり止めたのは早計だつた。氣まぐれのこんな男が出來上つて湯見春平樣の前にへこへこ《ママ》姿を見せねばならぬ。おい春平、シユンペイ、ハルヘイ春平。湯見さん。――君は實力があつたのだよ、たしかに。種々と問答を心で行つた後にお互はほんとの事を語り始めた。君は、と春平が言ひ始める。今度のを讀んだかね。讀まないといつても少しは知つてるだらうね。僕の傑作ではない。僕は君に讀まれるのが恐しかつたのだ。あれは、君、「自動車が谷に落ちたのだ」といふ言葉で始まる。僕にはあの小說で、この文句だけしか價値がない樣に思へるのだ。この文にある雰圍氣がある、――僕に言はせればこれ一句で立派な小說だと思ふ。しかし僕は小說家としての弱さがある。ここで青海鷗二が口をはさまうとしたのに春平は細い手を振つてこれを押しとどめ、鷗二は少く憤りを感じたのを押されてふいとそつぽをむいて――電車の通りかかつたのをずうつと見送りながら、その音が止んで春平がも一度語り出すのを、いやさうに待つてゐた。で、君、僕はあの小說を君に讀ませたくないのは君好みでないからだ。ぜひ讀んでくれるなと言ひたい。僕には僕の自負もあるけど、君に對して僕はかう言ふより仕方がない。君があの一句を認めてくれて。さう。僕はやつぱり言つてしまはう。僕は君と牧子さんといふ女性と三輪といふ男との關係を書いた。四年前、君が十八、あの時君は僕にだけそのことを話してくれた。僕はそれをあの文「自動車が谷に落ちたのだ」と結びつけて小說にまとめあげた。事實は歪められてゐる。僕は先づ當座の事をすぐ小說には書けない性質なので、思ひ出に材を探る。そこを出發點にしてある世界を作る。又別の日にさうした世界を別に作る。しばらくたつてそれ等が結合して創作慾を起させる。僕は初めてそれにいいと思ふ文章「自動車が谷に落ちたのだ」を拾つてどうしても手放せなかつた。今度のはさうして出來てゐる。僕はどうしても直面してゐる事や、生新らしい事を小説には書けないが、必ず昔にあつた事を小説の中に入れたくなるのだ。ねえ、青海君、僕が君の生活を取扱つた事を今更ら言ふのもをかしいがゆるしてくれるだらうか。音信不通何年間か。會つてまたゆるしを乞ふなんて。春平は間が悪るさうに言つて、鷗二をかへり見た。言つてはならぬ時に言ひたくなり、かうなつては憤慨を通りこして、しばらくはだまつてしまつた。いつたい何から言ひ始めてよいのか？　ぽくぽく《ママ》と足をそろへて何歩か行く。アドバルーンが寒さうだ。ああ寒さうだ。風に吹かれて一部がペコンとひつ込んで太いつなに身をまかせてやるせない姿を見せて、春平と二人つきりであの上に乗つて仲良く、昔の様に話してやりたいのだが。街を歩いても鷗二の入る事の出来る家は限られてゐる。鷗二の知り合の家か、金か、利益を持つて行つてやる家か。なんてさびしい話だ。おい、春平。おれはこの頃人と人の交際がいかにつまらないものであるかを感じてる。君との交際も結局なかつた時は二人は關係なく暮した。今、おれはなんとも言へぬが、しかし交際が重要な役割をなしてゐる様にも思へる。おれは不義理をし罵り、悪事をしそして今までの友から別れた。おれを必要とする友は居なかつたと見える。たとへ學校に居た時おれに級友たる名目を以つて雑事を託しに來た友といへど、居らない者を探らない。おれの住所は名簿にあるはずだ。おい、春平、おれは泣きかけてゐるのだぞ。春平までがおれを捨てたとあつてはどうなるんだ。おれはうらむ。しかし、今になつて君のいふ事を聞くとどうもおれの文學に對する考へと貴様のとは大分ちがふ様だ。春平め。おれがこんなに寛大なのはたつたひとつ氣に入つた事があるんだ。あつはつは「自動車が谷に落ちたのだ」に捉へられてと言ふ、何故そのままで進まなかつたのか。過去を探るなんて弱い事を言はず君の才に頼れないか。創作中夢中になれないか。作家がこの事をこんなに書かうなんて言ふ事は設計家と同じだ。職人と同じだ。ここをかういふ修辭をして何枚書いてここで男はかうした表情したと書いてかうしながらかうしたといふ所で終る。君はかういふ書方をどう思ふ。作家は神であらねばいけないといふ僕。言ひながら鷗二は心ではらつと涙を流す。さむざむと心臓がちぢこまつて、烏の心を思ひ、だらしがなさすぎた鷗二自身をなげいた。友の前に羞ぢよ。土に手をついてもあやまりたい位。大げさな鼻つぱしの強い事ばかり言ひつつも身内の弱々しさを友に投げ出して相談したい。ねえ春平、僕はも一度牧子に會つたんだよそしてねえ、ねえと言ひたい。春平ゆるしてくれよ。このまま別れよう。もう話すことはないはずだ。さうだ。おい湯見君、と聲を出して湯見を立止まらせて、急に用を思ひついたのだ。すぐ行かねば、そりやジヤーナリストだもの急がしい。今の住所を教へて行きたまへ。——遂に牧子の後日物語りは聞かせないで別れた。はははあん、あの坂を登つて、——右に折れて、昔の家に春平は居たのか、やつぱり昔の所に彼等一家は居たのだつたのに尋ねなかつたのはこのおれなのか。おれは友達の不實をせめる前に何故おれ自身をせめなかつたのか。いやいや、友達だつて不實は不實なんだ。だが、少しおれが足りなかつただけだ。まあ、こんなことはどうでもいい。不實だといふ事實を誰がどう出來るといふのだ。ままよ。ままよ。翌朝社長の許には出なかつた。俺は俺のしたいと思ふ事を勝手にするのだ。行きたくなければ行かぬ。下宿の四疊半——寝床とちらかした新聞紙と本とほこりでいつぱいになつた中で兩手をうーんとのばして障子のすきまから硝子戸を見、硝子を通して——なあんだ今日は曇りか。それにまだ七時。出社はしまいと決心した時にかぎつて早く目がさめるなんて。も一度目をさました時十時を過ぎてゐて障子の外にうつつた姿。あれつ。ねたふりをして體の神經をすつかり覺して室の空氣を探つた。君、なんだ、どうした。社長の聲が懸つた。念願に、どうぞ病氣だと思ひ込む様にと。鷗二は社長の親切さを心に感じた。死んでもやりたい。病氣と思ひ込んで彼は歸つた。しかも見舞に五十錢也を置いて。親父、ありがとう。後ろに向つて手をあはせた。本、本をずうとみまはして、あの本、この本、ろくな本はありはしない。讀んでもゐない。このざまだつた。社長をうらみ、湯見をうらみ、馬鹿、自分はこんなにも不勉强だつた。自分に得ようとは何もしなかつた。獨善心にしたりきつて、青い馬をも赤い牛と見做し、自分の愚を天才とみなし。いや、自分の天才は認めよう。强い人間を恐ろしくないと思つたのは獨善心の致した事だが。第一、三輪なんて男は强い男なのだがそれを恐れずにいつたい何をしたか。白壁をみつめて切り抜細工の人形を浮び上らせ手を振り足を振りなぐりつけられる自分。白貓が輝く眼で黑く男を染めて鷗二は三輪になぐられねばならぬと誓ふ。宣言する。白壁がよごれた姿といへば彼の室で、彼は美化する事なく十五錢也のライスカレーの生活であつた。ひしひしと身を包むのは後悔の事である。男一人何年間か？　湯見春平は春平として——殘念。鷗二はジャーナリスト云々を言はねばならなかつた自分の過去を憐みもした。獨善！　誰がそれなくして生きられるものか。友達を離れた生活——友達との交際を極度に無意味と解した彼——級とは相互會でなく、組とは戰場でなく、豫習とは商品でなく、金でなく、順位とは位階でなく、社會に於ける如き階級でもなく、點数の多いのがブルジヨアでなく、少ないのがプロレタリヤでなく、交際とは心と心でしなくてはいけないのに級では口と口と手と手で行ひ、都合の悪い時の級友づき合ひは無くなり、都合のよい時の級友づき合ひは親密さうで。隠し合ひ——生活を身分を過去を未來を——嘘をつき——勉强の進度を覺悟を生活を過去を現在を——人をけなし又は人をおだて、——又は常に友を忘れて生活してゐる。級友とはこんなものであると觀じて級友から離れようとした。彼の成績のよい時はそれでも數人は彼に對する態度が温かく然らざる時は彼は狐よりも冷たい光りを八方から投げかけられた。その時ほどいやな氣持を持つた事なく、一方一番たのしい生活の日日でもあつた。少年の時からの所謂ねぢけた性格をよりねぢけらかせたと他人は見た。獨善の嬉しさを知り彼の書くものは他人にはわからなくなつた。細い感覺に訴へ病的な作品は——鷗二の行く所を示したのであらうか。ふつつりと筆を絶つて今度は方向轉換をしてジャーナリストとなるを目指した。インチキ新聞社。社長の親切がいけなかつたんだ鷗二を何時までも其所に引とめた。例へ鷗二が重要な存在にしても我子と同じ様で一寸鷗二も離れられなかつた。まつくらな穴に天井の岩に頭をぶつつけて入つてく向ふに魔物。社長から逃れようとの決心は——今になつてみれば心にとがめた。今までの親切。獨善で處理はいけない。さう思ふは悲しいことだが、——ああ——曇つた日の風がどすんガラガラとガラス戸を打つ。負けまいと睨みかへしてじいつとしばらく。五十錢玉をぽおんと天井に放り上げ——裏か？表か？　さうだな表だつたら俺はあと三年うちに死ぬだらう——いや、さうでない、表だつたら俺の運はうんと開けるだらう。心に豫言して、そのくせ、なあに裏だつたつてあんまりあてにならない。ぽいと指をのけてみると女みたいだときめの細かさを笑はれる掌に鳳凰は居なかつた。氷ついた大正十二年がきらりと光る、――いや、今のは少し。やりなほしだとも一度放つたが、今度はもうこんな事もつまらなく、うんと遠慮しながら煤けた壁に鉛筆で小さく湯見春平青海鷗二は親友なりき、なり、ならんと過去現在未來を書き留めた。隣の小さな男の子の泣き聲が、元氣よく、なんてうるさい。鷗二はさう感じる。やめろ、やめろ心の中でつぶやく憎々しげに言ふ。自分の今日の不首尾をなすりつける如く。勝手な事だ。次に、鷗二は思つた。俺の求めてゐたのははげしいものなのだ。はげしい怒、はげしい悲しみ、はげしい憎《ママ》み。俺の無力は悲しい事に、外部への怒りも、憎しみも發散させる事が出來ない。俺が怒つた時、他の人は顏をそむけよう、ただそれだけだ。俺はぎゆうつと歯を食ひしばつて手をふるはせてゐるだけだ。手をあげて相手を打つ事さへ出来ない。一寸生意氣な奴だと思つた相手が、このがまんしきれなくなつてなぐつた俺をゆるさずに地になげつけ、足でけり、つばをかけ、白浪口調のせりふを投げかける次の瞬間がまざ〳〵とわかるのだ。俺は俺にだまつてゐる友が欲しかつた。何故と言ふに、俺は時々は誰かにはげしくなぐられたい事もある――その時俺をなぐる権利を持つのはその友だからだ。俺は昔、俺を取り巻いてゐた友を憎んだ。彼等は人でありすぎる。俺はあの時代から毎夕やるせなくなつて、いつも、俺は友を失なふとつぶやくのだつた。俺は春平とは仲が良かった。その時、たしかに春平とはその時から見ても馬鹿らしい事をした。もし、他の友と自分が行つたら俺は俺自身を泣き悲しんだ様な事を。不自然でなかつた。俺は春平からは少しの聲を得て満足してゐた――外見上彼の与へてくれたものは他の友と何も變らなかつたゞらうに俺は滿足した。不思議だ。今も、俺は春平と離れた事は俺が悪るかつたからだと悔いてゐる。春平がほんとの意味での親友はかう考へてくるとはつきりする。何をしても似合ふ――二人でする行動はすべて二人に満足と快感を與へる。俺は春平を戀いしよう。――沈默――苦惱――沈默――生活――飯――風呂――散歩――散髪――夜。何故昨夜は散髪をしたのだ。――沈默――沈默。日を送る。牧子と約束の日まで。その日。社長の親切はありがたい。しかしやつぱりやがて彼の許を離れる決心する。三文記者より三文文士に！　世の中の奴等の言葉を借りて言へば、さう。鷗二は藝術家として立つ事に目覺めて街の景色をみても昔以上の鋭さを耳のどこかに目のどこかに働かせて、一瞬の描寫の遊戯にふけるのだつた。ぽおんと白い光。ベンチが氷りつく様な。えりまきをふかく鼻までした女の鼻ぱしらを想像し——やつぱり〳〵さうだ昔通りになる可き我々二人の運命だつたのか！牧子の事、春平の事を別々の意味で考へ合せた。公園、たそがれの、冬の。一週間の後に會ふ——何の爲に？　やつぱり〳〵別れる爲にか？

　何故だまつて振つてしまはなかつたのか？　體のい丶紳士面はやめろやつぱり會ひたかつたのか牧子の顔を香を、弱い男。強いと信じてる男。鷗二のなれの果か？　なあにこれからなのだが今が最悪の——鷗二は三百分も泣き續ける涙を用意して牧子を待つてゐた。三輪の面を見なかつたのが殘念だが、この事を——三度會つた事、四年ぶりで會つて約束をし、會つて、次に別れた。この三度の事を聞いて、わつはつ〳〵はと妻は笑ふだらうか。泣いてゐる牧子、きつとコートを着たま丶青い疊に坐つて——あの男の事だから星の寒々と木枯の日に妻を丸太の上で責める事を——俺が牧子の家までついて行つて短刀を抜く——助けようとするが——つまらない始末だ。どこで方向を迷つたのか、牧子と三輪はそんな仲ではないかもしれぬ三輪が俺の事を憐んでか？　金をもらひそこねて幸だつた。今日はきつと貰ふまいに。前祝もなにもしないが。あ丶、背がぞく〳〵する。腰が落ちつかぬ。歯が浮く様だ。女と別れるのが辛いのか？　寒いのか？　時間の接迫がなほひどくした。どうにもならなくなつてベンチから立上がつて小公園の池にぽちやあんと小石を投ずる。ぴゆつ、〳〵。〳〵。と水をきつて行く平らたい石。せまい池なのに。子供らしいのね。なんて美しい牧子なんだ。笑つて、女王の様だ。女王様。歸つてくれないか、夢を見たい。あ丶夢をみたい。決心を云々か？　やめろ〳〵。ずゐぶん待つたよ。散歩しようこの邊は道が廣くつて靜かだから恰度い丶こ丶を選んだのもそれだからで僕の好きな所だ、それに今夜はぜひ聞いてもらわねばならぬ事が—自動車のライトが二人をまぶしく照したのでさしつかへないはずなのに話をやめて二人の影を右から左へさあつと闇の木立の中へ投げ飛ばして去るまではそのま丶で居た。話したいことつて？　私今晩用があるの三輪が貴方によろしくつて。それで、私大體あなたのお話はわかつてますの。今おこまりでせうからお小遣にでも、ね。白い手がすうつといつの間に握つたのか白い包を——闇——闇——押へようとする手をすうつと——あ丶、柔かい手。思はず觸れた勇敢な行動

――追つて行つてどうなる？　體をひるがへすと小きざみにしばらくあとはもう息をきらしてどん〳〵と道を行く。後ろ姿。見おさめか。ぼんやりとしばらくは立つたまゝだつた。元氣なく。氣持がわるくなつて――牧子に振られたといふ實感がずうつと體中をめぐつた。オーバーのポケツトから金十圓也。ひら〳〵と右手に持つてふりまはして結局は捨てる事も出來ず。二人――牧子と三輪はうまくやつて行つてるのか。うん。さうか、さうか。ゆるしてやらうや。怖ろしがつてゐるのだ。三輪もそんな男なのだな。あの時分はいやに强がつてゐたが、筆力は飛び道具かな？遠く離れて三輪の腕力を誰が恐ろしいものか。金十圓也。金十圓也。ぴらつと。さうだ――あゝ、やつぱりおれは浮いた氣持にはなれない。心の底でたまらなくなつても外に表すのが恐ろしい。いたみつけられた男なんだな。藝術、文學の中で俺はきつとすべてを表現してやるぞ。春平、俺は行くぞ！　俺は今から行くぞ！　手をぐつと合はせて早足に。早足に。春平の家の方へ――遠いのだが方向を目指して歩いて行つた。きつと仲よく。友を得る。友を得る。失つた日に友を得る。昔の友を昔以上の友として得る。あゝ、嬉しい。泣きたくもある。俺は今迄何をしてきたのか考へると、俺はすまないと思ふ事をたくさんして來た。あれつ！

雪か？　降つて來たのか。よろしい、降れ。いよ〳〵ほんものになる。俺の門出だ。春平、家に居てくれよ。坂をぐうつと登つて、右に折れて――街燈のない黒い塀の家がそれて門燈もない家――しまつてゐる。ぴつたりと、にこ〳〵とすぐにでも迎へてくれる春平なはずだつたのに。一寸の豫感のつまづきはもうずうつと深く鷗二を苦しめた。どん〳〵〳〵と戸を――にぶい音しか出ない。どん〳〵と何度たゝいても――十圓だと門にみせびらかしても。どん〳〵。おーい。湯見クーン、春平。ハルヘイ。シュンペーイ。青海鷗二だ。青海鷗二が生き返るのだよお。どん〳〵。青海鷗二だ。湯見君はゐないのですか？　陽見春平開けろ。生れかはって青海鷗二が來た。こつ〳〵と下駄の音。女。女ぢやあないか。門の中から聲がする。あらつ、雪が！　春平の妹か？　たしかにさうだ。こわいわ――言つてゐる。鷗二は泣き出したくなつた。春平はゐない。鷗二は捨てられた者の悲哀を一時にぐつと感じて――何萬瞬間かを叫びたいのをこらへて涙をにぢませた。じつくりと湧いてくる――あつい涙。ほろ〳〵とほゝをつたはつて誰に對するうらみなく流れる涙。惜しげなく。泣け。黒い門のどこか一つ所をみつめてそこに自分、牧子、社長、春平、春平の妹、おふくろ。ひゆん〳〵に幻が涙の中に消えて足許に落下する。泣け。あつい涙。おしい。春平は居ないんですか。叫んで聲が遠くまでひゞいた。中でまだためらつてゐる。死ぬ前の氣持。雪が舞つて涙でぬれた鷗二の手にとける。顏にとける。頭にはもう五つ六つたまつた。しゆんぺいはゐないのですか。春平。どすん、がたんと黑い門を蹴つた。恐ろしい斷崖のふちに來て、さうだ、死んでやれ、春平はゐないのだ、走れ、海へ。青海君ぢやないか。後ろから歸つて來た春平が言つた。ふりかえって、鷗二は聲をはずませて、あゝ、春平居たか。一歩手前の氣持がはりつめて、ひよろ〳〵と、抱きついて男泣きにおい〳〵と聲をあげて泣いて、春平の腕をすつかり自分の身のまもりを抱かす様にして、春平の胸に顏をうづめて、泣き、何時までもさうしてゐたかつた。雪の中で、さつきから降つてゐるその中で。二人。あゝ、雪が、雪が。雪が。白く、雪が白く降る。

初出情報

この本に集められた論考や文章は独立して書かれたが、論旨が一部重複しているものもある。収録に際し、論旨を変えない範囲で、加筆補訂をした。

序に代えて――太宰治の戦略を考える　この本のための書き下し

太宰治のとびら

「第Ⅰ部　人名編」改稿　『東北近代文学事典』勉誠書房　平成二五年六月

第一部　太宰文学の戦略

表現から読み解く太宰文学――小説の文法

「表現から読み解く太宰治」の題での講演を文章に改めた　青森県近代文学館文学講座　平成二一年八月三〇日

「嘘」から見える自意識――道徳的倫理的側面からの検証

「太宰治　戦略としての「嘘」「嘘つき」」「郷土作家研究」第三八号　平成二九年八月

後に改稿改題して『みくにことば』第二輯に収録　中日出版社　平成三〇年一〇月

「十二月八日」「待つ」覚え書き――開戦からの眼差し

「太宰治　開戦からの眼差し――「十二月八日」「待つ」覚書」「群系」第二七号　平成二三年七月

「竹青」修整考―魚容の「故郷」

「太宰治「竹青」修整考―尾山真麻氏の論を読んで」「解釋學」第八六輯　令和元年七月

「右大臣実朝」のアイロニー
未発表　執筆年月日不詳（昭和五一年から五二年頃）
「えふりこき」――太宰治瞥見
同　題　「朔」第一七五号　平成二五年三月
太宰治の幻影
「陸奥新報」紙「土曜エッセイ」欄に三回にわたって連載された。「――幻影」は収録にあたって新たに付した。
上「太宰治のまなざし」　平成二三年六月一一日付
中「明るい太宰と暗い太宰」　平成二三年六月一七日付
下「一〇〇年後の太宰治」　平成二三年六月二五日付
紹介　櫻田俊子著『櫻田俊子論考集　太宰治　女性独白体――「語る女」と「騙る作家」』
同　題　「群系」第三八号　平成二九年五月
書評　佐藤孝之著『太宰治と三島由紀夫―双頭のドラゴン』
同　題　「群系」第三二号　平成二五年一二月
書評　野口存彌著『太宰治・現代文学の地平線』
「解題」として同題　「群系」第三七号　平成二八年一〇月

第二部　太宰文学から／太宰文学へ

久坂葉子と太宰治　次の二編を一つにまとめて改稿した。
「久坂葉子と太宰治」　「朔」第一七二号　平成二三年九月
「久坂葉子ふたたび―ひとつの感傷」　「群系」第三九号　平成二九年一二月
小説家小山正孝の文学的出発への試み――官立弘前高等学校時代の小説を中心に

同　題　「感泣亭秋報　七」　平成二四年一一月
後に改稿同題で『みくにことば』第一輯に収録　中日出版社　平成二七年一月
中学生と弘前高校生の小山正孝を想像する
同　題　「感泣亭秋報　一三」　平成三〇年一一月
「傘の話」論　――小山正孝の最後の小説を読む
「最後の小説「傘の話」を読んでみた」　「感泣亭秋報　一〇」　平成二七年一一月
同　題
「白い本屋」と「凍日―弱い男の日日からの一話―」について
次の二編の〈解題〉を一つにまとめて改稿した。
「白い本屋」翻刻　「郷土作家研究」第三七号　平成二七年一〇月
「凍日―弱い男の日日からの一話―」翻刻　「郷土作家研究」第三八号　平成二九年八月
三浦哲郎「少年讃歌」寸評―〈血〉への帰還
「三浦哲郎讃歌」　「朔」第一七〇号　平成二二年一二月
芥川龍之介「蜜柑」に関する覚え書き　――「僅に」にこだわって
同　題　「群系」第四〇号　平成三〇年五月

第三部　研究ノートの余白　――逢いたい人びと

江連隆先生のことを中心にして
「研究ノートの余白―江連隆先生のことを中心に」　「朔」第一七三号　平成二四年二月
櫻田俊子さんの心象風景　次の二編を一つにまとめて改稿した。
「哭　櫻田俊子さんを惜しむ」　「郷土作家研究」第三六号　平成二六年三月
「櫻田俊子さんの心象風景」　『櫻田俊子論考集太宰治　女性独白体―「語る女」と「騙る作家」』　丸善雄松堂　平成二八年八月

小山内時雄先生を思い出す　次の二編を一つにした。タイトルは収録に当たって新たに付した。
「最晩年の小山内時雄先生」　「朔」第一六八号　平成二二年五月
「再び　小山内時雄先生を悼んで」　「朔」第一七一号　平成二三年五月

追悼　小野正文先生
「小野先生ありがとう存じました」　「郷土作家研究」第三三号　平成二〇年六月
プロフィールは『東北近代文学事典』「第Ⅰ部　人名編」

坂口昌明先生のこと
同　題　「朔」第一七四号　平成二四年九月

常子先生　次の二編を一つにして改稿した。
「常子先生」　「朔」第一七八号　平成二六年一一月
「常子先生から」　「感泣亭秋報　九」　平成二六年一一月

おわりに　この本のための書き下し

［付記］
太宰治の小説その他の本文の引用は、「右大臣実朝」（「『右大臣実朝』のアイロニー」）を除き、『太宰治全集』全一三巻（筑摩書房　平成一〇年五月〜平成一一年六月）に拠った。一部を除き漢字は新字体に改め、ルビ等は省略した。本文中の引用部分には、現今の人権意識から考えて不適切な表現があるが、歴史的背景と作品の尊重を鑑み、そのままとした。

索引

・本文から、人名・作品名・書名・事項・用語を採録した。「註」からは原則として採録しない。
・人名は、作家・評論家・研究者などの実在人物に限った。
・書籍・雑誌は『』、論文・作品等は「」で括り表示した。

【か行】

あとがき

――才能と感覚《センス》の優れた文芸評論家が、三行で言い切ってしまうことを、原稿用紙三〇枚、五〇枚で分析検証して確かめてみることも、凡才の私たちには充分に研究テーマになるね。これも研究者の大事な仕事の一つだろう、と学生時代に恩師の江連隆先生はよく仰っていました。江連先生ご自身は凡才どころか、優れた審美眼と論理性の持主でしたから、それは私への慰め的な励ましであったと思います。

それでも、です。

当時、漱石や芥川ほどではなかったにしても、既に参考文献一覧に、膨大な数の研究単行書や論文・文献が並ぶ作家を前にして、〈新しい発見〉だの〈独自の作家像〉だのという研究手引きに、一介の学生はひるんでしまっていました。先生のナグサメは私を太宰文学研究の真似事に向かわせる、強い励ましと支え――〈研究方法〉〈作品へのアプローチの仕方〉になりました。

あれから半世紀、私はまだまだ慰められ励まされています。学恩に報いる仕事ができていないということです。不本意ですが、この本にも本格的論考と自負できるものが三、四本しかありません。

私事で恐縮です。六年前、妻に病魔が見つかり一四か月の闘病の後、先に天に帰ってしまいました。同じ境遇になった人なら誰しも……にしても、私もそれから現実が無化していきました。虚脱感といってもよいのでしょう、何に対しても意味意欲を感じられなくなりました。当然に、稿など考えられない日々を長く続けていました。

　山内祥史先生はご逝去されるまで、一五年間余ご指導くださいました。先生からは、ご高著の上梓のたびにご恵贈を賜りました。平成二七年の暮れ『太宰治の『晩年』――成立と出版』（秀明出版会）をご恵与くださったとき、先生は「少しでも早く太宰の研究に復するように努力だけはしなさい」との長いご芳書を添えてくれていました。打ちしおれていた私の眼に、また色彩を見せてくださったと思っています。今後の自らには、山内先生のその『晩年』研究のように、太宰の一つの作品に特化して、〈読み〉を続けることを課してみるつもりです。


　このたび思うところあって、わずかの拙考と他に書き留めたエッセーや追悼と合わせて一書にまとめました。全く自らのための雑文集で、皆様には幾倍もの感謝を申し上げます。

　第一部は、太宰文学の、ないし作者の戦略・文体化の分析と考察です。

「右大臣実朝のアイロニー」のみ蛇足があります。大学卒業後一年から二年の間にかけて、当時所属していた『郷土作家研究』に投稿しました。掲載不可でした。江連先生は私の報告を聞いて別のお考えになったようで、半分の長さに詰めて来なさい、と言い遣ったのですが、その頃の仕事が忙しく結局そのままになってしまいました。初めての稿であったことと、論点がその後でも全くの無用とは感じていなかったので、いつかご高覧を得たいと思い続けていたものです。ご容赦を願います。

　第二部は、太宰文学の系譜ともいうべき作家と作品についての小文を挙げました。三浦哲郎は、青森県八戸市出身の芥川賞作家です。二〇歳頃、太宰の作品をよく読んだといいます。芥川は、太宰の作家としての資質の開花に最も作用した一人でしょう。「蜜柑」は太宰「満願」との接点も指摘できます。

　芥川「蜜柑」の稿は、大館市の秋田看護福祉大学の

「文学の世界」の教室で、学生諸君とさまざまに〈読み〉をし合っている中で、私自身の読みをまとめなければ、と思ったものです。熱心に向かってくれる数年次の学生の皆さんに感謝しています。

第三部は、太宰その他へのアプローチに助言と励ましを賜った方々への想いを記したものです。何らかの形でもう一度出逢いたいと願っている方ばかりです。

今回の出版にあたっては、森英一氏に、格別のご配慮とご支援を賜りました。氏は、大学の先輩であり、石坂洋次郎の研究を嚆矢として、青森県と石川県の文学・作家作品の研究者として知られています。能登印刷出版部の奥平三之氏にご連絡ご推薦くださいました。

研究誌『解釋學』で長らくご指導いただいている榊原邦彦先生には、この出版についての別な部分で、たいへんなご懸念とご面倒をおかけし感謝に堪えません。厚く御礼を申し上げます。

木村顕彦君が、カバー、表紙などの装幀を考えてくれました。以前、彼の個展での「文士の時間」を手許に置いてから、私には太宰のイメージと重なっていました。忙しい高校教員の彼が、電話でお願いした翌日か翌々日あたりに数編の原案を持ってきてくれ、私をびっくりさせました。

奥平氏には、事務的なことのみに関わらず、かなり広範に細かい点までご助言をいただいて、ありがたい思いです。

なお、『解釋學』『郷土作家研究』は学術研究誌です。『群系』は文芸評論、『朔』は詩誌、『感泣亭秋報』が一詩人の顕彰誌といった同人誌です。収録した各稿は、発表誌の性格等を鑑み、特に統一の細かい手直しをしていません。

二〇二〇年六月　　相馬明文

相馬明文――そうま　あきふみ

秋田看護福祉大学（秋田県大館市）非常勤講師、弘前市医師会看護専門学校（准看護学科）非常勤講師。

一九五三年　青森県弘前市生まれ。弘前大学卒業。小山内時雄教授、江連隆助教授（後に教授）に師事。日本近代文学会東北支部会員、「解釋學」会員。単著『太宰治の表現空間』（和泉書院）、共著『みくにことば　第一輯』『みくにことば　第二輯』（いずれも中日出版社）、最近の論文に「小山正孝「後記」翻刻」（『解釋學』第八七輯）。太宰治の小説について表現論的分析を模索している。併せて、太宰文学の周辺・系譜の作家の作品も読んでいる。

太宰治の文学
その戦略と変容

二〇二〇年七月二四日発行　第一刷発行

著　者　相馬明文
発行者　能登健太朗
発売所　能登印刷出版部
〒九二〇−〇八五五
金沢市武蔵町七−一〇
TEL（〇七六）二三三−二五五〇
編　集　能登印刷出版部　奥平三之
制　作　西田デザイン事務所
印　刷　能登印刷株式会社

ISBN978-4-89010-771-1